그라니트
용들의 땅
GRANITE

그라니트 : 용들의 땅 4

이경영 판타지 장편 소설

초판 1쇄 찍은 날 § 2015년 12월 30일
초판 1쇄 펴낸 날 § 2016년 1월 7일

지은이 § 이경영
펴낸이 § 서경석

편집책임 § 박가연

펴낸곳 § 도서출판 청어람
등록번호 § 제387-1999-000006호
등록일자 § 1999. 5. 31
어람번호 § 제1-2325호

주소 § 경기도 부천시 원미구 부일로 483번길 40 서경B/D 3F (우) 14640
전화 § 032-656-4452 팩스 § 032-656-4453
http://www.chungeoram.com
E-mail §chungeorambook@daum.net

© 이경영, 2015

ISBN 979-11-04-90582-7 04810
ISBN 979-11-04-90405-9 (세트)

그라니트

용들의 땅

GRANITE

이경영 판타지 장편 소설

도서출판 청어람

GRANITE

그라니트

용들의 땅

CONTENTS

Chapter 26   허풍의 종말   7

Chapter 27   복사본   41

Chapter 28   나이트 스토커의 전설   81

Chapter 29   자유의 어둠   117

Chapter 30   종교적이지 않은 문제   163

Chapter 31   연쇄반응   211

Chapter 32   약효의 증명   247

Chapter 33   진실 엿보기   269

Chapter 34   흥행 요소   311

Chapter 35   남자가 선택한 방법   357

Chapter 36   모독의 시작   381

26
허풍의 종말

'그립다면 그리운 모습이로군. 왕의 휘장. 복제품이지만 정말 잘 만들어졌어.'

하늘을 차근차근 덮어가는 오로라의 모습에 잠시 마음을 빼앗겼던 라이트스톤은 한숨을 쉬며 뒷짐을 졌다.

라이트스톤의 직원들과 회사에 남은 그라니트 용역의 직원, 알케온 및 젝스는 정말 넋을 잃은 채 오로라가 번져 오는 하늘만을 쳐다봤다.

'모든 현상을 종합해 봤을 때 데스디아 브라토레가 왕녀와 교감한 것 같군. 예상은 했지만 알타이르의 원시인들이 저렇게까지 운캄타르 님의 힘을 재현할 수 있을 만큼 진화했을 줄은 몰

랐어. 내가 그들에게 너무 많은 것을 쥐어줬나?'

뒷짐을 푼 그는 자신의 단말기를 만지작거렸다. 방금 전에 2만 7천 퍼센트였던 힘의 수치는 이제 3만 퍼센트를 넘어가고 있었다.

'하지만 지금 공개되기엔 너무 이르지. 무슨 일이 있었는지는 몰라도 그 힘을 멋대로 사용하는 것만큼은 허락할 수 없다, 워치프여. 지금 이 시점에서 신이라는 이름의 폐기물들을 자극하고 싶지 않거든.'

그는 수치가 표시되고 있는 화면을 아래에서 위로 쓸어 올렸다.

화면이 바뀌고 붉은색의 버튼 모양을 한 입체 영상이 단말기 위로 올라오며 빠르게 점멸했다.

'데스디아 브라토레를 폐기하고 그 어미인 헤이파 브라토레를 이곳으로 데려와야겠군. 능력을 알 수 없는 다른 워치프 두 명을 쓰느니 데스디아 브라토레를 통해 검증된 혈통 쪽을 택하는 게 낫겠지. 육체적으로도 싱싱하고 정신적으로도 문제가 없을 뿐더러 딸의 죽음을 핑계로 하면 잘 따라올 테니까.'

라이트스톤은 뭔가 더 좋은 표현이 있을 것 같았기에 잠깐 고민했다.

'그래, 스토리. 핑계보다는 적절한 스토리가 어울릴 거야.'

그는 망설임 없이 붉은색의 버튼에 손을 가져갔다.

'1년간 뭣도 모르고 수고해 준 것에 대해 경의 정도는 표해주

지, 브라토레 부사장이여.'

그러나 그의 손이 닿으려는 찰나, 단말기가 폭발하면서 라이트스톤의 손에서 빠져나갔다.

움찔한 라이트스톤은 다음 순간 회사 부지의 상공을 지나가는 어떤 물체를 목격했다. 물체 자체가 음속을 아득히 초월한 속도로 날아갔으며 비행고도도 높았기에 라이트스톤을 제외한 모든 이가 그 물체의 이동은 물론 존재마저도 느끼지 못했다.

사실 라이트스톤도 봤다기보다는 감지한 것에 가까웠다.

'네놈이 어떻게……?'

폭발해 연기를 뿜는 단말기와 그 물체가 사라진 빅시티 방향을 착잡한 모습으로 바라보던 라이트스톤은 부서진 단말기를 발로 지그시 밟은 후 예비 단말기를 꺼냈다.

'의도가 궁금하지만 몇 분만 있으면 알게 되겠지. 데스디아 브라토레의 폐기는 잠시 유보해야겠군.'

그는 다시 뒷짐을 지며 빅시티 쪽의 하늘을 구경했다.

그리고 단말기가 폭발하는 시점부터 라이트스톤을 관찰한 자가 있었다.

바로 알케온이었다.

그 주황색 머리카락의 젊은 영주는 부서진 단말기를 발로 밟고 새로운 단말기를 꺼내는 라이트스톤의 행동을 하나도 놓치지 않았다.

그에게 있어서 라이트스톤은 무슨 생각을 하는지 알 수가 없는 어둠의 상인이었다.

알케온은 지난 1년 동안 라이트스톤을 만날 때마다 그의 생체파장을 읽어서 기억을 더듬어보려 했지만 단 한 번도 성공한 적이 없었다.

그 젊은 영주는 자신에게 문제가 있을지도 모른다고 생각했으나 젝스도, 루할트도 라이트스톤의 기억을 읽지 못했다. 루할트는 머리에 쓰고 있는 헬멧 때문에 그럴 수도 있다고 예상했지만 딱 거기까지였다.

'도무지 모르겠군.'

그는 백금의 오로라를 바라보는 라이트스톤의 모습에서 굉장한 위화감을 느꼈다.

'지나칠 정도로 익숙하게 바라보고 있지 않는가? 난 저러한 하늘을 그 어디에서도 본 적이 없는데?'

알케온은 라이트스톤의 단말기가 이 타이밍에서 왜 폭발했는지도 궁금했다.

'사진 따위를 찍으려다가 폭발하진 않았겠지.'

그는 단말기의 폭발이 오로라의 원인과 관련이 있을 거라는 추측을 해봤지만 지금은 그저 막연한 생각에 불과했다.

그는 분명 영리한 자이지만 어쩔 수 없었다. 라이트스톤의 생각과 행동, 그리고 소망은 알케온의 상상을 아득히 초월하고 있었다.

셀레스티아와 교감한 데스디아로부터 강대한 힘을 감지한 가죽 코트의 남자, 반달리온은 반사적으로 본래의 모습을 갖추려 했다.

하지만 반달리온은 물론 그의 행동에 동참했던 젊은 드래곤 어느 누구도 드래곤의 모습으로 돌아갈 수가 없었다.

'저 계집이 의식의 이동과 육체의 전송을 방해하고 있어!'

잠깐이나마 데스디아에게 원인이 있다고 생각했던 반달리온은 병원 부지는 물론 빅시티 전체를 환히 비추고 있는 백금색의 빛을 살펴보면서 생각을 바꿨다.

'아니, 왕녀의 힘이겠지. 운캄타르의 피를 이은 존재라면 이런 짓도 어렵지 않지. 이 땅에서 태어나고 자란 3세대들은 육체의 제어 능력마저 빼앗길 거야.'

반달리온의 생각대로 젊은 드래곤들은 땅에 엎드린 채 숨만 거칠게 쉬어댈 뿐, 마땅한 대책을 내놓지 못하고 있었다.

구세대, 정확히는 2세대의 드래곤인 반달리온은 애송이들과 다르다는 것을 과시라도 하듯 품에서 권총을 꺼내 데스디아를 조준했다.

'내가 하등동물들의 무기에 의존하게 될 줄이야!'

그는 방아쇠를 당겼고 권총은 쉴 새 없이 불을 뿜었다.

두 눈을 부릅뜬 데스디아는 2.8미터에 달하는 스트라투스를 고속으로 휘둘러서 탄환을 모조리 증발시켜 버렸다.

데스디아의 움직임을 목격한 반달리온은 헛웃음을 흘렸다.

'탄환을 순발력만으로 막아내? 육체와 골격, 신경, 사고능력까지 강화됐나?'

그 정도의 강화가 이루어지지 않았다면 데스디아는 날아오는 탄환을 한 번 정도는 막아냈을지 몰라도 두 번째에는 몸이 따라가지 못해 벌집이 됐을 것이다.

권총의 탄환이 떨어지자 반달리온은 총을 왼손에 바꿔 쥔 뒤 오른팔에 힘을 바짝 불어넣으며 데스디아를 향해 돌격했다.

"정령술사여, 날개 달린 자들과의 교감이 몸에 나쁠 거라는 말을 들은 적은 없나? 난 지나치게 교감한 자의 최후를 알고 있지! 기록 따위가 아니라 내 눈으로 직접 본 것이다!"

반달리온의 오른팔이 치프를 공격할 때처럼 드래곤의 것으로 변했다. 뿐만 아니라 길게 솟아 나온 검은색의 손톱에는 노란색의 빛까지 맺혀 있었다.

드래곤들의 손톱은 주력 전차의 장갑판도 간단히 자를 수 있는 흉기였다. 영주 이상의 존재는 손톱에 힘을 불어넣어 손톱의 끝을 비롯한 접촉면의 구조를 분자 하나 정도의 두께로 정렬시켜 갈아 세우는 것도 가능했다.

반달리온의 손톱에 맺힌 노란색의 빛이 바로 그 힘이었다.

7층 높이까지 뛰어올라 반달리온의 손아귀와 손톱을 피한 데스디아는 그가 왼손에 든 권총을 재장전하여 자신을 노리는 것을 목격했다.

반달리온은 데스디아가 공중에서 칼을 제대로 휘두를 수 없을 것이라 예상하고 일부러 그녀를 하늘로 유도했다.

데스디아의 대렵도 기술은 두 발을 땅에 댄 것을 전제로 발전된 것이지 하늘에 뜬 상태까지 감안한 것은 아니었다.

하지만 반달리온이 다시 퍼부은 탄환은 데스디아가 스트라투스를 움직이기도 전에 파괴되거나 백금색의 장막에 충돌하여 튕겨 나갔다.

셀레스티아가 병원에 오는 동안 살짝 이야기했던 절연파괴와 포스 필드였다.

'저런 것까지? 저건 강화 따위가 아니야! 왕녀의 설계대로 육체 자체가 변한 거야!'

탄환이 다시 떨어지자 반달리온은 한 번 더 오른팔을 뻗었다.

그러나 비늘에 단단히 보호된 그 커다란 팔은 데스디아가 내려오면서 남긴 칼의 잔광에 휘말리면서 간단하게 떨어져 나가고 말았다.

"내가 네놈을 일격에 끝낼 거라 생각지 마라!"

땅에 스트라투스를 박은 데스디아는 무릎과 팔꿈치로 반달리온의 복부와 얼굴을 각각 가격했다. 얼굴과 몸뚱이가 으스러진 반달리온은 팔의 단면과 코, 귀, 입에서 피를 뿜으며 병원의 잔디밭에 내동댕이쳐졌다.

"셀레스티아 혼자서도 이런 식으로 네놈을 박살 낼 수 있겠지. 그런데도 나에게 기회를 준 것을 감사히 여겨야겠군."

하얀 장발의 데스디아는 손으로 반달리온의 목을 움켜쥔 후 뱀을 낚아 올리듯 그를 번쩍 쳐들고는 말뚝을 꽂듯 그를 땅에 박아버렸다.

포스 필드에 의해 백금색으로 강화된 지면에 충돌한 반달리온의 다리는 엉망으로 구겨졌다. 부러진 다리뼈의 단면이 정강이와 허벅지 밖으로 하얗게 튀어나왔다.

다시 스트라투스를 손에 쥔 데스디아는 땅에 누워 버린 반달리온을 당장에라도 죽일 듯이 노려봤다.

"하고 싶은 일이 있다면 변소에 들어갔다 나오듯이 깔끔하게 저지르면 안 되나? 변질자들도 그렇고, 네놈도 그렇고, 어째서 하나같이 지저분한 거지? 즐겁나? 그러한 과정이 즐거워서 견딜 수가 없나?"

"후후……."

반달리온이 눈을 위로 뒤집으며 웃었다.

"네가 변질자라고 부르는 잡놈들의 사정은 잘 모르겠고… 난 어떻게든 이해하고 싶었거든."

"무엇을 말인가?"

"저분을 말이야."

흠칫한 데스디아는 자신의 왼쪽을 바라봤다.

보라색 정장을 입은 남자가 데스디아를 향해 손을 내밀고 있었다.

"흥미로운 힘을 갖게 됐군, 정령술사여. 내가 좀 쉬는 사이에 추종자 따위가 그 힘을 먼저 맛보게 되다니, 역시 게으름은 재미의 가장 큰 적이야."

그 남자, 엠페라투스가 손을 통해 발산한 힘이 데스디아의 머리에 직격했다. 그와 동시에 데스디아의 몸으로부터 셀레스티아가 튕겨져 나왔다.

강제로 힘을 잃어버린 데스디아는 스트라투스마저 놓치면서 그 자리에 주저앉았다.

엠페라투스는 빠르게 잦아드는 오로라의 모습에 아쉬운 한숨을 내쉬었다.

"왕의 휘장……. 저 아름다운 빛의 담요를 날개로 느끼며 비행하는 기분이 어떤 것인지 아나? 이곳이야말로 비로소 내가 쉴 수 있는 장소라는 생각에 눈물이 흐르게 된다네. 난 그에 대한 경외감 때문에 마지막 순간이 다가올 때까지 운캄타르를 친구라 부르지 못했지."

그는 하늘의 오로라가 완전히 사라지자 다시 데스디아를 봤다.

"훌륭하긴 했지만 운캄타르의 것이 조금 더 아름다웠다네.

왕녀는 아직 발전할 여지가 있군. 나로서는 다행이겠지."

그는 땅에 떨어진 반달리온의 팔에 손을 대서 인간의 형태일 때 수준으로 축소시켰다. 그러고는 축소시킨 팔을 반달리온에게 던져 주었다.

데스디아는 잘린 팔을 다시 맞추고 부서진 다리도 회복시키는 반달리온의 모습을 노려봤으나 아직은 꼼짝도 할 수 없었다.

"꼴좋군, 하등동물."

반달리온은 그녀를 비웃으며 권총의 탄창을 갈았다. 엠페라투스는 그의 태도를 보고는 파리를 쫓듯 손을 휘저었다. 그러자 반달리온의 몸이 보라색의 빛에 휘말리는가 싶더니 그대로 그 자리에서 사라졌다.

"여전히 즐기는 법을 모르는 녀석이군. 내가 잘 교육시켜서 자네들에게 다시 보내겠네."

엠페라투스가 데스디아 앞에 섰다.

"어쨌거나 왕녀와의 교감은 함부로 사용하지 말게, 정령술사여. 나중에 나 혼자서 그 힘을 제대로 맛보고 싶어서 말이지. 혹시라도 내 말을 어긴다면 자네는 자네가 다른 이에게 주고 싶었던 가장 소중한 것을 잃게 될 것이야."

순간 수풀 속에서 터진 총성과 동시에 엠페라투스의 관자놀이 옆에서 불꽃이 튀었다. 그의 머리를 뚫으려 했던 탄환은 납작하게 뭉개진 채 잔디 위에 떨어졌다.

"흠."

엠페라투스가 한숨을 쉬자 총을 쏜 자를 숨겨주던 수풀이 까맣게 말라 비틀어졌다.

수풀 안에 숨어 있던 자는 왼쪽 다리를 잃은 치프였다.

반달리온의 공격에 다리가 떨어져 나갔던 치프는 기절도 하지 않았고 통증을 느끼지도 못했다. 치프 자신은 출혈을 걱정했는데, 다리의 단면은 절단된 후 수초도 지나지 않아 화강암처럼 굳어지며 출혈이 멎었다.

이미 몇 번 팔다리의 손실을 겪었던 치프는 포프가 사용하려 했던 소총과 수풀이 있는 곳으로 몸을 숨겨 반달리온을 쏠 기회를 노렸다.

하지만 그는 나타날 것이라 생각도 못 했던 엠페라투스와 눈을 마주하고는 쓴웃음을 지었다.

"우리 너무 자주 만나는 거 같은데? 정이 들 것 같아."

"자네와 나는 이미 서로의 심장을 꺼내어 죽음의 저울 위에 올려놓았던 사이가 아닌가? 속내를 다 봤으니 정이 드는 것은 당연한 일이지."

"정말 정이 들어서 여기에 나타나 주신 건가?"

치프의 오른쪽 눈이 프린팅을 위해 빛을 냈다.

엠페라투스는 고개를 저었다.

"훼방하는 것도 큰 재미거든."

누구를 방해하려 했는지 정확히 말을 하지 않은 엠페라투스는 바지주머니에 손을 넣었다.

"내가 했던 말을 잊지 말게, 정령술사여. 진심을 다한 부탁이자 경고니까 말일세."

엠페라투스는 이윽고 체구가 조금 작은 드래곤의 모습으로 변하여 날아올라 어딘가로 사라졌다.

"제길."

치프는 붙잡고 있던 소총에서 손을 떼고 옆으로 몸을 굴렸다.

"죠니, 딕슨, 조셉… 이 자식들 다 죽여 버리겠어. 포프에게 진짜 총을 쥐어주면 어쩌자는 거야?"

중얼거리는 그를 향해 데스디아가 일어나 다가왔다.

"아, 뎃디. 일어날 수 있어? 미안한데 저기 있는 내 다리 좀 가져다줄래? 단면이 이렇게 된 걸 보니 왠지 셀레스티아의 도움을 받으면 다시 붙일 수 있을 것 같거든."

포프에게 피를 뿜어댔던 다리는 그 단면이 하얗게 변해 있었다.

그러거나 말거나, 데스디아는 쓰러진 마네킹을 일으키듯 치프를 들어 세우고는 두 팔로 그를 꽉 껴안았다.

그녀는 심장에서 폭발하는 안도감을 주체할 수가 없었다.

그의 몸이 따뜻하다는 사실 자체가 너무 기뻤기에 표정을 바꾸거나 소리를 내어 기분을 드러내는 것조차 하지 못했다.

하지만 그녀가 주체하지 못한 것은 안타깝게도 감정만이 아니었다.

사건이 있고 나서 하루 뒤, 빅시티의 헌터들은 크게 술렁거렸다.

데스디아가 돈과 권력을 빼앗기기 싫었던 나머지 무려 병원 앞마당에서 치프를 죽이려 했다는 소문이 퍼진 것이다.

그 소문은 치프가 정말로 척추와 갈비뼈가 손상되어 입원했음이 확인되면서 주체할 수 없는 속도로 번지고 말았다.

*　　　*　　　*

연합병원에서 사건이 일어난 후 이틀이 지났다.

악어 머리 켐리는 같은 집에서 살고 있는 친구 두 명과 함께 아침 일찍 공항에 놀러왔다.

친구들에게 주스들을 나눠주고 자신은 커피를 든 켐리는 정문 옆에 있는 흡연시설로 갔다.

켐리의 친구들은 그와 마찬가지로 헌터였으며 각각 다른 행성 출신이었다. 나이는 물론 생김새도 달랐으나 그들은 그런 것 정도는 신경도 쓰지 않는 관계였다.

"켐리, 혹시 뎃디 부사장 얘기 들었어?"

자기 몫의 주스를 벌써 다 마신 곰 머리의 남자가 켐리에게 물었다.

"누님? 글쎄? 어제랑 그제는 단말기 끄고 잠만 자서 잘 모르겠네."

켐리는 빨대를 물고 컵 안에 든 커피를 쭉 마셨다.

"뎃디 부사장이 캡틴 치프를 두 팔로 조여서 쓰러뜨렸대. 치프의 척추랑 갈비뼈가 엉망이 됐다던데?"

"돈에 미쳐서 사장을 제거하려 했다고 그러더라고."

녹즙을 든 황소 머리의 남자가 끼어들자 켐리는 엉덩이로 그 친구의 허리를 장난스럽게 밀었다.

"누님이 돈에 미칠 사람이었으면 우리한테 외주 비용을 그렇게 주겠어?"

"농담이야, 농담."

황소 머리의 남자가 켐리의 두꺼운 어깨에 팔을 얹었다.

"보안국에서 일하는 친구한테 물어보니까 이상한 놈들이 병원에 나타났다고 하더라고. 국장한테 수류탄을 던진 그놈들이라던데?"

"그래?"

"그리고 캡틴 치프는 다리가 날아갔다고 하더군. 그 이후로 병원 부지에 터진 백금색의 빛 때문에 싸움을 정확히 본 사람은 없지만… 아무튼 뎃디 부사장이 베어허그로 치프를 으스러뜨린 건 사실이야."

친구의 말을 들으며 커피를 쭉 들이마신 켐리는 고개를 갸웃거렸다.

"테러리스트들이 누님이랑 싸운 것까지는 이해가 가겠는데 베어허그는 모르겠네. 치프가 뭔가 이상한 짓이라도 했나?"

"흠, 본인한테 물어보면 어때?"

곰 머리의 남자가 털로 뒤덮인 손가락을 공항 입구 쪽으로 펼쳤다.

켐리의 표정이 변했다. 검은색의 전통복을 입은 알타이르 여성이 여행용 가방을 끌며 그들의 앞을 걷고 있었다.

"뎃디 부사장이 웬일로 공항에 왔지? 그리고 저런 옷을 입은 건 처음이지 않나?"

곰 머리 남자의 말대로 그 알타이르 여성은 데스디아와 똑같은 얼굴에 비슷한 신장, 그리고 판에 박은 듯한 분위기를 흘리고 있었다.

하지만 8개월 전부터 데스디아의 모든 것을 관찰해 온 켐리는 그녀가 걷는 모습을 보더니 고개를 저었다.

"저 사람은 누님이 아니야."

"뭐?"

"일단 가슴 크기부터 다르고, 무엇보다 애를 셋 정도는 낳은 포스… 아니, 분위기거든."

켐리는 큰 임무를 받고 움직이는 스파이처럼 진지하게 대답했으나 친구들은 애를 몇 낳았는지는 어떻게 구별하느냐는 눈빛으로 켐리를 바라봤다.

친구들의 시선을 뒤늦게 확인한 악어 머리 켐리는 어깨를 으쓱했다.

"우리 엄마가 애를 딱 세 명 낳았어. 내가 첫째라서 분위기를 좀 알지."

"너희 엄마가 알타이르 사람이었어?"

"흠, 그럼 뎃디 누님에 대한 환상 따윈 갖지 않았을걸? 그리고 난 엄마랑 사이가 안 좋아."

친구들은 서로를 보더니 켐리의 뒤통수를 손으로 치며 낄낄 웃었다.

"그래, 애 셋은 그렇다 치자고, 산부인과 켐리 씨. 하지만 뎃디 부사장도 저런 느낌 아니었어?"

"아냐."

켐리가 단호하게 말했다.

"누님은 어딘가 소녀 같은 면이 있어. 그래, 뽀뽀 한 번 못 해본 여자의 모습이랄까?"

그러자 켐리의 친구들이 결국 크게 웃음을 터뜨렸다.

"이봐, 켐리. 뎃디 부사장이 몸을 막 굴리고 다니는 여자가 아니라는 건 유명하지만 뽀뽀 한 번 못 해봤다는 건 너무 심하잖아? 내장으로 줄넘기를 해볼 생각 없냐는 협박을 자연스럽게 내놓는 여자라고."

"그거랑 그건 다른 문제야. 옜, 다들 돌아서!"

켐리 일행이 일제히 몸을 돌렸다.

검은색 전통복의 알타이르 여성은 빅시티의 공항에 들어오자마자 이상한 일을 겪고 있었다.

공항 안팎에서 켐리 일행뿐만 아니라 인상이 좀 안 좋은 자전부가 자신을 보고 기겁하거나 눈을 마주치지 않으려고 몸부림치는 것을 몇 번이나 목격한 것이다.

어쨌거나 '뎃디'라는 애칭이 켐리 일행의 입에서 계속 나오는 것을 들었던 그 알타이르 여성은 시가도 피울 겸 켐리 일행에게 성큼성큼 다가갔다.

"신사분들, 실례하지만 그라니트 용역으로 가려면 무엇을 타야 합니까?"

그녀의 말투에 켐리와 친구들 전원이 놀랐다. 목소리는 소름이 끼칠 정도로 데스디아와 똑같았으나 말투가 완전히 달랐기 때문이다.

'누님이었으면 내 뒤꿈치를 부츠 끝으로 두드리시면서 말씀하셨을 텐데?'

데스디아의 평소 버릇을 아는 켐리는 즉시 그녀 쪽으로 몸을 돌렸다.

"예, 여사님. 그라니트 용역에는 무슨 일이신가요?"

그는 자신의 감을 믿고 최대한 예의를 지켰다.

"딸을 만나러 왔답니다. 하지만 내 딸은 무슨 일인지 단말기를 꺼놓았고 회사 전화도 연결이 안 되는군요."

"혹시 따님 성함이 데스디아리아 헤이파 알타이르 브라토레입니까?"

"오, 역시 제 딸을 아는 분들이군요. 헤이파 브라토레라고 합니다. 여러분은 제 딸의 친구인가요?"

"제가 어떻게 누님… 아니, 브라토레 부사장님과 친구가 되겠습니까? 저희 모두 부사장님께 신세를 졌던 사람입니다."

평소의 켐리는 남들 앞에서 말과 행동을 부풀리며 주목받길 좋아하는 남자였으나 지금은 친구들이 놀랄 정도로 성의를 보이고 있었다.

"그렇군요. 그럼 그라니트 용역으로 가는 길도 잘 아시겠네요?"

그녀, 헤이파가 시가를 입에 물자 켐리의 친구가 평소에 하던 대로 자신의 라이터를 꺼내어 불을 붙여주었다.

"길은 알고 있고 당장에라도 차로 모셔다 드릴 수 있지만 누님은 그곳에 안 계실 겁니다."

"흐음?"

"누님 회사의 사장이 어제 크게 다쳤다고 하는군요. 십중팔구 병원에 계실 겁니다. 그러니 단말기를 꺼놓으셨겠지요."

"어머나……."

헤이파는 인상을 찡그리더니 시가의 연기를 깊게 빨아들였다. 켐리는 물론 그의 친구들까지 그녀의 자세를 보고 흠칫했다.

'말투는 모르겠지만 자잘한 몸짓은 똑같군. 모녀지간 맞나? 복제인간 아냐?'

헤이파가 내뿜은 연기가 흡연시설의 공기정화장치에 빨려 들어갔다. 그녀는 팔짱을 끼며 한숨을 쉬었다.

"신사분께서 십중팔구라고 하셨으니 없을 수도 있다는 뜻이군요. 확실한 연락처는 없나요?"

"그쪽 직원들한테 연락해 보겠습니다."

단말기를 꺼낸 켐리는 젝스, 포프, 사만다 중에서 누구에게 전화를 해야 할지를 두고 잠시 망설였다.

'죠니 아저씨나 알케온 팀장의 번호가 있었으면 마음이 좀 편했을 텐데… 어쩌지?'

그는 결국 가장 이야기를 많이 해본 포프의 번호를 눌렀다.

신호음이 흐른 뒤, 이윽고 피로감이 섞인 포프의 목소리가 단말기에서 나왔다.

─포프예요, 켐리.

"아, 응. 통화 괜찮아? 너희 사장이 어제 크게 다쳤다며?"

─조금 전에 의식을 회복하셨어요. 무슨 일이신가요?

"헤이파 브라토레 님이라고, 부사장님의 어머니께서 지금 공항에 도착하셨거든? 부사장님 어디 계신지 혹시 알아?"

─아… 어쩌죠? 부사장님은 제 옆에서 주무세요. 사장님께서 깨어나신 걸 확인하시고 저랑 함께 수면실로 오셨죠. 혹시 부사장님의 어머님을 모셔 오실 생각이시면 사만다 언니한테 연락해 주세요.

"아… 난 사만다 팀장이랑 인사만 한 번 했을 뿐인데? 좀 부담스러워서 말이지."

—켐리가 부사장님을 소재로 야한 농담을 해대는 사람이라는 것 정도는 언니도 알고 있어요. 그래도 부사장님이 켐리의 고환을 만져 준다는 거짓말은 부사장님을 싫어하는 사람들도 지겨워하니 제발 그만두세요. 그럼 나중에 봐요.

　"저기, 포프?"

　켐리는 포프를 불러봤으나 통화 종료를 알리는 소리만이 대답을 대신했다.

　헤이파가 자신을 빤히 바라보자 켐리는 단말기를 손으로 가리키며 살짝 웃었다.

　"하하, 포프 베르자르. 보기보다 영리하고 농담도 즐기는 아이죠."

　켐리는 어떻게든 상황을 무마하려 했으나 이미 일그러진 헤이파의 눈가는 펴질 기미가 보이지 않았다.

　"신사분께서 제 딸을 소재로 야한 농담을 하고 다니신다고요? 고환은 또 뭡니까?"

　"오, 아뇨아뇨아뇨. 그건 그냥 일종의… 위트죠!"

　"위트? 하, 이 새끼가……."

　헤이파는 들고 있던 시가를 바닥에 내리꽂았다. 시가가 보도 블록을 깨면서 땅에 박히자 켐리와 그 친구들의 얼굴이 파랗게 떴다.

　"이, 일단 병원으로 가시지요! 제가 차로 모셔다 드리겠습니다! 저 보기보다 운전 잘해요!"

켐리는 마치 목숨을 구걸하듯 말했다.

그를 오랫동안 쏘아보던 헤이파는 땅에 박힌 시가를 뽑아 쓰레기통에 곱게 집어넣었다.

"음, 아닙니다. 더 이상 여러분께 폐를 끼치고 싶지 않군요. 그냥 택시를 타도록 하지요. 살려 드리는 대신 사만다 카터 팀장의 전화번호를 좀 가르쳐 주시겠습니까? 그 아가씨와 며칠 전에 인사를 나눴지만 도중에 혼란스러운 일이 많아서 미처 명함조차 받지 못했답니다."

"물론이죠, 여사님. 드리겠습니다."

켐리는 자신이 갖고 있던 사만다의 명함을 꺼내 헤이파에게 두 손으로 건네주었다. 명함을 받아 든 헤이파는 켐리 일행과 인사를 나눈 뒤 택시 승강장으로 걸어갔다.

그녀가 택시를 타고 그곳을 떠나자마자 켐리 일행의 긴장이 풀어졌다.

"아, 살았다!"

켐리가 마치 토하는 듯한 기세로 한숨을 터뜨렸다. 그의 친구들 역시 마찬가지였다.

"제길, 눈빛 봤어? 위트니 뭐니 하는 X같은 소리 따위는 영원히 후장으로 뿜어내게 만들어주겠다는 표정이었다고!"

"뎃디 부사장을 네 허풍에 끌어들이지 말라고 몇 번이나 말했잖아? 뻥을 쳐도 네가 수습할 수 있는 선에서 치라고! 그 여자가 널 좋게 봐서 몇 대 두드리고 끝나는 걸 아직도 몰라?"

"하아……."

수개월간 내뱉어온 허풍이 이런 식으로 되돌아올 줄은 꿈에도 몰랐던 켐리는 고개를 들지 못했다.

＊　　　　＊　　　　＊

"으음."

치프는 머리를 만지면서 중환자실 침대에서 일어났다.

옆 침대에 누워서 일반 병실로 옮길 준비를 하고 있던 레투가는 치프의 그런 건강한 모습을 보고 쓴웃음을 지었다.

"척추와 늑골이 뭉개져서 실려 온 사람이라고는 믿을 수 없을 만큼 건강하군."

"이제는 그런 몸이 됐나 봐."

치프는 반대로 레투가를 걱정스레 쳐다봤다.

"몸에 박힌 파편들은 다 뺀 거지?"

"음, 신체 재구축 치료도 끝났으니 이틀 정도 쉬다가 복귀해야지."

레투가는 어제 치료를 받아 재생된 팔을 흔들었다.

"좀 더 쉬지그래?"

"더 쉬었다가는 우주연합에서 새로운 보안국장을 보낼 거야. 어떤 인물이 올지 모르니 진통제를 먹는 한이 있더라도 버텨야지."

"음……."

치프는 셀레스티아가 붙여준 자신의 다리를 본 뒤 다시 침대에 누웠다.

"미안해, 레투가. 자네한테는 뭐든 손해만 끼치는 것 같아."

"받아줄 수 있으니 괜찮다네."

레투가가 듬직하게 말을 하자 치프는 어이가 없어 웃었다.

"미혼이 그런 식으로 객기를 부리면 모르겠는데, 자네는 적어도 한 사람에게만큼은 양해를 구해야 하는 입장이야."

치프는 눈짓으로 레투가의 옆을 가리켰다. 레투가는 옆에서 뭔가를 챙기던 도중에 우뚝 멈춘 자신의 부인을 보고는 멋쩍은 표정을 지었다.

한숨을 쉰 레투가의 부인은 손으로 남편의 이마를 찰싹 두드린 뒤 하던 일을 계속했다.

"아, 난 도저히 뎃디를 이해할 수가 없어."

치프가 갑자기 한탄하자 레투가와 그의 부인이 치프를 봤다.

"그때 나를 조여서 뭉갠 이유가 뭘까? 그날 딱히 잘못한 것도 없었는데? 다쳐서 온 애를 꾸짖는 엄마의 심정치고는 너무 심하잖아?"

"……."

레투가와 그의 부인은 진심으로 지껄이는 것이냐 묻듯이 그를 함께 쏘아봤다.

"여전히 고자 같은 말씀을 하시는군요, 사장님."

치프는 데스디아와 비슷한 목소리가 들리자 어머니에게 뭔가를 들킨 소년처럼 움찔했다.

그는 검은색의 알타이르 전통복을 입은 여성이 혀를 차며 병실 안으로 들어오자 의아한 표정을 지었다.

"당주님?"

레투가와 그의 부인은 치프의 말을 듣고 깜짝 놀랐다.

"당주님이라니?"

"아, 브라토레 가문의 당주님이시자 뎃디의 어머님이시지."

치프는 레투가 쪽으로 손을 내밀었다.

"이쪽은 레투가 브라브리오 보안국장과 그 부인이신 라우라 브라브리오 씨입니다."

치프는 일단 첫 대면인 만큼 친구를 정성껏 소개했다.

"헤이파 트리시아 알타이르 브라토레입니다. 훌륭한 분이시라는 말을 첫째에게 들었습니다, 보안국장님."

헤이파도 정중히 인사를 했다.

데스디아가 옷을 갈아입고 온 줄 알았던 레투가는 고개를 살짝 숙였다.

"당주님께서 이렇게 오실 줄은 몰랐습니다. 그라니트 행성에 오신 것을 환영합니다."

"라우라 브라브리오라고 합니다, 브라토레 가문의 당주님. 따님께 도움을 많이 받았습니다."

레투가에 이어 그의 부인인 라우라가 공손하게 허리를 굽혀 인사했다.

남편과 마찬가지로 다르토리오 행성인인 그녀는 신장만 조금 클 뿐, 대형 냉장고와 같은 체구의 레투가와 달리 몸이 날씬했다.

"반갑습니다, 브라브리오 부인. 하지만 죄송하게도 전 당주의 자리에서 내려왔답니다."

"어, 무슨 일 있으셨나요, 어머님?"

치프가 묻자 헤이파는 그에게 눈총을 주며 한숨을 쉬었다.

"내가 왜 너한테 어머님이라고 불려야 합니까?"

"…죄송합니다, 여사님."

치프는 너무 멋쩍었던 나머지 뒷머리를 긁었다.

헤이파는 허리 좌우에 손을 얹었다.

"첫째가 타향에서 겪고 있는 일이 얼마나 말도 안 되는 것인지를 직접 확인했는데 어미인 제가 그냥 있을 수는 없지요."

"그럼 가문의 당주는 케이시아 아가씨가 맡으셨겠네요?"

"당주의 자리는 제 어머님께 부탁드렸습니다. 아마도 지금쯤이면……."

헤이파는 손가방에서 단말기를 꺼냈다. 헤이파는 알타이르 공항에서 바로 개통하여 들고 온 그 단말기를 어색한 손짓으로 조작했다.

"음… 예, 어머님은 지금쯤 깨어나셨겠군요."

"깨어나시다니요?"

"워낙 완강한 분이라 힘으로 모셔 올 수밖에 없었지요. 다치시지 않도록 수면제를 썼으니 지금쯤 약간의 몽롱함을 겪고 계시겠지요."

"……."

알타이르로 휴가를 갔을 때 이와 같은 어색함을 몇 번이나 느꼈던 치프는 레투가를 흘끔 봤다.

레투가와 그의 부인은 치프가 처음 헤이파를 만났을 때처럼 문화적 충격을 받고 있었다.

"여사님, 혹시 그 단말기는 이곳으로 오실 때 구입하신 건가요?"

치프는 분위기를 바꾸기 위해 그녀의 단말기를 소재로 삼았다.

"그렇답니다."

헤이파는 자신의 손에 들린 그 작은 기계장치를 안타깝게 지켜봤다.

"하지만 다루기가 어렵군요. 길들여지지 않은 합성수지 덩어리라 피부도 따갑고 말이지요. 캠코더와 TV에 익숙해지는 것에도 시간이 걸렸는데 이 복잡한 것은 또 얼마나 저를 고생시킬지 감이 안 잡히는군요."

"간단한 기능 정도는 제가 지금 알려 드릴 수 있어요."

"아무리 고자 같다고 해도 나름 환자분인데 폐를 끼칠 수는 없지요. 사만다 팀장에게 신세를 지도록 하겠습니다."

"…예."

불과 며칠 만에 고자 소리를 또 듣게 될 줄 몰랐던 치프는 담담히 한숨을 쉬었다.

"저는 첫째를 만나러 가겠습니다, 여러분. 나중에 뵙지요."

"예, 여사님."

치프는 헤이파가 병실 밖으로 나갈 때까지 고개를 들지 못했다.

레투가는 부인과 함께 치프를 바라보다가 이윽고 넌지시 물었다.

"자네 혹시 그… 성기능에 문제가 있었나?"

"고자냐고? 아니야. 멀쩡해. 절대 자신 있어."

"그런데 왜 브라토레 여사님께서는 자네에게 그 단어를 반복하여 사용하시는 건가?"

"몰라, 나도."

치프는 다시 침대에 누웠다.

"알타이르에서 있었던 일인데, 얘기 도중에 갑자기 나를 밖으로 끌고 나가시더니 고자 같은 놈이라고 욕을 하시고는 울면서 나를 두드려 패셨지. 반항을 할 수 있는 분위기도 아니었지만 힘과 기술에서 그렇게 압도적으로 제압당한 건 그때가 처음이었어."

"대체 그분과 무슨 얘기를 나눈 건가?"

"데스디아에 대한 얘기였어. 맹세하지만 정말 심각한 얘기가 아니었다니까?"

치프는 아직도 당시의 일을 이해하지 못하겠다는 얼굴이었다.

그러나 레투가와 그의 부인은 대충 알 것 같다는 듯 고개를 저었다.

"사장님, 브라토레 부사장님은 소녀 같은 일면을 갖고 계신 분입니다."

듣다 못한 라우라가 말했다. 하지만 치프는 씩 웃었다.

"하, 뎃디보다 훨씬 더 소녀에 가까운 사만다조차도 저한테 베어허그는 안 했어요."

라우라는 며칠 전의 그 상황을 베어허그라고 부르는 것부터가 글러먹은 태도라고 직접 지적하고 싶었지만 일단 참았다.

대신 그녀는 자신의 단말기를 치프에게 보여주었다.

"이걸 보세요, 사장님. 부사장님에 대한 사람들의 오해가 대단합니다."

"오해라니요?"

라우라에게 단말기를 넘겨받은 치프는 그녀가 띄워놓은 SNS의 글들을 보자마자 표정을 바꿨다.

데스디아가 돈에 미쳐서 일을 저질렀다는 의견은 수천 개의 댓글이 뒤섞인 싸움터로 변해 있었다. 그녀가 테러 사건을 저지른 놈들과 뒷거래를 했을 거라는 헛소리마저도 있을 정도로 혼잡한 상황이었다.

단순한 사고였을 거라며 변호하는 의견도 있었지만 그에 대한 반응 역시 깨끗진 않았다.

"뭔가 굉장하네요."

치프는 한숨을 쉬며 단말기를 돌려줬다.

"어떻게든 해야 하지 않을까요? 부사장님이 너무 불쌍하잖아요?"

라우라는 드래곤로크 사건 이후로 친구가 된 데스디아를 걱정하고 있었다. 그녀가 치프에게 SNS상의 글을 보여준 것은 부디 치프가 공개적으로 데스디아를 변호해 주길 바랐기 때문이다.

하지만 치프는 라우라가 걱정하는 상황이 그다지 가슴에 와 닿지 않았다.

"흠, 뎃디는 이런 일로 흔들릴 만큼 말랑말랑한 사람이 아니에요."

"예?"

라우라는 그냥 그렇게 말을 하고 말아버리는 치프의 태도에 상당히 실망했다.

상황을 지켜본 레투가는 치프와 라우라의 가치관 차이가 상당할뿐더러 치프의 본심이 뭔지 알고 있었기에 그냥 가만히 있었다.

그때, 검은색 야구 모자를 쓴 젝스가 조금 빠른 걸음으로 병실에 들어왔다.

"사장, 사장! 봤어? 부사장님이 전통복을 입으셨어!"

"쉿, 조용. 여긴 중환자실이잖아? 그렇게 벌컥 들어오면 안돼."

다른 침대에 누워 있는 환자들이 참 빨리도 지적한다는 눈으로 치프를 봤다.

그들은 며칠 동안 그라니트 용역의 직원들이 내는 소음 때문에 큰 불편을 느끼고 있었다. 특히 오늘 아침에 치프가 의식을 회복했을 때는 그 불편함이 정점에 달했다.

간호사들의 경고를 받으면서까지 치프의 곁을 계속 지켰던 데스디아는 정작 치프가 깨어나자 도망치듯이 중환자실을 빠져나갔다. 반면 셀레스티아와 포프는 눈물을 쏟으면서 소란을 일으키다가 루할트와 알케온에 의해 밖으로 끌려 나갔다.

환자들은 정식으로 항의를 하려 했으나 총만 들지 않았을 뿐, 헬멧과 전투복으로 완전무장을 한 딕슨과 조셉이 병실 밖에 버티고 있었기 때문에 그러지 못했다.

그러나 앞선 사람들과 달리 동물적인 감으로 주변 분위기를 느낀 젝스는 모자챙에 손을 대고 주변의 모든 환자에게 사과의 제스처를 보냈다.

치프는 젝스의 모자 위를 쓰다듬어 주며 주변 사람들에게 양해를 구했다.

"그분은 데스디아가 아니야, 젝스. 헤이파 브라토레 님이라고,

데스디아의 어머님이셔."

"그, 그렇구나. 하지만 두 분은 너무 닮았어. 생물학적으로도 말이야."

"엄마와 그 딸이니 당연하겠지?"

"그런 문제가 아니야. 부친의 유전자가 느껴지지 않았어. 꼭 복제인간 같았다고!"

헤이파에게서 그와 관련된 이야기를 들었던 치프는 대수롭지 않다는 투로 웃었다.

"헤이파 님에게서 알타이르 왕족의 첫째 딸들이 다 그렇다는 얘기를 들었어. 성격까지도 똑같다고 하더라고."

"음……."

젝스는 일단 고개를 끄덕였으나 왠지 꺼림칙한 느낌을 털어 내지는 못했다.

"뭐, 그것 때문에 들어온 건 아니지?"

치프가 물었다.

"아, 응. 사장을 일반 병실로 옮겨도 된다는 확인을 받아 왔어. 이제 마음에 드는 병실로 옮겨도 된대."

"퇴원은?"

"오늘에서야 의식을 회복한 환자에게 거기까지는 허락할 수 없다고 버티더라고."

"흠. 그럼 레투가랑 같은 병실을 쓸까? 심심한데 말이지."

"아, 괜찮겠군."

레투가는 껄껄 웃었으나 라우라는 자신의 팔뚝을 교차하여 X표를 그렸다.

그리고 이어진 어색한 분위기는 레투가가 그녀를 설득할 때까지 쉽사리 풀리지 않았다.

27
복사본

치프가 깨어나자마자 병원의 수면실을 빌려 잠에 빠진 데스디아는 아늑한 향기에 반응하여 눈을 떴다.

단말기를 통해 자신이 7시간 정도 잤음을 확인한 데스디아는 머리를 훑으며 일어났다. 그녀는 자신의 옆에서 자고 있는 포프의 모습을 보고 빙긋 웃었다.

"일어났느냐?"

옆에서 익숙한 목소리가 들리자 데스디아는 얼른 고개를 돌렸다. 헤이파가 자판기에서 뽑은 페트병 녹차를 손에 든 채 침대 옆에 앉아 있었다.

"어머님?"

"안색이 별로구나. 더 별로인 건 이 녹차의 맛이지만."

"차라기보다는 저질 찻잎이 수영하고 나온 물이지요."

"점수를 후하게 주는구나. 이건 흡사 오줌이 아니더냐?"

그러면서도 헤이파는 그 녹차로 목을 축이고 그것을 딸에게 내밀었다. 데스디아도 자주 뽑아 먹는 브랜드의 녹차였기에 마시는 모습도 자연스러웠다.

"사만다 팀장에게 얘기를 들었는데, 네가 그 고자를 팔로 조여서 구겨놨다며?"

어머니의 그 말에 입에 문 녹차를 뱉을 뻔했던 데스디아는 손으로 입을 막은 채 어렵사리 차를 마셨다.

"단순히 부축하려 했는데 그렇게 됐습니다."

"부축? 어이가 없구나. 라샤이드까지 지낸 전사가 그 정도로 서투르게 힘을 썼단 말이냐?"

"이 행성에서는 알타이르 행성인들의 힘이 몇 배나 강해집니다. 느끼신 적이 없으십니까?"

"흠⋯⋯."

헤이파는 힘을 시험할 뭔가를 찾다가 지갑에서 동전을 꺼냈다.

동전 세 개를 겹쳐서 엄지와 검지 사이에 놓은 헤이파는 손가락에 힘을 주었다. 그러자 세 개의 동전이 더운 날씨 속의 초콜릿처럼 간단히 형태가 바뀌었다.

헤이파는 구겨진 동전의 표면에 자신의 지문까지 찍혀 있자 천천히 고개를 끄덕였다.

"과연, 고향에 있을 때보다 훨씬 빨리 구겨지는구나. 힘만 강해지는 것이 아니라 육체의 단단함까지 변하는 것 같은데? 쇠를 구부렸지만 살이 눌린 흔적조차 없구나."

"그렇습니다, 어머님. 게다가 날개 달린 자들과 교감할 경우 지금 이상의 힘을 가질 수 있습니다. 이유가 무엇일까요?"

"신룡의 유적에서 있었던 일이 단서겠지. 하지만 이제 고민은 그만하렴. 나와 함께 고향으로 돌아가자꾸나."

데스디아가 움찔했다.

"어머님?"

"이제 그만 손을 떼라. 더 이상 네가 관여해서는 안 될 것 같아."

헤이파가 팔짱을 끼며 말하자 데스디아는 고개를 흔들었다.

"손을 떼고 어쩌고 할 일이 아닙니다, 어머님!"

"안 돼. 일의 분위기도 문제지만 그 치프라는 자부터가 너무 위험해. 일반인에게 허락되지 않은 힘을 발휘하는 대신에 그놈이 세상에게, 혹은 세상이 그놈에게 지불하는 대가가 뭐지? 고작 탄산음료 몇 박스로 끝날 거라 생각하느냐?"

"……"

"결정적으로 그놈은 널 여자로 생각하지도 않아."

데스디아는 그 말에 화가 났다.

"그가 저를 여자로 생각지 않는다고 하셨습니까?"

"그렇다만?"

"그럴 리가 없습니다! 그는 제가 벗은 모습을 몇 번이나 봤습니다!"

헤이파의 얼굴은 납빛이 되었다. 자신이 순간 오해했다는 것을 깨달은 데스디아는 격분하여 일어나려는 헤이파를 가까스로 붙잡았다.

"브라토레 가문의 장래에 먹구름이 졌구나."

"……."

헤이파는 딸의 모습을 두고 볼 수가 없었다.

"똑바로 앉아봐라, 첫째야."

반쯤 누워 있던 상태였던 데스디아는 침대에 무릎을 꿇고 앉았다. 자느라 헝클어졌던 머리카락도 손가락으로 훑어 정돈했다.

"위험을 각오하는 이유가 무엇이냐?"

헤이파가 묻자 데스디아는 곧장 대답했다.

"고향 땅에 묻히지도 못한 채 이국의 하늘에서 산화한 동포의 수가 수천 명입니다. 그런데도 우주연합에서는 그냥 싸움 좀 하다가 난 희생자 정도로 치부하고 있습니다. 이것은 알타이드의 라샤이드로서 용납할 수 없는 일입니다."

"그래, 그 책임감은 인정해 주마. 그런데 왜 치프라는 자와 같이 일을 하고 있는 것이냐?"

"그는 같은 목표를 가진 동료입니다."

"겨우 그것뿐이냐?"

헤이파는 입을 다물어 버린 데스디아를 쏘아보며 한숨을 쉬었다.

"이곳에 오면서 사만다 팀장에게 들었단다. 치프가 죽은 줄 알고 있다가 일을 저질렀다며?"

"적이 그만큼 강력한 존재이기도 했습니다. 더군다나 민간인이 많은 병원이었기에 속전속결로 처리하여 피해를 최소화할 필요가 있었습니다."

"좋은 판단이구나. 하지만 너로 하여금 그 미지의 힘을 이끌어낸 계기가 치프라는 것은 확실하지?"

"……."

"하, 쯧쯧……."

헤이파가 쓴웃음을 지으며 한탄했다.

"한 번이나마 이성까지 잃어버린 것을 봐서는 마음이 굳어져도 단단히 굳어진 것 같으니 설득은 포기하마. 연애의 경우에는 솔직히 나도 잘 모르니 그냥 네 심장이 이끄는 대로 하려무나."

헤이파의 말에 데스디아는 가만히 있을 수가 없었다.

"제 일을 너무 단순하게 생각하시면 안 됩니다, 어머님."

"그렇다면?"

"그와 함께 있고 싶다는 마음만은 분명합니다. 그것만은 부정하지 않겠습니다. 하지만 제가 그렇게 마음만 팔린 여자였다면 지금껏 저와 제 직원들을 노린 자들에게 수없이 목숨을 잃었을 것입니다."

"그래, 그건 인정하마. 하지만 놈을 볼 때의 꼬락서니를 꼭 사진으로 보여줘야 정신을 차리겠느냐?"

헤이파는 계속해서 지적했고 데스디아는 결국 입을 다물었다.

"대체 놈의 어떤 부분이 네 마음을 빼앗은 것이냐?"

"그는 명확한 용기로 사람들을 이끄는 힘이 있습니다. 하지만 그것은 객관적인 평일 뿐, 저는 지금 매우 개인이고 일방적인 감정에 따라 그의 곁에 있고 싶어 하는 것입니다."

데스디아는 굉장히 어렵게 자신의 마음을 이야기를 했다.

하지만 앞에서 듣고 있는 헤이파의 표정은 묘하게 구겨졌다.

'그냥 짝사랑이라고 하면 안 되나?'

헤이파는 이마를 짚었다.

"그놈이 입에 발린 소리로 너를 유혹한 것은 아니고?"

"절대 그렇지 않습니다, 어머님. 그럴 정신이 있는 사람이었다면 옷부터 깔끔하게 입었겠지요!"

"하아……."

헤이파가 길게 한숨을 터뜨렸다.

"어쩔 수 없구나. 네가 잡념에 휘말려 해를 입거나 동료들이 다치지 않도록 내가 도와주마."

"특별한 방법이라도 생각해 두셨습니까?"

"물론이지."

헤이파는 자신의 가방에서 데스디아가 입은 것과 똑같은 알타이르의 전투복을 꺼냈다. 색이나 형태 이전에 데스디아의 옷장에서 그냥 갖고 나온 여분의 옷이었다.

"이 어미가 너를 지켜주마."

"어, 어머님?"

"이럴 줄 알고 단말기도 샀으니 말리지 마라. 회사에서 외부인의 출입을 금지한다면 취직도 불사할 테니 그리 알아라."

헤이파는 데스디아가 보는 앞에서 옷을 모조리 벗은 후 전투복을 입었다.

"내가 드래곤들의 실체를 보지 못했다면 이러지도 않았을 것이야. 드래곤뿐만 아니라 그 모든 것이 영상으로 봤을 때와는 다르더구나. 다른 사람도 아니고 내 귀여운 딸이 그 X같은 것들을 상대하고 있다는데 가만히 있을 어미가 대체 어디 있단 말이냐?"

"어머님……."

"드래곤들의 초월적인 위압감과 우리를 감쪽같이 속인 엠페라투스의 교활함, 그리고 브리치에서 기어 나오려 했던 발푸르기스 나하트까지! 엄마가 된 입장에서 두 번이나 허망하게 딸을 잃을 순 없지. 네가 타향에서 죽었다는 소식을 듣느니 내가 대신 죽어줄 것이야!"

전투복을 깔끔하게 입고 터번까지 잘 두른 헤이파는 마지막으로 자신의 가슴을 움켜쥐어 봤다.

"흠, 역시 네 옷장에서 가져온 전투복이라 그런지 가슴이 꽤 끼는구나. 역시 처녀 때가 좋았지."

"……"

데스디아는 헤이파가 대단히 흥분한 상태라는 사실을 알고 있었기에 꼼짝도 못하고 앉아 있었다.

그녀는 힘을 써서라도 어머니를 말리겠다는 생각은 아예 하지 못했다.

데스디아는 역대 워치프 중에서도 손꼽히는 유망주였으나 했으나 헤이파는 알타이르 행성 역사상 유일하게 워치프와 최고 대사장직을 연이어 맡은 전설의 인물이었다.

다른 것들은 다 젖혀놓고 외부 행성계에서의 전투 경험과 각종 환경 및 대형 생물에 대한 대처법 등만 보아도 알타이르 행성인 중에서도 최고였다.

더불어, 데스디아는 그라니트 행성에 체류하기 전까지 헤이파와의 무술 대련에서 단 한 번도 이겨본 적이 없었다.

헤이파는 장수를 하는 알타이르 행성인의 특징상 피부 상태와 근육 등은 데스디아와 엇비슷했고 가슴을 제외하고는 옷이 딱 맞을 정도로 신체 상태도 좋았다.

"좋아, 괜찮군. 적어도 오늘 하루만큼은 이 어미가 대신 일을 해줄 테니 오늘은 푹 쉬려무나."

"예, 어머님."

데스디아는 심히 걱정됐지만 헤이파가 딱히 실수를 할 사람도 아니기에 다시 포프 옆에 누웠다.

'치프가 입원한 뒤에는 셀레스티아가 경계를 대신하겠다고 했으니 큰 문제는 없겠지.'

그녀는 지난 며칠간 치프를 걱정하고 지켜보느라 지쳤기 때문인지 금방 눈을 감았다.

＊　　　　＊　　　　＊

수면실 밖으로 나온 헤이파는 복도에서 시끄럽게 떠들던 남자들을 돌아봤다.

부상당한 동료를 문병 왔던 그들은 헤이파와 눈을 마주하자마자 입을 다물고 고개를 돌렸다.

'역시, 첫째가 저런 녀석들을 두고 보진 않았군.'

그녀는 주변에 사람이 없는 창가 벤치에 앉아 단말기를 켰다. 데스디아가 얼마 전에 동생 케이시아에게 전해줬던 회사에 대한 자료를 익혀두기 위해서였다.

단말기에는 셀레스티아의 사진이 가장 먼저 떴다.

'셀레스티아. 날개 달린 자들의 왕녀. 본명은 별빛을 자아내는 커다란 눈송이의 날개. 흠, 이 이름은 과거 알타이르에서 사용했던 작명법과 비슷하군. 가장 큰 사이즈의 피자 10판을 한번에 먹어치운다고? 이건 대단하긴 하다만… 흠.'

그녀는 손으로 단말기의 화면을 연거푸 밀어 화면을 겨우 넘겼다.

'파울라. 날개 달린 자들의 장로이자 2세대 드래곤이라고? 상당히 높은 전투 능력에 판단력은 그럭저럭. 셀레스티아를 잘 돌봐주며 엠페라투스와 얽힌 이야기가 있는 듯하다. 악어 머리 켐리는 그녀를 보더니 애를 하나 낳은 것처럼 보인다고 말했다. …켐리가 누구야?'

다음 페이지는 죠니와 딕슨, 조셉의 사진이 장식했다.

'이 커다란 턱을 가진 놈이 죠니로군. 죠르반니 빅토르 조르카예프. A─8831. 특기는 폭발물 사용과 각종 탑승물 운전, 첩보, 정보 수집. 흠, 의외로 다재다능하군. 헬멧에 스마일 마크를 단 놈이 딕슨, 화가 난 해골 마크를 단 놈이 조셉. 둘의 특기는 중단거리 사격 및 테러 진압인데… 이놈들은 왜 헬멧을 쓴 채로 사진을 찍은 거지?'

헤이파는 고개를 갸웃거리며 페이지를 넘겼다.

'포프 베르자르. 건하운드를 이용한 견제 사격이 특기. 첩보 및 은신도 특기라고? 음, 제대로 훈련받은 오파로아 행성인이라면 은신 능력이 대단하겠군. 베르자르라는 성씨를 어디서 들어본 것 같은데?'

페이지가 넘어갔다.

'젝스 하인케스. 블레이드하운드를 이용한 근접 전투가 특기. 놀라운 운동 능력의 보유자. 눈매 한번 매섭군. 마음이 약하고

눈물도 많은 편이라고? 아무튼 D라고 표시됐군.'

그녀는 한 번 더 페이지를 넘겼다.

'사만다 카터. 착하다. 가슴이 크다. 이건 좀 아니잖니, 첫째야? 아무튼 넘어가고……'

사만다의 페이지가 휙 넘어갔다.

'알케온. 운전 전담인데… 이 친구도 D라고 따로 표시된 걸 보니 젝스와 마찬가지로 드래곤인가 보군. 취향이 미소년이라고? 음… 설마, 아니겠지. 그다음은… 롸켓 에드바드.'

헤이파는 롸켓의 대목에서 인상을 찡그렸다.

'로켓이 아니다. 롸켓이다. 그리고 병신이다. 이렇게 적어놓으면 어쩌자는 것이냐, 첫째야? 그래도 운전 잘하는 병신이라고 해놨으니 대충 알 것 같군.'

헤이파는 터번 밑으로 흘러내린 머리카락을 정리하며 페이지를 넘겼다.

'요르엘 카파 델 시에로 미카엘라? 외우라고 지은 이름인가? 엠피레오 행성인? 회사에서는 요르엘이라고 부르나 보군. 엠피레오 행성인은 처음 접하는데 말이야.'

그는 마지막 페이지에 치프가 보이자 단말기를 그냥 끄려고 했다. 하지만 냉정함을 발휘하여 그의 소개를 읽었다.

'A-1730. 본명이 또 있는 것으로 최근에 확인. 계급은 UNSMC 원사. 건하운드 없이도 무기를 제조할 수 있으며 프린팅한 함선에 한정하여 다수를 동시에 조종하는 것도 가능. 엠페라투스와 수차례 대결했지만 어쩐지 엠페라투스 쪽에서 그에게 관심을 갖는 듯하다. 옷을 더럽게 못 입는다. 그나마 깔끔하게 잘 씻는다. 보기보다 냉혹하다.'

그녀는 어색한 손동작으로 단말기를 껐다.

'치프라는 놈의 소개만 길게 써놨군. 이런 것을 보고 눈에 뭔가 씌었다고 하지.'

하지만 헤이파는 고개를 갸웃했다.

'눈에 뭔가가 씌었다는 말은 많이 들었지만 직접 경험한 적이 없어서 정확한 느낌을 잘 모르겠군.'

한숨을 쉬는 헤이파의 뒤쪽, 그러니까 그녀가 등지고 있는 대형 유리창에 뭔가가 날아와 터졌다. 다른 것에 집중하느라 미처 감지하지 못한 헤이파는 의아한 표정으로 뒤를 돌아봤다.

유리창에서 터진 것은 붉은색의 페인트를 집어넣은 달걀이었다. 페인트가 퍼진 유리창 너머로는 온갖 험한 문구의 홀로그램 패널을 든 집단이 보였다.

그들은 전투경찰들의 만류를 뿌리치면서 유리창 안쪽에 보이는 헤이파를 향해 패널을 흔들며 구호를 외쳤다.

"돈에 미친 브라토레는 그라니트를 떠나라!"

"하극상은 용서 없다! 그라니트 용역에 정의를!"

"넌 부사장이지, 사장이 아니다! 사장을 죽이고 회사를 차지하려 한 헌터는 인정할 수 없다!"

"데스디아 브라토레여, 네가 고향에 기부금을 보낸 것이 밝혀졌다! 양심껏 돈을 써라, 이 매춘부야!"

"네가 보안국장의 테러와 관련이 있다는 사실을 실토하라! 어서 법의 심판을 받으란 말이다!"

백여 명의 헌터가 패널과 확성기를 이용해 헤이파를 계속해서 자극했다.

"흥, 애송이 새끼들."

헤이파는 쓴웃음을 지으며 자리에 앉았다.

그때, 중환자실에 있어야 할 치프가 복도 밖에 나타나더니 헤이파의 팔을 붙잡고 끌어당겼다.

"사, 사장? 아니, 치프? 왜?"

"도저히 못 참겠어! 넌 내 일생에서 두 번째로 고마운 여성이야! 게다가 함께 목숨을 걸고 싸우기도 했다고! 난 언제든 널위해서 목숨을 내 놓을 각오가 돼 있어! 첫눈에 반한 여자를위해 목숨을 버리는 것은 남자로서 둘도 없는 영광이겠지!"

"응⋯⋯?"

"그런데 네가 저렇게 웃기지도 않은 놈들에게 욕을 먹고 있어! 나보고 저걸 참으라고? 웃기지 말라고 해! 저 녀석들에게 본때를 보여주겠어!"

치프는 헤이파를 끌고 움직여 유리를 열더니 밖으로 나갔다. 치프가 '데스디아로 오해받는' 헤이파와 함께 로비 옥상에 자리를 잡자 어제부터 모였던 시위대들이 일제히 괴성을 지르며 험한 말을 쏟아냈다.

"닥쳐! 돈이 뭐 어쩌고 어째? 나와 데스디아는 원래 이런 사이야!"

고함을 지른 치프는 자신보다 키가 큰 헤이파의 목을 두 팔로 끌어당긴 후 그녀와 입을 맞췄다.

치프와 헤이파 모두 꼼짝도 하지 않자 시위대들도 조용해졌다.

그러나 라우라의 지시대로 일을 했던 치프는 경악하고 있었다.

'데스디아가 즐겨 쓰는 치약 냄새가 아닌데? 이건 알타이르에서 흔히 맡았던 냄새야! 게다가 가슴이 좀… 설마?'

경악한 것은 치프만이 아니었다.

'키스란… 이런 것인가……?'

사건의 배경을 전혀 모르는 헤이파는 입에서 심장이 튀어나올 정도로 당황하고 있었다.

"이 새끼가!"

퍼뜩 정신을 차린 헤이파는 무릎으로 치프의 배를 쳤다.

무릎이 명치를 뚫고 들어와 척추에 박힌 게 아닐까 싶을 정도로 큰 충격을 받은 치프는 그 자리에 주저앉았다.

맞는 소리와 쓰러지는 모습이 너무 살벌했기에 구경하고 있던 시위대들, 아니, 헌터 전원의 머릿속이 하얗게 비워졌다.

그들은 그제야 자신들이 '그' 데스디아 브라토레를 상대로 시비를 걸었다는 사실을 깨달았다.

물론 일에 휘말린 사람은 데스디아 본인이 아니라 헤이파였지만 그 혼란 속에서 진실을 알아차릴 만큼 눈썰미가 좋은 사람은 아무도 없었다.

정신까지 부서지는 고통 속에서 치프의 머릿속에 떠오른 것은 몇 분 전에 들었던 라우라의 지적이었다.

그녀는 '데스디아가 말랑한 성격은 분명 아니지만, 그렇다고 그녀를 돕지 않는 것은 믿음을 빙자한 졸렬함이다'라며 화를 냈다. 레투가 역시 총알이 오라가락하는 상황에서만 전우를 보호해야 하는 것은 아니라고 말해주었다.

결국 치프는 뭔가 방법이 없겠느냐 물었고, 레투가는 어제저녁부터 병원 앞에 모여 시위를 하고 있는 헌터들을 그에게 보여주었다.

병원의 방음시설 때문에 그들의 존재를 몰랐던 치프는 설마 데스디아를 상대로 집단행동을 하는 얼간이들이 있을 줄은 몰랐다며 당혹해했다.

라우라는 치프가 그들 앞에서 데스디아와 키스를 하면 모든 오해가 끝날 거라고 말했다.

치프는 너무 작위적이지 않느냐며 따졌으나 라우라는 내심 일석이조의 효과를 노리고 자신의 계획을 밀어붙였다.

치프는 고작 키스 정도로 데스디아의 부담을 덜어줄 수 있을지 걱정했다.

그러나 지금, 그의 걱정은 삶과 죽음의 경계로 내몰리고 말왔다.

'왜 여사님이……?'

치프는 자신과 접촉해 버린 사람이 데스디아가 아니라 헤이파라는 사실을 이해할 수가 없었다.

'어째서 전통복이 아니라 전투복을 입으신 건가요?'

무릎치기 정도로 화를 풀 리가 없는 헤이파는 치프의 목을 한 손으로 쥐고는 시위대를 향해 집어 던졌다.

모여 있던 헌터들의 좋은 덩치를 쿠션 삼아 치명상을 피한 치프는 하마터면 부러질 뻔한 목을 만지며 일어났다.

'이제부터가 문제야. 헛소리를 했다가는 여기 있는 얼간이들과 함께 박살 나서 시체도 못 건질 거라고!'

그는 일단 주변에 있는 헌터들을 돌아봤다.

"어이, 봤지? 내가 저번에도 이렇게 고백을 했다가 몸이 으스러진 거야."

"진짜요? 고백을 한 거예요, 아니면 성추행을 한 거예요?"

치프의 밑에 깔린 호랑이 머리의 헌터가 힘겹게 물었다.

"저쪽에선 추행인 줄 알았나 봐. 알타이르 여성의 정조 관념은 철벽에 가깝더군."

"그럴듯하면서도 전혀 이해가 안 가는데요? 여러모로 구린내가 난다고요!"

헌터들이 반신반의하자 치프는 심히 긴장했다.

'거짓말로 뭉개는 것도 한계가 있는데, 어쩌지?'

그때, 치프의 모든 감각이 살기에 반응했다.

"아무튼… 친구들, 이제 다들 여기서 떠나는 게 어때?"

치프에게 집중하고 있던 헌터들은 헤이파가 땅을 꺼뜨릴 기세로 착지하자 하나같이 사색이 됐다. 몇몇은 오금이 저린 나머지 그 자리에 주저앉고 말았다.

헤이파는 빨갛게 빛나는 눈으로 보도블록을 집어 든 뒤 치프와 헌터들을 노려봤다.

"그놈이랑 같이 거세당하고 싶은 새끼들은 다 남아. 날붙이 따윈 쓰지 않을 테니 짜릿할 거야."

보도블록이 헤이파의 악력에 진흙처럼 뭉개졌다.

"빌어먹을, 튀어!"

헌터들은 들고 있던 푯말과 계란 따위의 물건들을 모조리 버리며 사방으로 도망쳤다.

병원 안에서 그 꼴을 구경하던 모든 사람은 병원의 잔디 위로 쩌릿쩌릿 흐르는 헤이파의·살기에 숨을 죽이고 몸을 숨겼다.

소란 끝에 헤이파와 단둘이 남게 된 치프는 모든 것을 포기한 미소를 지으며 눈을 감고 두 팔을 벌렸다. 죽이든 거세를 하든 마음대로 하라는 뜻이었다.

"…쫏."

헤이파는 치프의 손목을 잡고는 어디론가 뛰었다. 그 속도가 어마어마했기에 그들이 사라지는 모습을 제대로 본 사람은 아무도 없었다.

혹시나 모를 상황에 대비해 병원 옥상에서 저격소총을 들고 대기하던 죠니는 목에 찬 통신기를 눌렀다.

"뭔가 상황이 웃기게 돌아가는 것 같은데, 두 분이 어디로 사라졌는지 본 사람 있나?"

─이탈 속도가 장난이 아니었습니다. 원사님의 팔이 무사할지 모르겠네요. 아무튼 방향은 잡았지만 속도 때문에 지금 우리가 가진 장비로는 정확한 추적이 불가능합니다.

조셉의 말을 들은 죠니는 한숨을 쉬었다.

"관두자고. 남녀 문제잖아? 우리가 흥신소 직원도 아니고 말이야."

─그런데 그분… 부사장님 맞습니까?

"무슨 말이야, 딕슨?"

─신체의 윤곽이 달랐습니다. 화면을 보내 드리죠.

죠니는 '윤곽'이라는 말에 고개를 갸웃했다. 다른 곳에 배치된 조셉도 마찬가지였다.

그러나 단말기를 통해 딕슨이 찍은 화면을 확인한 둘은 경악했다.

"어이, 어이. 부사장님 가슴이 저렇게 컸나?"

─그러니까 말입니다. 뭔가 이상합니다. 엠페라투스가 변장한 게 아닐까요?

"굳이 가슴을 키워서 변장할 이유는 없겠지. 사만다한테 연락해서 부사장님이 계셨던 수면실로 가보라고 해."

―알겠습니다.

"아, 잠깐."

죠니는 마지막 순간 생각을 바꿨다.

A-8831, 본명 죠르반니 빅토르 조르카예프. 실제 소속은 UNSMC 상사.

그는 하사 시절부터 치프와 함께 식민지를 누비고 다녔던 베테랑 군인이며, 치프 못지않은 직감의 소유자로 유명하다.

땅이나 건물 벽에 숨겨진 사제 폭발물들을 수없이 발견하여 전우들의 목숨을 구한 그의 직감은 이 하찮은 사건에 심각히 반응하고 있었다.

"부사장님이 수면실에 계신지만 확인하라고 해줘."

―무슨 말씀이십니까?

"왠지 치프가… 부사장님의 어머니와 신체 접촉을 한 것 같거든."

―아…….

"부사장님이 아신다면 일이 골 때리게 흘러갈 거야. 절대 숨겨야 해."

죠니는 사명감에 젖은 얼굴로 말했다. 그는 모든 UNSMC 대원의 존경을 받는 위대한 군인, 치프가 이상한 일에 빠지지 않기를 진심으로 바라고 있었다.

―그게 가능할까요, 상사님?

"응?"

—아까 그 상황이 이미 동영상 사이트에 업로드가 됐습니다. 조회수가 이미…….

"아니, 됐어. 무슨 상황인지 알 거 같아."

죠니는 자신의 단말기에 UNSMC 대원들의 통화 요청과 문자 메시지가 미친 듯이 떠오르는 것을 보고는 고개를 숙였다.

＊　　　＊　　　＊

치프와 헤이파는 병원 근처의 작은 공원에 있었다.

나무그늘 밑의 긴 벤치에 거리를 두고 앉은 둘은 바람이 나뭇잎을 흔드는 소리를 들으며 한참 시간을 보냈다.

헤이파는 헤이파대로 표정이 안 좋았고 치프는 치프대로 인상을 구기고 있었다. 그들 스스로가 생각해도 어이없는 상황이었기 때문이다.

조금 뒤, 치프가 헤이파에게 잡혔던 손목을 반대편 손으로 잡고 움직였다. 헤이파의 악력에 의해 부러진 손목을 맞추기 위해서였다.

뼈가 맞춰지는 소리를 들은 헤이파는 무거운 물건을 옮겼던 사람처럼 한숨을 쉬는 치프의 모습에 꽤 놀랐다.

"통증을 못 느끼는 체질입니까?"

"당연히 아프죠. 그리고 이제 말씀 편하게 하셔도 돼요. 높임 말로 고자 소리를 듣자니 좀 괴롭거든요."

"그, 그건 그렇군."

헤이파는 치프의 손목에서 빠직빠직 하는 소리가 들려오자 꽤 놀랐다.

"그 소리는……?"

"뼈가 다시 붙는 거예요."

"지구인들의 회복 능력이 그 정도였나?"

"그럴 리가 없죠. 셀레스티아에게 팔다리와 눈을 새로 받은 이후에 이렇게 됐어요. 요즘은 재생 능력이 더 좋아진 것 같더라고요. 며칠 전에 척추가 손상됐는데도 신체 재구축 치료 없이 멀쩡해졌으니까 말이에요."

"음……."

헤이파는 자신의 딸이 참으로 번거로운 놈과 엮였다는 생각에 한숨을 쉬었다.

그 소리를 들은 치프는 고개를 가로저었다.

"아까 그 신체 접촉은 사과드릴게요. 데스디아를 모함하는 놈들이 너무 많아서 그만……."

"그 얘긴 됐네. 그냥 추행이었다면 죽였겠지만 첫째를 위한 일이었으니… 나쁘지 않은 첫 키스라고 봐야겠지."

첫 키스라는 말을 들은 치프는 무슨 소리를 하느냐는 표정으로 헤이파를 바라봤다.

"저기… 아이를 셋이나 본 분이시잖아요?"

"그런데?"

"아니, 그… 과정이라고 해야 할까요? 키스 이상의 행동을 해야만 아이가 생기지 않나요?"

"자네가 생각하는 '과정'은 왕족들 사이에서는 사라진 지 오래야. 오로지 일반인들만이 뜨겁게 사랑을 나누지. 우리 알타이르에 대해서 전혀 모르는군."

헤이파의 설명에 치프는 이상한 표정을 지었다.

"신체 접촉 없이 애를 본다고요?"

"지구에서도 인공수정 시술 정도는 간단히 하지 않나? 여성들끼리도 어찌어찌하면 애를 본다고 들었는데?"

"예, 뭐… 국가와 종교에 따라 다르긴 하지만요."

치프는 왜 알타이르 왕족이 그런 식으로 아이를 보는지 궁금했다. 그러나 그의 입으로 직접 질문하기 쉬운 문제는 아니었다.

치프를 끌고 올 때보다 기분이 많이 풀린 헤이파는 터번을 벗고는 자신의 무릎 위에 잘 접어 올려놓았다. 바람이 나뭇잎들을 거치면서 좋은 냄새를 갖게 됐기 때문이다.

"알타이르 왕족 남성의 평균수명은 30년일세. 반면 여성들은 1,500년 정도이고, 정령과의 교감이 뛰어난 자들의 경우에는 5,000년 넘게 살 수도 있다네. 전대 여왕께서는 무려 6,000년을 계시다가 조상님들의 곁으로 가셨지."

"차이가 극단적인데요?"

"그래서 남성에 대한 감정이 무뎌져 있다네. 몸은 허약하고 정령과의 교감도 불가능하며 30년 만에 죽어버리기까지 하는 존재들을 같은 생물로 여길 사람이 몇 명이나 있겠나? 여성들이 남성과 몸을 섞는 것은 그저 후세를 남기기 위한 강제적 절차나 마찬가지였다네. 정말 서로 사랑한 남녀는 역사적으로도 극소수였지."

"……."

"그런데 약 2만 년 전에 인공수정 기술과 정자은행 기술이 도입되면서 왕족의 수가 늘어났다네. 남자와 불편한 짓을 하지 않아도 아이를 볼 수 있게 되면서 사회적으로도 많은 것이 변했지. 가문의 세력을 늘리기 위해서 당주들에게 출산의 의무를 부여하는 관습까지 생겼다네. 아이가 많을수록 일손도 많아지고 가문이 성공할 확률도 높아지지 않나?"

"수학적으로야 그렇죠."

도덕적으로 괜찮을지는 모르겠다는 의미였는데, 헤이파는 쓴웃음으로 대답을 대신했다.

"하지만 유행으로 그쳤지. 첫째 이후로는 자신과 점점 다른 아이들이 태어난다는 것이 실제로 확인됐거든. 그 이후로는 두 명에서 세 명 정도만 낳는 것이 보편화가 됐다네."

"그 와중에 남자들은 정자은행에서 나오질 못했겠네요."

"그럴 필요도 없었지. 알타이르 왕족 남성의 유전형질은 아이에게 전혀 전해지지 않는다네. 그들의 정자라는 것은 오로지 수정란의 형성을 위한 물질에 지나지 않거든."

"그건 좀 심하네요."

"우리 종족의 체질이 그런 걸 어쩌겠나?"

거기까지 얘기를 한 헤이파는 두 손으로 얼굴을 가렸다.

"아무튼 그러한 이유로… 자네가 내 처음을 가져간 남자가 된 것일세."

치프는 진심으로 부끄러워하는 헤이파의 모습에 심장이 덜컥 했다.

"첫 키스라고 정확히 말씀해 주시겠어요? 오해받기 싫거든 요?"

"누구에게 오해를 받기 싫은지 들어볼 수 있을까?"

갑자기 들려온 목소리에 이끌리듯 치프와 헤이파는 같은 곳 을 봤다.

그들이 앉은 벤치 앞에는 핑크색 운동복 차림의 데스디아가 짜증이 잔뜩 난 얼굴로 서 있었다.

"일단 죽기 전에 묻고 싶은데, 여긴 어떻게 알고 왔어?"

치프가 떨리는 목소리로 물었다.

데스디아는 죽음을 각오하고 자신에게 질문을 하는 치프의 모습이 너무나 한심하게 보였다.

"셀레스티아가 알려줬어."

그 대답에 이끌리듯 셀레스티아가 데스디아의 옆에 번쩍 나 타났다. 뛰거나 날아서 왔다기보다는 공간이동에 가까운 등장 이었기에 치프와 헤이파 모두가 놀랐다.

"불한당들이 또 나타나지 않도록 내가 감시하고 있었거든."

"병원 앞에 모여 있던 시위대도 그리 질이 좋진 않았는데?"

"내가 내버려 두라고 했어."

치프가 따지자 데스디아가 잘라 말했다.

"…왜?"

데스디아를 변호하겠다며 자신이 아까 저지른 일들을 떠올린 치프는 허망한 표정으로 이유를 물었다.

데스디아는 역으로 어이없어했다.

"왜라니? 난 그때 당신이 살아 있다는 사실이 너무 기뻐서 껴안았던 것뿐이야. 내가 정말 돈이나 권력에 대한 욕심을 갖고 그런 게 아니라는 건 당신부터가 잘 알잖아?"

"그, 그렇지."

"근데 뭐가 문제지?"

그녀의 짧은 질문을 들은 치프는 찬물을 한 바가지 맞은 사람처럼 침묵했다.

"…저기, SNS는 봤어?"

그가 이윽고 묻자 데스디아는 한참 치프를 응시하더니 이내 우울한 표정이 됐다.

"나 때문에 당신이 다쳐서 누워 있었어. 내가 당신 말고 다른 걸 왜 봐야 하는데? 잠도 잘 수 없었다고!"

그녀의 말에 입을 다물고 만 치프는 자리에 앉은 채로 쩔쩔맸다.

'잠깐, 이럴 때는 어떻게 해야 되지? 나 여자한테 이런 말 들은 거 처음인데?'

그는 고민한 끝에 데스디아를 다시 봤다.

"그래도 잠은 잤어야지?"

그가 거꾸로 그렇게 걱정하자 데스디아는 힘이 쭉 빠진 표정을 지었다.

둘을 지켜보던 셀레스티아는 자신의 단말기를 손에 올렸다.

"치프가 아까 이런 말을 했던데……."

"응?"

단말기 위로 동영상 화면이 떠올랐다.

―넌 내 일생에서 두 번째로 고마운 여성이야! 게다가 함께 목숨을 걸고 싸우기도 했다고! 난 언제든 널 위해서 목숨을 내놓을 각오가 돼 있어! 첫눈에 반한 여자를 위해 목숨을 버리는 것은 남자로서 둘도 없는 영광이겠지!

그것은 아까 치프가 헤이파를 덮치기 전에 했던 말이었다.

"그게 벌써 동영상 사이트에 떴어?"

"응. 저분을 뎃디로 생각하고 한 말 맞지?"

"음… 뭐, 그렇지."

치프의 대답에도 불구하고 데스디아는 허탈감에 빠져 있던 나머지 쓸쓸히 웃었다.

"하, 목숨을 내놓을 각오가 되셨다고? 웃기는 말을 참 화끈하게도 뱉으셨군."

그녀는 허탈감뿐만 아니라 실망감마저 느끼고 있는 상태였다.

"넌 나보다 유능하니까… 내가 줄 수 있는 건 정말 그것뿐이야."

치프는 어색하게 웃었다.

"가진 게 목숨뿐이라서 미안해."

"……"

데스디아도, 셀레스티아도, 그리고 불과 얼마 전에 치프를 만났던 헤이파도 알고 있었다.

그는 다른 이들 앞에서 자신의 목숨을 아껴본 적이 단 한 번도 없었다.

"언짢아졌어. 그만하고 돌아가지."

데스디아는 휙 돌아서서 병원 쪽으로 걸어갔다.

"분위기가 수습되면 일에 대해 얘기해 보세, 사장. 내가 도움을 줄 수 있으면 좋겠군."

헤이파는 치프의 어깨를 짚으며 일어났다. 치프는 그녀의 표정이 알타이르에서 처음 만났을 때보다 너그러워졌음을 느꼈다.

셀레스티아가 그에게 다가와 손을 내밀었다.

"가진 걸 낭비할 생각은 하지 마, 치프."

"내 목숨은 전우들이 준 선물이라 낭비는 못 해."

치프는 그녀의 손을 잡고 벤치에서 일어났다.

그런데 셀레스티아는 그의 손을 바로 놓아주지 않았다. 그녀는 치프를 자신의 곁으로 바짝 끌어당겼다. 데스디아나 헤이파와는 무게의 근본부터가 다른 괴력이 치프를 긴장시켰다.

"내가 준 선물이기도 해."

그녀의 목소리에 치프는 움찔했다.

"치프는 내가 살아 있는 한 죽지 않아."

"셀레스티아?"

"…가자, 치프. 다들 기다릴 거야."

셀레스티아는 손의 힘을 빼면서 그를 이끌고 병원 쪽으로 걸어갔다.

치프는 당장에라도 그녀의 손에서 벗어날 수 있게 되었지만 어쩐지 그리하면 안 될 것 같았기에 그 상태를 유지했다.

*   *   *

수면실로 다시 돌아온 데스디아는 전투복으로 갈아입은 후 바닥에 무릎을 꿇고 바르게 앉았다. 헤이파 역시 데스디아와 마주 보는 형태로 정좌했다.

눈을 감은 모녀는 그대로 명상에 잠겼다.

'난 1년 동안 무엇을 했단 말인가?'

데스디아는 자신을 되짚었다.

'브리치들을 떨어뜨렸고, 환상종들을 쓰러뜨리거나 돌려보냈고, 신들이 우리에게 보낸 변질자들을 사냥했지. 다른 헌터들의 시선 따위는 개의치 않았어. 하지만 그 모든 것이 치프를 다시 만나면서 희석되고 말았지.'

데스디아의 표정은 여전히 고요했으나 마음은 수치심과 자괴감에 의해 헝클어지고 있었다.

'지난 며칠 동안은 아르마다라는 이름조차 떠올리지 못했어. 엠페라투스도 마찬가지였지. 치프를 지켜보느라 회사에 돌아간 적도 없어. 난 이토록 나약한 계집애였단 말인가?'

그녀는 다리 위에 놓은 두 손을 꾹 쥐었다.

"아니, 아주 잘해줬다네. 정령술사여."

갑자기 귀에 들려온 목소리에 데스디아와 헤이파 모두가 눈을 떴다.

둘은 서로를 본 뒤 주위를 확인했다. 그들이 있는 장소는 침대들이 있는 수면실이 아니라 끝이 보이지 않는 어둠 속이었다.

빛도 없는 공간이었으나 데스디아와 헤이파는 서로의 모습을 뚜렷이 볼 수 있었다.

꾸준한 명상을 통해 정령의 실체까지도 목격했던 둘은 자신들이 물질적인 공간이 아니라 정신적인 공간에 있음을 알아차렸다.

모녀는 목소리가 들려온 방향을 돌아봤다.

어둠의 저편에 보라색의 거대한 드래곤이 꿈틀거리고 있었다.

브라토레 모녀 쪽으로 목을 내민 드래곤, 엠페라투스는 눈으로 모녀의 모습을 확인했다.

"굉장하군. 너희의 육체는 디지털 데이터의 복사본처럼 동일해. 살아온 과정과 경험, 기억만이 다를 뿐이야. 경험적인 면에서의 가치는 어미 쪽이 더 낫군."

데스디아는 화를 낼까 하다가 참았다. 반면 헤이파는 우락부락한 외골격으로 단단히 무장된 엠페라투스의 거대한 모습과 자신들이 있는 공간에 대해 냉정하게 따져 봤다.

"엠페라투스라고 했지? 고향에서 네놈을 봤을 때도 느꼈지만 몸집에 비해 느껴지는 것이 부족하군. 우리의 명상에 간섭한 모습마저도 마찬가지야. 네놈은… 유령인가?"

"유령까진 아니더라도 억지로 부풀린 모습이긴 하지. 내 몸은 아직 수복이 덜 됐거든."

엠페라투스는 헤이파의 말을 깔끔하게 인정했다.

"운캄타르의 도구가 이 땅에 돌아왔으니 이제 다시금 즐길 때가 왔다, 정령술사여."

그의 말에 데스디아가 나직이 비웃음을 터뜨렸다.

"즐기고 싶어도 아르마다라는 녀석은 변질자들만을 꾸준히 보냈을 뿐이야. 스트라투스로 브리치를 떨어뜨리다 보면 뭐가 어떻게 된다며? 네 말대로 했는데 왜 아무 일도 일어나지 않지?"

"뭔가 화끈한 것을 기대했나 보군. 너의 그 급한 성격이 운캄타르의 도구를 망가뜨린 원인이라는 것을 모르는가?"

"대단한 참견이군!"

엠페라투스의 지적에 데스디아가 발끈했다.

"어쩔 수 없지. 애를 낳고 길러보지 않아서 저런 것이야."

헤이파가 빈정대듯 엠페라투스의 말에 맞장구를 치자 데스디아는 어이가 없었다.

"어머님!"

헤이파는 시선을 돌릴 뿐, 딸의 부름에 대꾸하지 않았다.

엠페라투스가 긴 한숨을 쉬었다.

"착각하는 것 같은데, 변질자들을 만들어서 너에게 보내는 행위 자체가 아르마다를 비롯한 신들의 잔재에 있어서는 직접적인 개입이자 자신들의 위치를 노출시키는 일이나 다름없다. 사내에게 정신이 팔리더니 정말 멍청해졌군, 정령술사여."

"…설명이나 해."

데스디아가 이를 득득 갈았다.

헤이파는 자신의 딸이 명상에 직접 개입할 정도로 강력한 능력을 가진 괴물을 왜 저렇게 만만하게 보는지 이해가 가지 않았다.

'명상에 잠겨 있던 우리를 실체나 다름없는 영역에 불러들였어. 의식을 와해시켜서 실질적인 사망에 이르게 할 수도 있다

는 뜻이야. 육체가 완전히 수복되면 대체 무슨 짓을 저지를 수 있는 거지?'

헤이파는 최고 제사장을 지낼 때의 기분으로 엠페라투스에 대한 호기심을 가졌다.

엠페라투스는 그 마음을 금방 감지했지만 그는 어렵사리 그라니트 행성에 불러들인 헤이파를 성급하게 이용하고 싶진 않았다.

"정령술사여, 넌 변질자들이 어디에서 만들어진다고 생각하나?"

"이 행성이야. 내가 처리한 변질자들 대다수가 마약을 분유처럼 처먹어대는 추방대상자였어. 정식으로 용역 사업을 한답시고 뻐기던 변질자들도 막상 집에 처들어가 보면 상쾌하게 맛이가 있었지. 행성 밖으로 나갈 수는 있어도 다시 들어올 수는 없는 놈들이었어. 누군가가 빅시티 내에서 변질 대상을 고르고 돌아다니는 게 분명해."

대답을 들은 엠페라투스가 눈웃음을 지었다.

"누구라도 추론할 수 있는 사실을 진지하게 떠벌리는 꼴이 사랑스럽구나, 정령술사여. 그리고 넌 여태까지 그 '누군가'를 붙잡지 못했지. 돈과 시간을 꽤 들였는데도 말이야."

"……."

"네가 UNSMC에서 빌려온 놈들은 별반 도움이 안 됐지. 지구의 해군 정보부 역시 마찬가지였고. 후후후."

엠페라투스의 웃음소리가 데스디아의 속을 제대로 긁었다.

"왜 지금에 와서야 그것들을 지적하는 거지? 처음부터 영양가 있는 조언을 해줬으면 변질자들이 저지른 범죄에 의한 희생자도 막을 수 있었을 텐데? 아르마다를 없애라는 말은 그냥 재미를 위해서였나?"

"재미를 곁들인 진심이었지. 하지만 네가 그토록 범죄에 대한 감이 떨어질 줄은 몰랐어. 넌 역시 전사이지 살인자가 아니야."

엠페라투스의 거대한 몸이 브라토레 모녀 주변을 휘감듯 움직였다.

"널 탓하는 것은 아니다, 정령술사여. 판단을 잘못한 내 실수지."

"결론이나 빨리 말해."

"흠, 그래. 일의 적임자는 운캄타르의 도구였어. 아마 녀석이라면 일주일 만에 범인을 잡아내겠지. 빅시티의 뒷골목에서 변질 대상자를 선정하고 개조하는 신의 잔재를 말이야."

"치프가?"

데스디아가 헛웃음을 터뜨렸다.

"어이가 없군. 왜 그가 적임자라고 생각하는 거지?"

"그놈은 잘 훈련된 사이코패스거든."

"……."

"궁금하다면 그놈이 짐승들 말고 범죄자들을 처리한 현장을 살펴보도록 해라, 정령술사여. 실망하지 않을 거야."

데스디아는 그럴 생각이 없었다.

며칠 전에 그 '현장'을 봤기 때문이었다.

'봉고잭의 아지트가… 그랬지.'

데스디아는 변질자에게 부하들이 있을 경우 죠니, 조셉, 딕슨을 통하여 그들을 제거해 왔다. 보안국의 집행 절차를 거부하고 무력으로 저항할 경우에 한해서였다.

일개 용역 회사에서 그런 식으로 누군가를 처벌하는 것은 살인 행위에 불과하지만 보안국에서 정식으로 요청을 할 경우에는 얘기가 조금 달랐다.

그라니트 용역은 기본적으로 민간수렵기업이지만 민간군사기업으로서의 정식 인증서도 함께 갖고 있기에 그런 일이 가능했다.

일단 용병으로서 그라니트에 체류하고 있는 죠니 일행은 실수 없이 청소를 해왔고 데스디아는 그들의 실력에 대단히 만족했다.

그러나 며칠 전 봉고잭의 부하들이 몰살된 건물의 풍경은 데스디아를 놀라게 했다.

죽어 쓰러진 그들의 모습은 싸우다 죽은 범죄자라기보다는 무장 집단에게 일방적으로 희생된 민간인들로 보일 만큼 처참했다.

이전과의 차이점은 치프의 존재 여부뿐이었다.

'죠니 일행은 정말 망설임 없이 움직였어. 치프가 미리 짠 진

입 루트대로 달렸을 뿐이야. 그런데도 상황이 그랬다는 건 정말 놀라운 일이지. 레투가의 말도 떠오르는군.'

데스디아가 의식을 잃은 치프 곁을 지키고 있을 때, 레투가는 치프의 강인함을 설명하여 그녀를 안심시킨답시고 굉장한 헛소리를 한 적이 있었다.

치프 혼자서 가짜 봉고객의 건물을 정리한 상황을 단말기 내의 자료 사진까지 보여주면서 설명해 버린 것이다.

'최대 15미터 간격을 유지하고 건물을 지키던 자들이 소음기가 달린 권총과 단검을 든 남자 한 명에게 학살당했어. 당한 사진을 봐서는 옆에서 누가 죽는 것도 몰랐던 것 같았지. 레투가는 사망자 전원이 단 한 발의 총알도 소비하지 못했다며 즐거워했고. 하여튼, 남자들이란…….'

데스디아는 한숨을 쉰 후 다시 엠페라투스를 봤다.

"네 말대로 치프에게 맡기면 될 것 같군. 하지만 잘 훈련된 사이코패스라는 말이 무슨 뜻이지?"

"그건 운캄타르의 도구와 함께 시간을 보냈던 녀석들에게 물어봐라, 정령술사여. 내가 직접 설명해 주고 싶어도 시간이 없거든."

그들이 있던 공간에 백금의 빛이 비춰졌다. 엠페라투스는 그 빛이 비춰지는 방향을 보며 웃었다.

"왕녀도 제법 괜찮아졌어. 이제야 운캄타르의 딸이라는 느낌이 오는군. 후후, 그럼 다음에 보세. 정령술사들이여."

엠페라투스가 사라지자마자 데스디아와 헤이파가 눈을 떴다.

마주 앉아 있던 둘은 땀에 흠뻑 젖어 있었다. 입고 있는 전투복의 성능을 넘어설 정도의 발한이었다.

"괜찮으신가요?"

헤이파는 셀레스티아가 자신과 데스디아의 어깨를 짚어준 뒤에야 제대로 숨을 쉴 수 있었다.

"다리가 풀려서 일어날 수가 없군요. 고향에서 엠페라투스와 만났을 때는 이와 같은 피로감을 느끼지 못했는데 말입니다."

"악몽을 꿀 때의 신체 상태를 생각하시면 돼요. 아마 뎃디와 함께 잠깐 누워계셔야 할 거에요."

"왕녀께서 저희를 풀어주신 것 같은데, 혹시 왕녀께서도 엠페라투스와 비슷한 기술을 사용하실 수 있으십니까?"

헤이파의 질문에 셀레스티아는 잠시 고민하다가 이윽고 끄덕거렸다.

"수준까지는 아직 맞추지 못하지만… 그렇답니다."

"음… 아, 정말 쉬어야겠군요. 나중에라도 날개 달린 자들에 대한 말씀을 더 듣고 싶습니다만, 괜찮겠습니까?"

"물론이죠, 여사님."

셀레스티아는 두 팔로 헤이파를 번쩍 안아 올렸다. 그녀는 헤이파의 전투복이 땀에 흠뻑 젖은 것을 느끼고는 난감한 표정이 됐다.

"옷도 갈아입혀 드릴까요?"

헤이파는 거절할까 하다가 자신의 손이 덜덜 떨리는 것을 보고 쓴웃음을 지었다.

"부탁드리겠습니다."

셀레스티아는 헤이파의 옷을 벗기고 수건으로 몸을 닦아준 뒤 침대에 눕혀주었다. 물론 데스디아에게도 똑같이 해주었다.

"아, 그런데… 갈아입혀 드릴 옷이 어디 있죠?"

셀레스티아가 당황하자 데스디아가 웃었다.

"그냥 벗고 있는 게 편해. 전투복이나 세탁해 줘."

"응, 알았어."

"아, 치프는 일반 병실로 옮겼나?"

"아까 옮겼어. 지금은 포프와 사만다가 간호하고 있으니 걱정하지 마."

"그렇군."

데스디아는 수면실 내의 시계를 봤다. 시간은 이미 저녁 7시를 넘어가고 있었다.

'치프와는 내일 만나는 게 낫겠지. 오늘은 여러모로 엉망이야.'

그녀는 셀레스티아에게 손을 흔들어주었다.

"고마워, 셀레스티아."

"아냐, 뎃디. 이제는 게으름 피우지 않을게."

셀레스티아는 전투복을 챙겨 수면실 밖으로 나갔다.

게으름을 피우지 않겠다는 셀레스티아의 말이 데스디아의 귀에 깊숙이 박혀 빠져나오지 않았다.

'지금까지도 열심히 해왔는데……'

데스디아는 셀레스티아가 책임감에 준하는 부담감을 가진 것 같다고 느꼈으나 피로와 수면욕이 그녀의 의식을 흐려놓으면서 그 생각도 사라졌다.

28
나이트 스토커의 전설

침대 위에서 UNSMC 대원들의 메시지를 보며 시간을 보내던 치프는 고개를 설레설레 저으며 단말기를 껐다.

　옆자리에 있어야 할 레투가는 부인과 함께 식사를 하기 위해 병실을 나선 상태였다. 하지만 포프와 사만다가 옆에서 간식을 먹으며 허전함을 채워주고 있었다.

　탄산음료가 든 캔을 입에 대려던 치프는 스파게티를 먹고 있는 포프의 손에 눈을 돌렸다.

　"포프, 잠깐 이쪽으로 와봐."

　"예?"

　포프는 휴지로 입가를 닦으며 치프의 곁으로 걸어갔다.

"손 좀 보여줘."

"손이요?"

고개를 갸웃거린 그 더벅머리 소녀는 자신의 두 손을 치프에게 내밀었다. 왼손으로 그녀의 오른손을 덥석 잡은 치프는 자신의 손바닥으로 그녀의 손바닥을 만져 봤다.

포프는 그가 왜 그러는지 궁금했지만 사만다는 앞으로 벌어질 일을 예상했기에 손에 쥔 포크를 내려놓았다.

치프는 밋밋하게 웃었다.

"건하운드는 제어장치에 직접 반동이 오지 않는 무기라 장갑만 잘 껴도 손에 굳은살이 안 잡히지. 하지만 총은 달라. 화약식이든, 압축 공기나 가스식이든, 전자기식이든 반동이 존재하기 때문에 굳은살이 잡히게 되어 있어. 총을 손질할 때 쓰는 기름 등도 손을 해치는 원인이 되지."

치프의 말을 들은 포프는 그가 왜 자신을 불러서 손을 만졌는지 직감했다.

"자동소총, 권총, 게다가 단검까지……. 네 장래에 그다지 도움이 안 되는 물건들을 쥐어주고 훈련시킨 사람이 누구야? 죠니? 조셉? 딕슨?"

포프는 고개를 저었다.

"제가 원한 일이에요."

"그래? 나중에 무기 관련 잡지사에 취직하려는 거지? 그럼 이렇게까지 열심히 하지 않아도 돼."

치프는 무기를 다루는 직업 가운데 가장 제대로 된 업종을 거론했지만 포프는 또다시 고개를 저었다.

"어떻게든 사장님께 도움을 드리고 싶었어요."

"도움? 이봐, 포프. 난……."

"제가 나약해서 엠페라투스가 깨어난 거잖아요?"

포프가 울컥하여 말하자 치프는 그녀의 손을 잡았던 왼손으로 그녀의 머리를 만져 주었다.

"자동소총 같은 걸로 녀석을 다시 잠재울 수 있으면 내가 했을 거야. 아예 재미 삼아서 깨웠다 재웠다 했을걸?"

"……."

"뭐, 그래도 사람을 쏜 적은 없는 것 같아서 다행이네."

그의 말에 포프가 깜짝 놀랐다.

"그건 어떻게 아셨어요?"

"총으로 싸우는 것에 익숙한 사람들은 오히려 겁이 많아. 총이 얼마나 예의 없이 사람을 죽이는지 너무 잘 알거든. 너처럼 용감할 수가 없지."

"제가 용감하다고요?"

"응. 며칠 전에 그 가죽 코트 입은 놈이 너한테 총 놓고 튀어나오라고 협박했잖아? 그때 보니까 무슨 영화 속의 주인공처럼 당당하게 나오더라고. 이랬었나?"

치프는 마치 걸음을 걷듯 몸을 흔들며 그때 자신이 봤던 포프의 모습을 흉내 냈다.

"실제로는 X됐다는 표정을 지어야 하는데 말이지."

"그렇게 겁진 않았어요!"

포프는 얼굴을 붉히며 치프의 왼쪽 어깨를 밀쳤다.

"하하, 아무튼 네가 무슨 짓을 저지르기 전이라서 다행이야. 내 평생 여자애가 내 앞에서 화약 냄새 풍기는 꼬락서니를 두 번 볼 줄은 몰랐거든. 어른 입장에서 그게 얼마나 겁나는 일인지 모르지?"

그 첫 번째였던 사만다가 헛기침을 했다.

"뭐, 좋아. 그런데 단검을 쓰는 기술은 누구한테 배웠어? UNSMC 스타일은 아닌 것 같던데?"

"그건 또 어떻게 아셨어요?"

"단검과 관련된 굳은살의 방향이 달랐거든. 혹시 그 기자한테 배웠니?"

"음… 예. 오파로아 행성인만의 은신 방법도 그분께 배웠어요."

"그건 잘 배웠네. 하지만 사람 죽일 때는 쓰지 마."

"네? 산이나 들판에서 캠핑할 때 유용한 기술이라고 들었는데요?"

"그럼 다행이고."

치프는 다시 포프의 머리를 쓰다듬었다.

그는 진 플레커에 대한 진실을 포프에게 얘기할 기회가 오지 않기를 빌고 있었다.

10여 년 전, 오파로아 행성은 전제군주제를 부활시키려는 혁명가들의 극단적인 활동으로 인해 피바람에 휩싸인 적이 있었다.

해군 정보부를 통해 치프가 입수한 진 플레커의 진짜 정체는 그 시기에 유력했던 혁명가를 여럿 해치움으로써 유명세를 떨쳤던 암살자였다. 치프가 잠깐 언급했던 '미스 타리시아'는 그녀가 속한 조직에서 그녀를 칭했던 암호명이었다.

혁명가들의 시도가 물거품이 되자 그녀 역시 무기를 놓고 대학생 신분으로 돌아갔는데, 그녀와 관련된 진실이 고작 그것뿐이었다면 치프는 그녀의 이야기를 가슴속에 영원히 묻어버렸을 것이다.

하지만 1년 전, 치프는 진과 관계된 인물을 조사하던 도중 포프의 모친인 스위트 베르자르라는 이름을 발견하고 말았다.

그녀는 헌터이기 이전에 진 플레커에게 암살 기술을 전수해준 장본인이자 암살단 조직의 수령이었다.

치프는 왜 이렇게 복잡한 사정을 가진 애가 하필 자신의 회사로 왔는지 이해할 수가 없었다.

하지만 그것이 그녀를 회사에서 쫓아내 버릴 이유가 될 수는 없었기에 치프는 포프가 동생들을 치료하고 돌봐줄 돈을 모을 때까지만 보살펴 주기로 마음먹고 있었다.

"그래도 키드만큼은 언젠가 꼭 제 손으로 혼내주고 싶어요."

치프는 포프의 입에서 뜬금없이 키드의 이름이 나오자 의아해했다.

"걔는 또 왜? 그놈이 너한테도 시비 걸어?"

"저를 '자유의 어둠을 이은 자'라고 부르면서 이상한 눈으로 본다니까요? 키드의 스승이라는 사람까지 저한테 해코지를 하려고 해서 부사장님이 혼을 내주셨어요!"

치프가 피식 웃었다.

"자유의 어둠을 이은 자? 뭐야 그게? 게임 아이디야?"

"그러니까요! 사람들 앞에서까지 절 그렇게 불러대니까 부끄러워 죽겠어요!"

사만다는 치프와 재잘거리는 포프의 모습을 보고 어린 시절의 자신이 떠올라 빙긋 웃었다.

그러나 마침 부인과 함께 병실 문을 열고 들어오던 레투가의 표정은 대단히 진지했다.

"자유의 어둠이라고?"

"국장님?"

포프가 흠칫하여 그를 돌아봤다.

"나이트 스토커가 정말 그렇게 말했나?"

치프는 레투가가 왜 저토록 진지하게 반응하는지 궁금했다.

"자네한테 나이트 스토커에 대한 신앙심이 있을 줄은 몰랐는데?"

"음? 아⋯⋯."

레투가는 굳어진 표정을 풀었다.

"미안하군, 포프. 그런 식으로 질문하는 게 아니었어."

"아니에요, 국장님. 괜찮아요."

포프는 활짝 웃으며 두 손을 흔들었다.

환자복 위에 걸치고 있던 코트를 벗어서 옷걸이에 건 레투가는 뒤따라 들어온 부인, 라우라과 함께 자신의 침대에 앉았다.

"우리 다르토리오 행성은 지금으로부터 약 1,200년 전에 처참히 멸망되어 우주의 역사에도 남지 못할 뻔했다네. 언제부터 우리 행성에 있었는지 알 수 없었던 고대의 유적에서 엄청난 괴물이 튀어나왔거든."

레투가가 천천히 이야기하자 치프는 미묘한 표정을 지었다.

"영화의 시놉시스야?"

"…역사일세."

레투가가 한숨을 쉬었다.

"그 괴물은 당시 우리 행성 전체 인구의 약 40%를 죽였다네. 혼자서, 일주일 만에 말일세. 어떻게 생긴 괴물인지 구체적으로 전해지지 않을 만큼 강력했다더군. 당시 선조들은 우주연합에 도움을 청하려 했지만 행성의 모든 전자장치가 괴물의 힘에 의해 망가져서 밤에 불도 켤 수 없었다고 전해지지."

"진짜 괴물이었네."

치프의 말에 레투가는 가볍게 끄덕거렸다.

"그리고 8일이 되던 날, 한 무리의 나이트 스토커가 그 괴물과 싸우기 위해 우리 행성을 찾아왔다네."

"어떻게 알고?"

"오랜 세월 수련을 한 나이트 스토커는 예지 능력을 갖게 된다네. 우리를 구하기 위해 온 나이트 스토커들은 그 예언에 따른 것이었지."

"대단한데? 난 나이트 스토커의 특기가 피자 굽기인 줄 알았는데 말이야."

치프가 키드를 소재로 농담을 하자 레투가도 씩 웃었다.

"그들의 예언은 비록 선명하게 맞아떨어지지 않지만 그렇다고 딱히 빗나가지도 않는다고 하더군. 우리의 경우에는 날짜와 괴물의 정체가 틀렸지."

"둘 다 치명적인 요소 아닌가?"

"그렇다네. 당시 찾아온 나이트 스토커들은 한 명도 살아남지 못하고 전멸했지. 하지만 괴물을 행성 밖으로 쫓아내는 것까지는 성공했다네. 나이트 스토커들은 우리 행성의 영웅이 됐고 우리는 다른 나이트 스토커들과 오랜 교류를 했지. 하지만 800년 전에 그들의 본거지가 갑자기 소멸됐고 우리는 틀림없이 그들이 전멸했을 거라고 생각하여 추모비를 세웠다네."

"그런데 어찌어찌 살아남아서 피자를 굽고 있었다?"

"그렇다네. 고향에 보고를 하니 고향의 각국 정상들이 키드와 그 친구의 스승을 우리 고향에 모시자고 말씀하시더군. 물론 그들은 거절했지만 말일세."

레투가의 입에서 나온 나이트 스토커의 전설은 치프의 귀에 상당히 좋게 들렸다. 하지만 키드와 그의 스승에게 직접적인 피해를 본 장본인들, 포프와 사만다는 씁쓸한 표정을 짓고 있었다.

"흠, 근데 자네가 아까 흥분한 이유가 뭐야?"

"자유의 어둠이라는 말 때문이었다네."

"흠?"

"아까 말했던 그 괴물이 우리 행성에서 자유의 어둠을 찾아 헤맸다는 기록이 있거든."

그의 말에 치프와 포프는 서로를 쳐다봤다.

"그게 게임 아이디가 아니었단 말이야?"

"아이디까지는 몰라도 아이템쯤은 될 거라 생각했다네."

레투가의 시선이 포프 쪽으로 움직였다.

"하지만 키드가 포프를 자유의 어둠이라고 불렀을 줄은 몰랐군."

"정확히는 자유의 어둠을 이은 자… 라고 하지요."

포프가 다시금 못마땅한 표정을 지었다.

"어지간히 시달렸나 보군."

레투가가 자못 당황하여 말하자 포프가 몸을 들썩거렸다.

"그냥 그렇게만 불러댔으면 그냥 무시하겠지만 그게 끝이 아니에요!"

"뭔가 법적으로 문제가 될 행동까지 한단 말인가?"

"절 남자라고 오해하고 있단 말이에요!"

"……."

치프와 레투가, 라우라는 각자를 이리저리 보며 어리둥절한 표정을 지었다. 반면 그 사실을 알고 있던 사만다는 손으로 입을 막으며 웃음을 참았다.

"아니, 어떻게 성별을 오해할 수 있지? 어딜 봐도 여자애잖아?"

치프가 따지자 레투가가 고개를 끄덕여 동의했다.

그러나 라우라는 침묵을 지켰다.

"…라우라?"

레투가가 이상한 느낌에 라우라를 돌아봤다. 딴청을 피우며 넘어갈까 했던 라우라는 이내 헛기침을 하며 포프를 봤다.

"실은 저도 포프를 처음 봤을 때 남자애인 줄 알았지요. 상대가 신체 구조에 차이가 있는 인종이라면… 예, 실례인 건 알아요. 미안해요, 포프."

"아니에요, 부인."

사과를 받아주긴 했지만 포프는 당황한 기색을 감추지 못했다.

'신체 구조의 차이라……'

치프는 포프의 신체 가운데 가장 남성적인 부분을 머릿속에 떠올려 봤다.

'라우라는 좋은 사람이군. 끝까지 가슴 얘기를 안 하고 있어.'

레투가가 이내 헛기침을 하여 분위기를 바꿨다.

"아무튼 내일이라도 키드를 불러서 물어봐야겠군. 우리 고향에 나타났던 괴물과 자유의 어둠, 그리고 포프 사이에 뭔가 관계가 있는 듯하니 말일세."

"괜찮겠어, 포프?"

치프의 걱정에 포프는 씁쓸한 미소를 지었다.

"키드를 만나는 건 껄끄럽지만… 국장님의 말씀을 들으니 왠지 풀고 넘어가야 할 것 같다는 생각이 드네요."

"그래?"

"예. 제 머릿속에 진동했던 엠페라투스의 목소리가 아직도 기억나거든요."

"엠페라투스가 뭐라고 했는데?"

"저의 자유가 자신의 자유라고 했어요."

"……."

"그냥 넘어가긴… 좀 그렇죠?"

그때의 기억과 느낌을 다시 떠올려 버린 포프는 두려움을 감추지 못했다.

치프는 포프의 머리를 쓰다듬었다. 하지만 느낌이 좋지 않다는 것을 부정하지도 않았다.

"아, 레투가. 고향에서는 그 괴물을 그냥 '괴물'이라고 불러?"

"반달리온이라고 하지."

"반달리온?"

"하지만 그것이 그 괴물의 이름인지, 아니면 종의 분류인지는 정확하지 않다네. 외모가 어떻다는 기록이 전혀 없으니 학자들도 막막해하고 있지."

"음… 반달리온이라……."

치프는 고개를 좌우로 갸웃거렸다.

"왜 그러나?"

"아니, 어디선가 그 이름을 들은 것 같아서 말이야. 사만다, 넌 어때?"

"낯선 이름입니다만… 글쎄요, 잘 모르겠습니다."

사만다는 확실하게 대답하지 못했다.

"뭐, 괜찮겠지. 그럴 거야."

치프는 포프의 등을 두드리며 그녀를 응원했다.

포프는 일단 웃긴 했지만 오늘 밤에 잠을 편히 잘 자신은 없었다.

＊　　　　＊　　　　＊

"이제 좀 일어나게, 반달리온. 재미없게 왜 이러나?"

자신의 은신처에서, 인간의 모습을 한 엠페라투스는 땅에 쓰러진 가죽 코트 사내의 머리를 구둣발로 툭툭 건드렸다.

그 충격에 의식을 되찾은 사내, 반달리온은 엠페라투스를 보자마자 두 손을 땅에 대며 바짝 엎드렸다.

"오오, 위대하신 엠페라투스 님이시여!"

"인사는 됐으니 얘기나 좀 하세."

엠페라투스는 엎드려 있는 반달리온의 등에 걸터앉았다. 그러고는 그의 파뿌리처럼 하얀 머리카락을 팔걸이의 장식처럼 만지며 심심함을 달랬다.

"헬터스크와 메이건을 만났다네. 헬터스크는 여전히 재미가 없었고 메이건은 좀 딱하게 됐더군."

"메이건은 어느 진영에도 확실히 자리를 잡지 못했던 존재입니다. 엠페라투스 님의 관심을 받을 가치도 없습니다."

"그런가? 그럼 자네는 어땠나? 예전처럼 내 흉내를 내고 다니느라 바빴나?"

"…저는 아르마게일을 추적하여 엠페라투스 님의 부활에 필요한 단서를 잡으려 했습니다."

"그 오랜 세월 동안 말인가?"

엠페라투스가 감탄하듯 말하자 반달리온은 고개를 숙였다.

"면목 없게도… 아르마게일에게 당하여 어느 행성에 갇혔었습니다."

"그래? 아르마게일이 분명 영리하긴 해도 자네를 압도할 만큼 강하진 않았을 텐데?"

"잘못 알고 계시는 겁니다. 그리고 녀석은 제정신이 아니었습니다."

"호오."

설마 반달리온에게 반항적인 말을 들을 줄 몰랐던 엠페라투스는 강한 흥미를 느꼈다.

"그래서, 내 부활에 필요한 단서가 무엇이었나?"

"자유의 어둠이라는 요소였습니다."

"뭔가 유치한 이름의 요소로군."

"…비록 유치해도 찾는 것이 불가능에 가까웠습니다. 아르마게일은 그 요소를 정말 보잘것없는 종족에게 심어놨습니다만, 그 종족의 특성이 하필이면 은신이었습니다."

"은신?"

"그 종족이 작정하고 숨을 경우 날개 달린 자들이라 해도 감지하기가 어렵습니다. 제가 아르마게일에게 패하여 다르토리오 행성이라는 곳에 갇혀 있는 동안 헬터스크가 끈질기게 추적하여 발견했습니다. 정말 오랜 세월이 소요되었습니다."

"허어, 헬터스크가 그래서 나에게 소유권을 주장하듯이 대들었던 거군."

"예?"

"아닐세. 헬터스크에 대한 칭찬일세."

엠페라투스가 즐겁게 웃었다.

"계속 이야기하게, 반달리온이여. 그 자유의 어둠이라는 요소를 찾았기에 내가 이 자리에 있는 것이겠지?"

"그렇습니다. 하지만 그 역시 쉽진 않았습니다. 제대로 된 요소를 갖춘 계집은 수년 전에 저와 헬터스크가 잡아낼 뻔했지만 잡히기 직전에 폭탄으로 자결하여 자신의 시체마저 남기지 않았습니다. 저희에 대해 상당히 잘 아는 눈치였습니다."

"그래? 그것 참 묘한 일이로군. 그런데 어찌 다시 그 요소를 확보한 것인가?"

"다행히도 그 계집에겐 딸이 셋이나 있었습니다. 헬터스크는 그중에서 첫째 딸을 일에 끌어들이기 위해 공작을 펼쳤습니다."

"공작? 그 머리 나쁜 헬터스크가? 그냥 확 잡으면 될 것을?"

"안타깝게도 저희는 우주연합 전체를 손에 넣진 못했습니다. 그래서 훼방꾼들의 추적을 피할 필요가 있었습니다."

"훼방꾼이라면 아르마게일을 말하는 건가?"

"아르마게일 말고도 또 있습니다. '하이시리스'입니다."

그냥 심심함을 달래기 위해 반달리온의 이야기를 듣고 있던 엠페라투스는 하이시리스라는 이름을 듣자마자 정색했다.

"하이시리스? 창조주 말인가?"

"그렇습니다. 모신(母神) 하이시리스가 현재 우주연합의 행정부를 장악하고 있습니다."

"하아… 살아계셨군."

엠페라투스는 한숨을 길게 터뜨렸다.

"나와 운캄타르가 그분을 그렇게 찾아다녔는데 말이야. 그래, 건강하신가?"

"지금은 다른 이름과 다른 껍질을 사용하고 있습니다만… 아르마다를 비롯한 신의 잔재들이 하이시리스의 우주연합 입성을 끝까지 눈치채지 못했습니다. 일이 터진 뒤에야 알아차리고는 후회하더군요."

"그렇군."

엠페라투스는 반달리온의 등에서 일어난 뒤 그의 목덜미를 잡아 일으켜 세워주었다.

"그런데 말일세. 자네 정말 내 흉내를 내지 않았나?"

옷에 묻은 흙을 털지 않고 엠페라투스의 말을 기다리던 반달리온은 그 질문을 듣고는 다정하게 웃었다.

"역시 어쩔 수 없더군요. 1,200년 전에 의식을 되찾자마자 다르토리오 행성에서 장난을 조금 쳤습니다. 그 땅에 있는 생명체들을 몰살시키려 했지만 나이트 스토커라는 녀석들이 덤벼오는 바람에… 하지만 녀석들을 잡아 고문한 덕에 자유의 어둠에 대한 작은 단서를 잡을 수 있었습니다."

엠페라투스가 뒷짐을 지며 그를 마주봤다.

"고문은 즐거웠나?"

"손톱 몇 개를 뽑았을 뿐인데 바로 입을 열어서 실망했습니다."

"흠, 그렇다면 무작정 내 흉내만 내려 했던 시절보다는 조금 나아졌군."

엠페라투스가 밝게 웃었다.

"자네 말이 모두 사실이라면 말이지."

"……."

"그럼 자유의 어둠에 대해서 좀 더 자세히 얘기해 주게, 반달리온이여."

반달리온은 엠페라투스가 자신에게 좀 더 심층적인 이야기를 부탁하는 이 상황이 그렇게 기분 좋을 수가 없었다.

반달리온과 같은 2세대 드래곤들에게 1세대 드래곤인 엠페라투스와 운캄타르는 세상 만물의 진리에 가까운 절대적 영웅이었다.

2세대 드래곤들 사이에서 태어난 아이들에게도 그것은 마찬가지였다.

하지만 신들과의 전쟁이 끝난 뒤에는 2세대들 사이에서 그 1세대의 두 영웅 중 누군가가 조금 더 위대하다는 식의 감정싸움이 일어났다.

신이라는 이름의 치명적인 공포가 사라진 상황에서 '다툼'을 기반으로 하여 태어난 2세대들이 제대로 된 상대라 여길 만한 것은 동족뿐이었다.

다툼은 곧 서로 간의 피를 불러왔고, 그중에서 광신적으로 엠페라투스의 모든 것을 찬양한 자들은 결국 추종자라는 이름으로 엄격히 구별되었다.

추종자들 사이에서도 미치광이라 불렸던 반달리온에게 있어서 엠페라투스와의 독대와 개인적인 부탁은 엄청난 영광이자 기쁨이었다.

하지만 반달리온은 눈치가 빨랐다.

"엠페라투스 님, 위대한 힘을 가진 당신께서 어찌 저에게 그러한 것을 물으십니까? 그냥 저의 기억을 읽으셔도 되는… 아."

반달리온은 그 말을 하자마자 자리에 무릎을 꿇을 만큼 당황했다.

"저를 시험하신 것입니까?"

"흠, 아쉽군. 자네가 얼마나 더 재밌게 거짓말을 할지 기대했는데 말일세. 역시 자네는 헬터스크보다 머리가 좋아."

엠페라투스가 한숨을 쉬었다.

"소소한 재미가 이렇게 사라지는군."

"죽을죄를 지었습니다!"

사색이 된 반달리온이 땅에 바짝 엎드렸다. 물론 재미를 주지 못한 것에 대한 사죄가 아니었다. 거짓에 대한 사죄였다.

엠페라투스는 그에게서 등을 돌렸다.

"난 거짓말을 가장 값싼 죄악이라 여긴다네. 하지만 혐오하진 않아. 예술의 뿌리는 그럴 듯한 허구, 즉 거짓이 아닌가? 단지 재미를 위한 거짓이라면… 어울려 즐겨주는 것도 나쁘지 않지. 그리고 자네는 남들에게 그러한 재미를 주는 재능이 있다네."

엠페라투스가 오른손을 옆으로 내밀었다. 그 손이 가리키는 방향에는 기절한 채 나란히 누워 있는 젊은이들이 있었다. 그들은 반달리온이 이 땅에서 모아 이끌고 다녔던 드래곤들이었다.

"자네가 거짓말로 유혹하여 데리고 다녔던 녀석들 전부를 모아서 눕혀놨네. 잘 이끌어보게."

"이끌라 하시면… 어디에 쓰라는 것인지 가르쳐 주십시오."

"하고 싶은 대로 하게. 난 집단을 이끄는 재능이 없지만 그 집단을 구경하며 즐길 자신은 있거든."

"그 말씀만큼은 예전과 같으시어 안타깝습니다."

반달리온이 엎드린 채 말했다.

"엠페라투스 님을 따르는 추종자가 얼마나 많은지 아시지 않습니까?"

"그래, 그 수많은 자들에게 꾸준히 오해를 받으며 살아가는 것도 즐겁거든."

"……."

반달리온은 그런 그를 이해할 수 없었다. 그리고 이해하지 못하는 자신이 싫었다.

"자유의 어둠에 대한 이야기를 다시 하세."

"예, 엠페라투스 님."

"자유의 어둠은 나의 영혼과 육체를 이어 붙여주는 역할이었지. 자네들도 그 사실을 알고 있었나?

"몰랐다면 그렇게 찾아다녔을 이유가 없지 않습니까?"

"그럼 그것을 어떻게 알았나?"

"저는 헬터스크에게 들었습니다만……."

반달리온은 이전과 달리 솔직히 말했다. 덕분에 그 스스로도 의문을 가질 수 있었다.

"그 멍청한 헬터스크가 그 사실을 어찌 알았는지 모르겠습니다."

"멍청했으니 덥석 알게 됐겠지."

엠페라투스가 즐겁게 웃었다.

그때, 엠페라투스가 입은 정장의 안주머니에서 갑자기 음악 소리가 흘러나왔다.

"오, 이런. 시간이 됐군."

엠페라투스는 주머니에서 단말기를 꺼내 내용을 확인했다.

"드디어 위대한 시간이 온 것입니까?"

반달리온이 기세 좋게 묻자 엠페라투스는 단말기 화면을 잘 보라는 듯 손으로 두드렸다.

"연극을 예매했거든."

"……."

"영화는 해당 파일을 직접 머릿속에서 해석하면 되지만 연극은 실제로 봐야만 한다네. 배우들의 에너지를 여러 감각으로 직접 느끼는 재미가 절묘하지."

"……."

"이 장소를 쓰게. 이곳에 있으면 왕녀도 자네들을 찾지 못할 것이야. 그럼 나중에 보세, 반달리온이여."

엠페라투스의 모습이 휙 사라졌다.

반달리온은 은신처 내부를 살펴봤다. 이 땅에서 살던 드래곤들의 둥지를 개조한 것이 분명했지만 어떤 자들이 사용했던 장소인지는 알 수 없었다.

아무튼 휑했다.

"…가구부터 조금 들여놔야겠군."

그는 자신의 가죽 코트 주머니를 더듬어 캐러멜을 꺼냈다.

"이 몸에 너무 익숙해졌어. 본래의 모습으로 캐러멜의 맛을 느끼려면 공장을 털어야 혀에 기별이 오겠지. 하아……."

반달리온은 자신의 하얀 단발을 쥐어뜯듯 만지며 고민했다.

*　　　　　*　　　　　*

"그래, 잭팟. 느낌상 중요한 일 같으니 정오 무렵에 키드를 데려와. 내가 병원 로비에서 기다리고 있을게."

아침 식사를 마친 병실 안에서, 치프는 자신과 친한 안드로이드이자 피자 배달부로 유명한 잭팟에게 키드를 데려올 것을 부탁하고 있었다.

─보안국장님까지 말씀하셨다면 거절할 수가 없지요. 제가 책임지고 정오까지 키드를 데려가겠습니다.

"하하, 고마워."

─그런데 몸은 괜찮으신가요? 브라토레 부사장님께 베어허그를 당하셨다고 들었습니다만.

"베어허그?"

치프는 자신의 왼쪽에 눈을 돌렸다.

헤이파와 나란히 의자에 앉은 데스디아는 모친에게 단말기의 사용법을 가르쳐 주고 있었다. 치프의 시선을 느낀 데스디아는 그와 아주 잠깐 눈을 마주친 후 다시 단말기에 눈을 돌렸다.

딸과 외모의 차이를 두기 위해 말총머리를 한 헤이파는 자신의 단말기로 '베어허그'를 검색해 봤다. 그 모습을 본 데스디아의 표정은 결국 참담해졌다.

"멀쩡해졌으니까 전화했지. 하하. 별일 아니니 걱정하지 마. 그럼 있다가 보자고."

─예, 사장님.

통화를 끝낸 치프는 다시 브라토레 모녀 쪽을 돌아봤다.

"잘 쉬셨나요? 셀레스티아가 어제 좀 걱정하던데요."

"몸은 완전히 나았다네. 지금은 동영상 사이트 회사에 자네와 나의 신체 접촉 영상을 지워달라는 요청을 보내고 있지."

그 사건의 원인 제공자인 레투가의 부인, 라우라는 남편과 더불어 민망함을 감추지 못했다.

"다시금 사과드립니다, 여사님. 치프 사장님의 잘못이 아니라 저의 잘못입니다."

"다 지나간 일이니 너무 심려치 마십시오. 그보다 보안국장님."

"예, 여사님."

레투가는 평소보다 더 정중한 목소리와 표정으로 그녀를 대했다.

"그라니트 행성에서는 아직 헌터 면허를 딸 수가 없습니까?"

"그렇습니다, 여사님. 우주연합 행정부에서 아직 면허시험장의 설치 허가를 내어주지 않고 있습니다. 사실 개척행성에 시험장이 설치되는 경우는 거의 없습니다. 개척의 성공 여부가 불투명하기 때문입니다."

"그렇군요. 그럼 어디로 가야 헌터 면허를 가장 빨리 딸 수 있을는지요?"

헤이파의 질문에 레투가는 잠깐 생각하다가 가장 적당하다고 생각하는 행성의 이름을 댔다.

"지구가 가장 빠릅니다. 지구에서는 주말과 공휴일, 악천후 상태를 제외한 모든 날에 시험을 실시하고 면허를 발급합니다."

지구라는 말에 헤이파의 마음이 불편해졌다. 그곳은 세상을 뜬 둘째 딸은 물론 첫째 딸까지도 기묘하게 얽힌 행성이었다.

"그렇다면 어쩔 수 없지요. 치프, 지구에서 헌터 면허를 획득할 수 있도록 도와줄 수 있겠나?"

"정말 저희 회사에 들어오시게요?"

"이 복잡한 일을 하루라도 더 빨리 끝내기 위한 것일세. 싫다면 난 첫째를 데리고 고향으로 돌아갈 것이네."

치프는 협박을 당하는 기분이었다.

"여사님의 도움으로 일이 더 빨리 끝난다는 보장 역시 없지 않습니까?"

"물론일세. 하지만 걱정하지 말게. 자네가 저번에 여왕 폐하 앞에서 제법 큰 점수를 딴 덕분에 자네 회사를 도울 알타이르의 전사는 나 한 명으로 그치지 않을 것일세. 물론 그 전에 내가 취직되어야 하겠지만 말일세."

"…일단 긍정적으로 검토해 보죠."

"검토?"

헤이파의 미간에 주름이 잡혔다.

"하아, 예. 그럼 대신 1박 2일 일정으로 갔다 오도록 하죠. 한번에 붙으셔야 합니다, 여사님. 당일에 탈락하시면 없던 일로 하겠습니다."

"그 정도의 핸디캡은 예의가 아닌가? 워치프와 최고 제사장의 자리를 연이어 역임한 알타이르의 전사가 바로 나일세."

"그럼 면허 획득 후 연이어 근로계약서에 사인하실 수 있도록 최대한 빨리 숙소와 일정을 잡도록 하죠."

"그러게."

이런 식으로 지구에 들를 줄은 몰랐던 치프는 자신이 너무 무르게 일을 처리하지 않나 하는 생각을 가져봤다.

"그러고 보니 오늘은 저를 고자라고 부르시지 않으시네요."

"자네가 성욕이 넘치는 수컷이라는 사실을 몸으로 깨달은 지 하루가 안 됐다네."

"낮술 한잔 걸치신 아줌마처럼 얼큰하게 말씀하시네요."

"자네가 고자가 되는 과정을 동영상으로 뿌리기 전에 알아서 닥치게."

　서로 말을 마구 던지는 둘의 모습을 옆에서 지켜보던 데스디아는 이 자연스러움을 다행이라고 생각해야 할지, 아니면 자신이 생각지도 못했던 사태의 전초라고 생각해야 할지 잠깐 고민해 봤다.

　"그보다 당신에게 상담할 게 있어, 치프."

　데스디아가 말했다.

　"응, 아까 얘기했지. 무슨 일인데?"

　"변질자를 만들어내고 있는 신의 잔재가 빅시티 내에 있는 것 같거든. 하지만 지금까지 단서조차 잡지 못했어. 죠니 일행과 해군 정보부에도 부탁해 봤지만 소용없었지. 당신이라면 금방 해결할 거라고 엠페라투스가 얘기했는데, 어떻게 받아들여야 할까?"

　"엠페라투스는 정말 한가한가 보네. 작년만 해도 공포의 대상이었는데 지금은 취직 못 해서 다른 일에 신경 쓰는 백수 정도의 느낌이랄까?"

　"됐으니 진지하게 생각 좀 해봐. 지금까지 얻은 자료를 보내주지."

　복제된 자료가 데스디아의 단말기에서 치프의 단말기로 이동되었다.

　자료를 열어본 치프는 몇 초 지나지 않아 코웃음을 터뜨렸다.

"얻은 자료라고 해서 봤더니 몇 줄 안 되네."

"그래, 그 정도로 해결하기 힘든 문제야."

"그래도 그 고생을 한 덕분에 일이 간단해졌잖아?"

치프가 아주 쉽게 이야기를 하자 병실 안에 있던 사람 모두가 의아해했다.

"포프, 조셉과 딕슨 좀 들어오라고 해."

"예, 사장님."

다른 자리에 앉아 이야기를 듣고 있던 포프가 얼른 밖으로 나갔다. 그녀가 병실에 있다는 사실을 깜빡 잊고 있던 레투가와 라우라는 가슴이 철렁했다.

병실 밖에 대기하고 있던 조셉과 딕슨이 포프와 함께 안으로 들어왔다.

"말씀하십시오, 원사님."

딕슨과 함께 열중쉬어 자세를 잡은 조셉이 말했다.

"웅. 변질자를 만드는 신의 잔재를 쫓았었다며?"

"빅시티를 샅샅이 뒤졌지만 아무런 소득도 없었습니다. 이미 아시겠지만 해군 정보부 친구들도 마찬가지였습니다."

"음, 그래도 딱 한 군데는 들르지 않은 것 같던데?"

"어디를 말씀하시는 겁니까?"

"보안국 건물."

치프를 제외한 모든 이가, 특히 레투가 크게 놀랐다.

"보안국 건물이라니, 무슨 말인가?"

"거긴 첩보가 어렵거든. 건물 내의 대기에 살포된 신변 확인용 나노머신 때문에 외부인은 출입금지구역에 진입할 경우 그저 경보를 울리는 고깃덩이가 될 뿐이야. 나노머신이 유전자 레벨로 모든 인원을 살피기 때문에 몰래 들어간다는 것 자체가 어렵지. 안 그래, 레투가?"

"나노머신 살포는 극비 사항인데 잘도 아는군."

레투가가 씩 웃었다.

"그렇다면 자네는 보안국 건물이 그 신들의 잔재를 숨겨주는 보금자리 역할을 한다고 보는 건가?"

"거기라면 변질 대상자 선정 과정까지 쉬워지지. 위험인물 리스트가 보안국 안에 있을 뿐만 아니라 변질 대상자의 됨됨이를 거리에 설치된 CCTV로 직접 살필 수도 있거든. 보금자리를 넘어서서 천국이 따로 없지."

"과연."

레투가가 감탄했다.

"자네는 모른 척하고 있어. 그래야 의심을 피할 수 있을 거야. 조셉과 딕슨은 우주연합 군부를 거치거나 그쪽과의 접촉이 조금이라도 있는 직원들의 리스트를 뽑아봐. 출퇴근 패턴이 이상한 녀석, 특히 지나치게 일을 열심히 하는 녀석은 1순위로 올려놓고."

"알겠습니다."

둘은 곧장 병실을 빠져나갔다.

"하지만 리스트를 뽑는 건 압박 수단일 뿐이야. 내가 레투가 몰래 보안국 건물에 잠입해 봐야겠군."

치프는 레투가 본인을 옆에 둔 채 말했다.

"내 도움 없이 보안국 건물에 잠입하겠다고? 무슨 수로?"

레투가가 당황하여 묻자 치프는 별문제 아니라는 듯 양어깨를 으쓱했다.

"당장 동원할 수 있는 유효 수단만 해도 다섯 가지야."

레투가에게는 치프의 말이 허세로 들렸다. 그러나 치프의 눈동자가 보안국 건물의 설계도를 살피는 것처럼 날카롭게 움직이자 잠자코 있었다.

"하지만 그중에서 세 가지는 보안국 시설을 망가뜨리고 직원들에게 피해를 입힐 수 있으니 얌전한 수단 중에 하나를 써야겠지. 아, 물론 해킹이나 군용 전자전 장비 따위를 쓰겠다는 소리는 아니야."

"난 전자전 장비를 쓸 거라고 생각했는데?"

레투가의 말에 치프는 고개를 저었다.

"나노머신들이 전자전 장비에 의해 일제히 기능을 상실하면 전자전 방어시설에 숨겨져 있을 나노머신 컨트롤 장치가 공격을 받았다고 판단해서 경보를 발령할 거야."

"그렇지."

"그러면 보안국 건물 안에 있을 거라 여겨지는 용의자는 눈치채고 도망치겠지. 여기까진 그냥 전술적인 핑계고, 진짜 이유는 따로 있어."

치프가 슬쩍 웃으며 이야기를 계속했다.

"보안국 건물은 불특정 다수의 민간인이 사용하는 장소잖아? 그중에는 특별한 이유로 인공심장이나 인공안구, 호흡보조기, 신장투석기, 각종 뇌질환을 보조해 주는 두뇌 보조 칩 같은 의료기기를 몸에 넣은 사람이 있을 수도 있어. 군용 장비들은 그런 의료기기까지 완전히 망가뜨릴 수 있으니 절대 안 돼."

"아, 그렇군."

레투가는 치프의 입에서 인간적인 대답이 나오자 일단 안심했다.

"그럼 어떻게 하겠다는 건가?"

레투가는 치프가 사용하려는 방법을 알고 싶어 했다. 정말 궁금해서 그런 것도 있지만 보안국장으로서 똑같은 수단을 이용한 다른 이의 침입에 대비하기 위해서였다.

"그냥 장난을 치면 돼. 나노머신들은 생각보다 융통성이 없어서 장난과 실제 상황을 구분 못 하거든. 조셉과 딕슨이 돌아온 뒤에 작업해도 되니까 오늘은 키드만 신경 쓰자고."

원하는 답을 얻지 못한 레투가는 시무룩한 표정을 지었으나 치프는 그 '장난'이라는 게 무엇인지 끝까지 이야기하지 않았다.

데스디아 역시 그에 대해 듣고 싶었지만 '베어허그'가 이런 기술이냐며 단말기를 들이대는 어머니 때문에 말을 하지 못했다.

치프가 다시 이야기했다.

"진짜 문제는 따로 있어. 그 고생을 해서 정체를 밝혀야 할 상대가 너무 낯선 존재라는 거야."

치프는 주변을 둘러봤다.

"여기서 신을 직접 본 사람?"

답을 내놓는 사람은 없었다.

"파울라 장로님 외에는 없다고 봐야 하지 않을까요?"

포프의 말에 치프는 고개를 한 번 젓는 것으로 말을 대신했다.

"그분이 확실하게 알고 계셨다면 내가 보안국에 잠입할 일은 없었겠지."

"그래도 말씀은 나눠보셔야죠? 사장님께선 이 행성에 돌아오신 이후로 지금까지 장로님과 제대로 된 대화를 해보신 적이 없잖아요?"

포프는 파울라에 대해 민감한 태도를 보였다.

그녀는 젝스와 함께 파울라의 도움과 가르침을 받으며 1년을 보냈다. 그리고 그 과정에서 파울라를 이상적인 어머니로 생각할 만큼 존경하게 되었다.

포프는 자신의 친어머니, 스위트 베르자르에 대한 마음이 희박했다.

그녀는 계절에 한 번 꼴로 어머니가 집에 올 때면 동생들과 함께 어머니의 손을 잡고 고급 식당으로 가서 좋은 요리를 먹었다.

그것이 전부였다.

그녀는 어머니가 직접 해주는 음식을 먹어본 적이 거의 없었다.

학교에 입학할 때나 졸업 때는 항상 외할머니의 축하를 받았다. 어머니가 웬일인지 며칠간 집에 있으면 그것이 너무 불편했던 나머지 자신도 모르게 동생들을 괴롭히곤 했다.

어머니가 사고로 세상을 떠났다는 소식은 그녀의 집을 찾아온 공무원에게 들었다.

아버지에게 '넌 엄마를 닮아 훌륭한 헌터가 될 것이다'라는 말을 들었을 때도 어머니에 대한 그녀의 마음은 달라지지 않았다.

파울라는 데스디아에게 제발 좀 간섭하지 말라는 말을 들을 정도로 포프를 아껴주었다.

물론 파울라는 포프만이 아니라 젝스도 아껴주었다. 사만다 역시 가벼운 관리 대상이었지만, 어쨌거나 포프는 자신과 함께 즐기고, 함께 화를 내고, 함께 미래를 걱정하는 파울라를 정말 고맙게 생각했다.

치프도 그러한 사실을 다른 이에게 들어서 알고 있었다.

"포프, 난 장로님을 비난하는 게 아니야. 신들의 힘이 그분의 힘을 능가한다는 사실을 걱정하고 있는 거야."

치프는 '능가할지도 모른다'라는 식으로 말을 뭉개지 않았다. 포프의 판단을 흐트러뜨리고 싶지 않았기 때문이다.

"그래도 장로님과 얘기 좀 해주세요, 사장님. 장로님도 그 힘에 대한 고민을 하고 계시니까요."

포프가 그렇게까지 이야기하자 치프는 뭔가 아는 게 있냐는 눈으로 데스디아를 쳐다봤다.

데스디아는 가볍게 고개를 저었다. 그뿐이었다.

"대화야 뭐… 간단하지. 마침 쌓인 얘기도 있으니까 말이야."

치프는 자리에서 나와 탈의실로 걸어갔다.

"장로님께 병원 본관 로비에서 뵙자고 말씀드려줘, 포프. 가능하시다면 말이지."

"예, 사장님!"

"아, 그리고 뎃디. 저번에 줬던 내 권총은 어디 있어?"

"탈의실의 두 번째 서랍. 그건 왜 찾지?"

"키드가 뭔 짓을 할지 알 수가 없어서 말이지."

그는 탈의실 안으로 들어갔다.

옷을 벗기 전에 서랍을 열어 권총을 확인해 본 치프는 총의 상태를 확인하기 위해 권총집에서 총을 뽑았다.

그는 이내 한숨을 쉬었다.

"대체 얼마나 오랫동안 갖고 다닌 거야? 권총에서 땀 냄새가 다 나잖아?"

옷을 갈아입으면서 총을 허리 뒤쪽에 장비한 치프는 마지막으로 무릎과 팔꿈치에 보호대를 착용한 뒤 밖으로 나왔다.

나름 고민하면서 탈의실 문을 연 치프는 자신을 죽일 듯이 노려보는 헤이파의 모습에 움찔했다.

"또 왜요?"

"자네가 내 딸의 땀 냄새를 어떻게 안단 말인가?"

그녀만큼 귀가 밝지 않았던 다른 이들은 무슨 소리냐는 표정이었으나 데스디아는 엄청나게 당황하고 있었다.

"며칠 같이 훈련을 해보니까 땀의 냄새가 좀 독특하다는 걸 알았죠. 싱싱한 후추 냄새랑 비슷하더라고요."

치프는 시체 냄새보다는 낫지 않느냐는 눈빛으로 대답했다.

"어, 그거 부사장님께서 즐겨 쓰시는 향수 냄새가 아니었어요? 전 냄새가 좋아서 틀림없이 향수인 줄 알았는데요?"

포프의 말에 데스디아의 얼굴은 더욱 벌게졌다.

"어제 제가 여사님이랑 넷디를 착각한 것도 그 땀 냄새 때문이었어요. 하지만 막상 신체 접촉을 해보니 사용하는 치약 냄새가 달라서 혼이 빠지게 놀란 거죠."

치프의 증언에 데스디아와 헤이파의 표정이 뒤바뀌었다. 언짢아하는 데스디아와 당혹해하는 헤이파의 표정 변화에 라우라는 웃음이 터질 뻔한 것을 겨우 참았다.

"당신이 내 땀 냄새를 기억해 주는 건 고맙지만 그 신체 접촉 사건 얘기를 계속 들으니 좀 그렇군. 어서 나가봐, 치프."

"음? 응… 뭐, 그래. 있다가 보자고."

데스디아의 말을 들은 치프는 고개를 갸웃거리며 나갔다.

실은 치프뿐만 아니라 데스디아와 헤이파를 제외한 전원이 똑같은 의문에 빠져 있었다.

'냄새를 기억해 주는 게 뭐가 고맙다는 거지?'

그들은 지금의 상황이 이후 일어날 어떤 사건의 기점이 된다는 사실을 꿈에도 모르고 있었다.

29
자유의 어둠

정오 무렵, 병원의 본관 앞에서 파울라와 만난 치프는 그녀가 오는 도중에 구입한 탄산음료를 받으며 밝게 웃었다.

"회사에 계시다가 오신 거죠?"

"그렇다네. 왕녀 전하와 알케온, 젝스, 그리고 요르엘에게 뒷일을 맡기고 왔지. 그런데 무슨 일인가?"

"포프가 장로님 걱정을 많이 하더군요."

"그런가? 하하, 우리 꼬마에게 면목이 없군."

그녀는 붉은색과 주황색이 구불구불 섞여 불꽃처럼 보이는 자신의 장발을 쓸어 넘겼다. 난감함이 섞인 미소가 매우 건강하면서도 정직해 보였다.

"정작 나와 닮았다고 이야기를 듣는 사만다는 내 걱정을 안 하는데 말일세."

"걔가 장로님 걱정을 안 해요?"

"포프만큼 민감하진 않다는 뜻일세. 사만다는 어엿한 어른이 지 않나?"

"그렇죠. 이젠 정말 어른이 다 됐죠. 그게 그렇게 아쉬울 수 가 없네요."

치프는 파울라와 함께 정문 바로 옆에 있는 벤치에 앉았다. 반달리온과의 일로 인해 망가졌던 부분들은 잔디를 제외하고 는 깔끔하게 수리되어 있었다.

"메이건이라는 이름의 날개 달린 자는 어떻게 됐나요?"

"아직 냉동 상태일세. 라이트스톤 사장이 언제든 풀고 싶으 면 풀어보라고 얘기는 했네만 내 생각에는 가둬두는 것이 나을 것 같아서 말일세."

"그런가요?"

"메이건은… 그래, 2세대의 날개 달린 자일세. 내 아버지와 어머니의 친구이기도 했지. 근본은 나쁘지 않지만 엠페라투스 의 추종자가 되면서 많이 망가졌다네."

"잘 아시는군요."

"그녀는 엠페라투스의 추종자들 가운데에서도 유명했거든."

"그렇게 거친 성격이었나요?"

"아니, 그냥 줏대가 없었네. 엠페라투스의 추종자라면서 운캄타르 님을 모시는 자들에게 붙었다가, 다시 엠페라투스의 추종자들에게 붙었다가 하면서 양쪽의 신뢰를 잃었지."

"아하."

치프는 파울라가 준 음료를 마셨다. 파울라는 1.5리터짜리 오렌지 주스 통을 입에 대고 벌컥 들이켰다.

"혹시 아르마게일이라는 이름을 아시나요?"

"음, 알다마다."

한순간에 주스 반 통을 비운 파울라는 손수건을 꺼내 입가를 닦았다.

"운캄타르 님의 총애를 받았던 분일세. 우리 2세대들 사이에서도 나이가 꽤 많은 분이었고 전장에서도 뛰어난 활약을 펼치신 분이었네만… 많은 2세대가 그분을 싫어했지. 메이건에게 그 이름을 들었나?"

"그렇죠."

"아르마게일 님은 지구인들이 우생학이라고 부르는 것에 심취하셨다네. 신들은 그렇다 쳐도 엠페라투스의 추종자들마저 단순히 견해의 차이가 있는 자들이 아니라 돌연변이나 기형아 정도로 생각하셨지."

파울라의 설명에 치프는 쓴웃음을 지었다.

"인기가 없을 만하네요."

"추종자 중에 일부가 마음을 고쳐먹고 돌아오려 하면 항상 극렬하게 반대하셨다네. 그러한 행동과 갈등이 반복된 끝에 결국에는 운캄타르 님만이 그분의 주장과 생각을 진지하게 받아들이셨네. 하지만 아르마게일 님이 계시지 않았다면 루할트나 알케온 같은 3세대들이 이 땅에서 번성할 수 없었을 것이야."

파울라는 아르마게일에 대해서 최대한 좋게 이야기했으나 표정은 그리 좋지 않았다.

"2세대와 3세대 사이에 차이가 큰가 보네요?"

"유전적으로도 차이가 있네만 실은 정신적으로도 좀 차이가 있지. 일단 3세대는 욕심이 별로 없다네. 영주가 되어 2세대에 가까워진 뒤에야 비로소 욕심을 갖게 되는 자들이 생겼지. 영주들 가운데에서는 알케온 정도가 타고난 욕심을 가졌던 것 같군."

치프는 살짝 이해가 안 됐다.

"욕심이 없다고 하시면……?"

"그냥 태어나고, 그냥 성장하고, 그냥 만족해하다가 선조들의 곁으로 가는 것일세."

치프는 그 말을 듣자마자 섬뜩함을 느꼈다.

"단지 목숨에 위협을 느낄 일이 없어서 그랬던 게 아니라 유전적인 영향이란 말씀이신가요?"

"아, 물론 이 행성의 풍족한 환경이야말로 3세대가 느긋해진 주요 원인이라네."

치프는 그녀가 그를 변호하는 듯한 말을 하자 이상한 느낌을 받았다.

"장로님께선 그 아르마게일이라는 분을 정말 좋게 보시네요?"

"음… 어쩔 수 없지."

파울라는 고개를 저었다.

"모든 2세대로 하여금 자손을 볼 수 있게 해주신 분이 바로 아르마게일 님이시네. 그분이 계시지 않았다면 나는 그 아이를… 아니, 나부터가 이 세상에 태어날 수 없었을 것이야."

"……."

치프는 그 아르마게일이라는 존재에 대해 더 캐봐야 할지, 아니면 파울라의 난처한 표정을 봐서라도 여기서 멈춰야 할지 고민했다.

하지만 거기서 치프를 방해하는 존재가 나타났다.

"사장!"

파울라가 고함을 지르며 치프를 옆으로 밀쳤다.

치프가 있던 자리에 키드가 확 뛰어들면서 광선검을 휘둘렀다.

싹둑 잘리는 벤치로부터 벗어난 치프는 카키색 머플러를 얼굴과 목에 두른 채 자신을 쏘아보는 키드를 어이없다는 표정으로 바라봤다.

"너 정말 이럴래?"

웅크리고 앉아 있던 키드는 오른손에 맺힌 광선검에 힘을 더욱 불어넣으며 일어났다.

"당신은 드래곤들에 대한 죗값을 치러야 해."

"아, 그래? 작년에 덜 맞았다 이거지? 나도 어제까지 해서 여러모로 쌓인 게 많은 사람이라 오늘은 그냥 안 끝날 거야."

"어제……? 아, 부사장을 공개 추행한 사건 말이로군. 직위를 이용하여 여성을 강제로 추행하는 것도 모자라 공개적으로 망신을 주다니, 당신은 역시 처벌이 필요해."

키드는 광선검이 맺힌 오른손을 옆으로 빠르게 휘둘렀다.

"위대한 나이트 스토커의 이름을 걸고 당신을……."

치프는 말을 아직 마치지 못한 키드의 오른쪽 손목을 자신의 왼손으로 봉쇄한 후 그의 명치에 주먹을 꽂아 넣었다.

"어이, 키드. 내 얘기 좀 들어주지 않을래?"

치프는 두 손으로 명치를 누른 채 무릎 꿇은 키드를 짜증이 넘치는 표정으로 바라봤다.

"집행유예 판결을 받고 이 행성에 돌아오자마자 이상한 놈들한테 납치당했어. 그놈들이 날 거세하니 어쩌니 하면서 진상을 부리더라고?"

키드는 그 얘기를 잘 알고 있었다. 당시 사건으로 모두가 자리를 비워 버리는 바람에 키드는 저녁이 될 때까지 데스디아와 만나기로 했던 장소에서 혼자 쓸쓸히 기다려야만 했다.

치프의 이야기가 계속됐다.

"놈들을 소탕하니까 거지꼴이 되기 직전의 뎃디가 나타나서 날 구해주더군. 미안하고 고마운 마음에 옷을 사주려고 뎃디의 고향으로 갔지."

키드는 숨도 못 쉴 만큼 격한 통증으로 인해 이마로 땅을 문질러 댔다. 치프는 왼손으로 그를 번쩍 들다시피 일으킨 후 다시 복부를 주먹으로 쳤다.

치프는 자신이 서 있는 방향으로 쓰러지는 키드를 붙잡은 뒤 바닥에 주저앉히고는 파울라가 마시던 주스를 빼앗아 그의 머리 위에 부어버렸다.

그는 그만큼 화가 나 있었다.

"그런데 거기 가니까 뎃디의 엄마라는 분이 뜬금없이 날 고자로 만들겠다면서 두드려 패시더군. 뭐, 암튼 참았어. 그런데 하루도 지나지 않아서 우리랑 같이 온 줄 알았던 셀레스티아가 사실은 완벽히 변장한 엠페라투스라는 사실을 알게 됐지! 머리 끝까지 화가 났는데, 그렇다고 엠페라투스에게 신경 쓰면 알타이르 사람들이 큰일 날 상황이라서 결국 무시했지!"

그는 텅 빈 주스 통을 키드의 머리에 집어 던졌다. 짧은 북소리를 내며 튕겨 나간 주스 통이 잔디 위에 떨어졌다.

"일을 어찌어찌 끝내니까 레투가가 테러를 당했다는 거야! 쉴 틈 없이 여기로 돌아왔지! 병원에서 무슨 일이 생길 것 같다는 느낌이 들었는데 '띵똥' 하면서 들어맞더군! 어떤 미친놈이 나타나더니 자기 이름도 안 밝히면서 별의별 수작을 다 걸었어! 어찌어찌 해결돼서 안심하는 와중에 뎃디가 갑자기 날 격하게 끌어안더군! 허리와 늑골이 나갔어! 결국 병원 신세를 졌단 말이야!"

"거기까진 나와 아무 관계도 없……."

기침을 하며 지적한 키드의 몸이 하늘로 붕 뜨더니 잔디 위에 등을 대며 떨어졌다. 치프가 그를 유도 기술로 바닥에 메다꽂은 것이다.

"분명 너랑 관계없지! 하지만 일이 쌓여서 폭발하기 직전인 나를 네가 제대로 건드렸다고! 죗값이 어쩌네 하면서 대뜸 칼질을 해대는 바람에 장로님 팔이 날아갈 뻔했단 말이야!"

치프의 말대로 파울라는 그를 밀치는 과정에서 키드의 광선검에 팔을 베였다.

다행히도 그녀의 부상은 금방 재생되었지만 공격당한 사람이 파울라가 아니라 팔이 얇은 포프였다면 절단까지 갈 수도 있는 상황이었다.

"난 괜찮으니 그만하게, 사장."

파울라가 그를 말렸으나 치프는 키드의 멱살을 잡고 일으켰다.

"제가 안 괜찮습니다!"

치프는 계속해서 키드를 이리저리 메쳤다. 그의 흰색 셔츠가 키드의 몸에 묻은 주스 때문에 노랗게 변했다.

파울라는 더 이상 그를 말리지 않았다.

치프는 처음을 제외하고는 직접 주먹이나 팔꿈치 등을 쓰지 않았다. 머리나 목 등의 치명적인 부위 역시 노리지 않았다. 그냥 유도 훈련을 하듯 들었다가 메치기를 반복할 뿐이었다.

파울라를 향해 가죽 재킷 차림의 인공지능 안드로이드, 잭팟이 걸어왔다.

"괜찮으세요?"

"아, 잭팟. 난 괜찮다네. 키드가 오히려 걱정이군."

생체표피 덕분에 지구인과 구별하기 힘든 외모를 가진 잭팟은 고개를 절레절레 저었다.

"키드는 걱정하지 마세요. 치프가 진짜로 키드를 어떻게 할 생각이었다면 코뼈부터 주저앉혔겠죠."

"……."

"그리고 키드는 혼 좀 나야 해요."

"무슨 말인가?"

"장로님도 아시잖아요? 작년에 키드의 스승님이 그라니트 용역에 찾아오셨다가 진상을 부렸는 데도 키드는 사과 한마디 하지 않았죠. 게다가 요즘은 피자를 굽는 일만 열심히 하고 나머지 일은 너무 건성으로 하고 있어요. 제가 알고 있는 키드와는 전혀 달라요."

잭팟의 설명을 들은 파울라는 한숨을 쉬었다.

"그래도 뭔가 이유가 있겠지. 자네에게도 얘기하지 않던가?"

잭팟은 고개를 저었다.

키드는 1분이 좀 넘을 무렵, 가까스로 치프의 손에서 벗어났다.

탈출은 아니었다. 키드가 완전히 의식을 잃은 나머지 젖은 빨래처럼 늘어졌기 때문이다.

"어이, 잭팟."

"예, 사장님."

"그 녀석을 내가 쓰는 병실로 데려와."

잭팟은 치프가 던져 준 키드를 살펴봤다. 뼈가 다치거나 얼굴이 상하진 않았지만 몸 전체가 타박상으로 열을 내고 있었다.

더불어 등 뒤로 젖혀진 두 손은 엄지손가락이 강화섬유 케이블타이로 묶여 있었고 발목 역시 마찬가지였다.

"심하게 하진 말아주세요."

"서로 간의 인간적인 거리를 좁혀보려는 것뿐이야. 난 병실에 가서 기다리고 있을게. 병실 번호 알지?"

"걱정하지 마세요, 사장님."

치프는 화가 좀 풀린 듯 상쾌하게 한숨을 내쉬며 병원 안으로 들어갔다.

아까 있었던 난리에 모여들었던 사람들은 하나둘씩 자리를 떴다. 하지만 잭팟 외에도 키드의 곁을 떠나지 않는 자가 한 명 있었다.

바로 병원의 경비였다.

"아까 그분들과 아는 사이죠? 저것도 어떻게 좀 해줬으면 합니다만?"

경비는 키드가 잘라 버린 벤치를 가리켰다. 잭팟은 자신의 명함을 그에게 내어준 뒤 서둘러 키드를 데리고 병원으로 들어갔다.

*　　　　*　　　　*

키드가 붙잡혀서 들어올 줄은 몰랐던 레투가는 입에 재갈까지 물린 채 끌려온 키드의 모습에 당황했다.

키드를 빈 의자에 앉힌 치프는 분한 마음에 바닥만 바라보고 있는 키드를 살펴봤다.

"이봐, 잭팟. 뭔가 빠진 것 같지 않아?"

"예? 심문 준비는 다 된 것 같습니다만?

고민하는 치프의 눈에 들어온 것은 포프가 편의점에 다녀오면서 사용했던 큼지막한 종이봉투였다.

"아, 이거였어. 이게 있어야 그림이 살지."

그는 봉투를 집어 키드의 머리에 푹 씌웠다.

"읍, 으으으읍!"

키드가 갑자기 목소리를 내며 반항하자 치프는 발끝으로 키드의 정강이를 살짝 찼다.

"온전하게 집에 가고 싶으면 이제부터 내가 묻는 말에 똑바로 대답해."

"음음음음음음!"

"하아… 아직 뜨거운 맛을 덜 봤다 이거지?"

치프가 키드에게 바짝 다가갔다.

데스디아와 헤이파는 목과 쇄골 사이를 세게 눌러 신음 소리를 내는 키드를 안쓰러운 표정으로 바라봤다.

"병원에서 고문을 하는 이유가 대체 뭔가?"

"그래야 제가 실수를 해도 의사들의 힘을 빌릴 수 있으니까요."

그의 말에 브라토레 모녀는 한숨을 터뜨렸다.

"우리는 저 청년에게 이야기를 듣고 싶은 것이지, 저 청년의 비명을 듣고 싶은 게 아닐세."

헤이파의 지적에 치프는 김이 샜다는 표정으로 고개를 끄덕였다. 하지만 키드의 머리에 씌운 종이봉투는 그대로 놔뒀다.

"어이, 키드. 오늘 이 자리에서 네가 알고 있는 걸 전부 말하면 여태껏 나한테 시비 걸었던 모든 걸 용서해 주지. 하지만 헛소리를 했다가는 피자 굽는 화덕에 널 처박아 버릴 거야. 알아듣겠어?"

"……"

"한 번 더 얘기하지. 똑바로 말해."

키드는 슬슬 고개를 끄덕였다.

그가 쓴 봉투를 벗기고 재갈을 풀어준 치프는 그의 앞에 의자를 가져다 앉았다.

"이 행성에 어떻게 왔어?"

"…일단 비자를 받고, 여객선 표를 구입한 다음……."

"……."

"아, 아냐. 스승님께서 예언을 하셨어."

"예언?"

"이 땅의 날개 달린 자들이 큰 위기를 맞이할 거라고 하셨지."

"구체적으로."

"지옥에 떨어진 신들이 사용하던 관문, 탈란바토르가 이 땅에 나타날 거라고 하셨어. 탈란바토르가 나타난 뒤엔 날개 달린 자들이 전멸할 거라고 말씀하셨지."

이야기를 들은 치프는 포프에게 손짓했다.

"셀레스티아에게 연락해서 당장 이쪽으로 오라고 얘기해 줘."

"예, 사장님."

포프는 단말기를 들어 셀레스티아와 통화를 시도했다.

그러자 1분도 지나지 않아 셀레스티아가 병실 한가운데에 번쩍 나타났다.

"어, 키드? 좀 다친 것 같은데? 포장도 잘돼 있고."

셀레스티아가 포장이라는 말을 하자 데스디아와 헤이파가 피식 웃었다.

"말썽이 좀 있었지."

치프가 대답했다.

"다시 시작해 보자고. 나이트 스토커가 날개 달린 자들에 대해서 어떻게 알게 됐지? 그것도 예언의 결과물인가?"

키드가 고개를 저었다.

"우리 선조들은 1,200년 전에 다르토리오 행성에서 날개 달린 자들과 접촉했어."

"그리고?"

"…생존자는 단 한 분이었지. 우리 나이트 스토커의 역사에 날개 달린 자들이 끼어든 것은 그때가 처음이었어."

치프는 레투가를 한 번 돌아봤다.

"듣기로는 그때 모두 죽었다고 하던데?"

"단 한 분만이 손톱을 모두 잃으신 채 다르토리오 행성의 폐허에서 발견되셨지. 그 선조께서는 본거지로 옮겨지신 이후 며칠 만에 돌아가셨지만."

치프는 손톱을 잃은 이유가 감이 잡히지 않았지만 일단 고개를 끄덕였다.

"…그때 특별한 일은 없었어? 다르토리오 행성을 습격한 괴물의 이름이라든가."

"다르토리오를 공격한 자의 이름은 반달리온이었어."

"흐흠."

치프는 뭔가 맞아떨어진다는 생각에 고개를 끄덕였다.

"진짜 반달리온이란 말인가?"

파울라 장로가 소리를 질렀다. 그 기세에 움찔한 치프는 모두와 함께 파울라를 바라봤다.

"장로님?"

"아… 음, 아닐세."

"그냥 그렇게 넘겨 드릴 표정이 아니었는데요?"

"……."

파울라는 어찌할까 망설였다. 그런 그녀의 손을 셀레스티아가 잡아주었다.

치프는 그녀가 왜 말하기를 꺼려하는지 궁금했다. 그 궁금증은 그냥 호기심이 아니라 의심에 가까웠다.

"반달리온은 엠페라투스의 추종자라네. 그래, 나와 같은 2세대의 날개 달린 자이지."

레투가와 라우라는 그 전설의 괴물이 드래곤이었다는 사실에 경악했다.

"사실입니까, 장로님?"

레투가가 묻자 파울라는 어색한 표정으로 고개를 끄덕거렸다.

"그는 동족들에게까지도 재미 삼아 폭력을 행사하는 미치광이였지. 가장 질이 안 좋은 부류였다네. 그런데 그가 다르토리오 행성과 관련이 있을 줄은 몰랐군. 왜 거기에 있었지?"

모든 이의 시선이 다시 키드에게 쏠렸다.

키드는 머뭇거리다가 입을 열었다.

"예언은 당시에도 있었어. 어느 날 다르토리오 행성에서 광란에 휩싸인 자가 봉인에서 벗어나 살육을 일으킨다고 전해졌지."

"왜 봉인됐는지는 몰라?"

치프가 연이어 물었다.

"이미 일어난 일일 뿐이야. 나이트 스토커에게 있어서 중요한 일은 앞으로 일어날 큰 사건에 대비하는 것이지."

"아, 그러시군. 앞으로 일어날 일에 대한 예언이나 얘기해 봐."

키드가 눈을 부릅떴다.

"운캄타르의 의지를 잇는 자는… 날개 달린 자들의 손에 의해 죽는다!"

"하, 그렇군. 알타이르 행성인에게 거세된다는 얘기는 없었고?"

치프는 농담 삼아 중얼거렸다.

"운캄타르의 의지를 잇는 자가 알타이르 행성의 왕족을 전부 임신시킨다는 전설은 있었어."

키드의 대답에 병실의 공기가 무거워졌다.

화도 못 낼 만큼 당황한 치프는 데스디아와 헤이파를 돌아봤다.

"왜? 애 아빠가 되고 싶어?"

데스디아는 쓴웃음을 지었다. 치프는 그냥 천장만 바라봤다.

인상을 쓴 헤이파는 자리에서 일어나 키드 쪽으로 걸어갔다.

"어린 친구가 말을 좀 어렵게 하는군. 운캄타르의 의지를 잇는 자? 사장을 가리키는 말이 맞지? 왜 그렇게 어려운 호칭을 고집하는지 알 수 있을까?"

"스승님의 말씀을 그대로 옮긴 것뿐이오."

키드는 당당히 대답했다.

"하아……."

한숨을 길게 쉰 헤이파는 키드의 뒤에 섰다.

"사장이 왜 널 물리적으로 상대했는지 알 것 같군."

중얼거린 헤이파는 키드가 앉은 의자의 안장 밑을 발로 걸어 찼다.

의자에 앉은 채로 사람의 허리 높이까지 떠오른 키드는 의자와 함께 바닥에 내동댕이쳐졌다.

복도를 지나던 간호사들과 의사들이 병실 안으로 긴급히 들어왔으나 그들은 병실 내에 흐르는 심각한 분위기 때문에 입도 뻥긋하지 못했다.

"보안국의 일입니다. 협조해 주십시오."

그들은 레투가가 친절한 목소리로 이야기를 한 뒤에야 병실 밖으로 나갔다.

외부인들이 사라지자 헤이파는 발로 키드의 등판을 밟았다.

"나이트 스토커에 대한 이야기는 내 고향에도 알려져 있지. 하지만 다르토리오 행성인들처럼 찬양하는 수준은 아니야. 특히 최근 1,000년 사이에 그들이 뭔가를 제대로 처리했다는 얘기를 들은 적이 없어. 아마 우리 첫째처럼 어린애들은 나이트 스토커의 전설조차 잘 모를 거야."

키드는 둔부가, 정확하게는 둔부 사이가 너무 아팠다. 하지만 헤이파의 입에서 쏟아진 나이트 스토커에 대한 악평은 그를 분노케 했다.

"나이트 스토커를 모욕하지 마시오! 우리는 예언에 따라 우주를 지키려고 하는 숭고한 집단이란 말이오!"

"모욕? 숭고한 집단? 하, 지금 일이 어떻게 돌아가고 있는지 전혀 모르나?"

헤이파는 의자를 똑바로 세운 뒤 그 위에 키드를 다시 앉혔다.

그녀가 키드를 쇼핑백 들 듯 한 손으로 들어 의자에 앉히는 그녀의 모습은 동료들이 보기에도 위협적이었다.

그리고는 그의 얼굴에 자신의 얼굴을 가까이하며 살벌한 표정을 지었다.

"네 스스로가 그 숭고한 예언이라는 걸 어떻게 취급하는지 생각은 해봤어? 드래곤들이 전멸할 거라는 얘기를 어떻게 그렇게 쉽게 할 수가 있지? 게다가 넌 드래곤들을 돕기는커녕 그들의 적대자인 신들을 그냥 내버려 두고 있잖아? 넌 어떨지 모르지만 내 딸은 이 일에 목숨을 걸었다고! 난 엄마로서 속이 타들어가는데 네놈은 잘난 듯이 주절대고 있지! 역겨워서 견딜 수가 없군!"

"……."

"네가 직접 우주연합 수도에 쳐들어가서 이 일의 주모자들을 사냥할 거라고 허풍을 떨었으면 또 몰라! 그런 주제에 치프가 알타이르의 왕족 여성 전부를 임신시킬 거라는 헛소리를 나 불대?"

"그건… 예언이오."

헤이파의 기세에 질린 키드는 기어들어 가는 목소리로 말했다.

"그럼 그 예언인지 잡소린지를 지껄인 놈을 데려와! 어떤 새끼야?"

"……."

키드는 말을 하지 않았다. 헤이파는 팔짱을 낀 채 그가 말하기를 기다렸다.

"어이, 키드."

치프가 키드를 불렀다. 병원 앞에서 패대기를 쳐진 탓인지 키드는 치프를 제대로 쳐다보지 못했다.

"뎃디도 그렇고 잭팟도 그렇고, 네가 요즘 영 집중을 못 하고 있다던데 혹시 고민 있어?"

"너와는 관계없는 일이다! 운캄타르의 의지를 잇는 자여!"

"그냥 편하게 치프라고 불러. 사장이라고 하든가. 밖에서 누가 들으면 쳐다보겠네."

"……."

잠깐 물러나 있던 치프는 헤이파에게 자리에 가서 앉아달라는 손짓을 정중하게 보낸 뒤 다시 키드의 앞으로 갔다.

"혹시 그 예언 때문이야?"

그의 질문에 키드는 입을 꾹 다물었으나 표정은 눈에 띄게 안 좋아졌다.

"이봐, 키드."

치프가 낮고 부드럽게 키드의 이름을 불렀다. 키드는 부담감 때문에 목을 뒤로 슬쩍 뺐지만 치프는 한 치도 움직이지 않았다.

"미안하지만 난 나이트 스토커라는 집단에 대해서 잘 몰라. 예언도 그다지 믿지 않지."

"……."

"하지만 확실한 게 하나 있어. 1년 사이에 적잖은 사람이 죽었다는 거야."

키드는 그 말을 듣고서야 치프 쪽으로 눈을 돌렸다. 얇고 긴 갈색 눈썹, 선이 얇고 갸름한 얼굴선이 포프보다 고와 보였다.

치프는 그 청년이 말 못할 압박감에 시달리고 있음을 감지했다. 키드의 그 표정과 눈빛은 그가 식민지에서 봤던 이름 모를 신병의 그것과 똑같았다.

"어떻게 들릴지 모르지만 나와 내 동료들은 적들과의 전투에서 이겨본 적이 없어. 왜냐고? 놈들이 사람들을 죽이는 걸 막지 못했기 때문이야. 뭐, 그런 짓을 해야만 위험한 사람에서 범죄자로 클래스가 변하지만 말이지."

죄를 저질러야 범죄자가 된다는 그의 말에 키드가 움찔했다.

"물론 녀석들이 더 이상 똑같은 짓을 못하도록 만들기는 했어. 하지만 아쉽게도 결과는 항상 나빴지. 피해의 확산을 막는 게 고작이었어. 어쩔 수 없잖아? 예언자도 아니고 말이야."

"……."

"옛날에 내가 군벌들을 처리할 때도 마찬가지였어. 군벌 두목들을 장갑차 사이에 묶어서 찢어 죽이거나 입과 항문에 수류탄을 처박아서 절벽 아래로 던진다고 해도 그건 그냥 화풀이에 불과했어. 죽은 내 전우들이 한을 풀었다며 무덤에서 벌떡 일어나는 일은 결코 없었지."

키드는 여전히 말이 없었다. 하지만 치프의 말에는 어느 정도 공감하고 있었다.

특히 죄를 저질러야 범죄자가 된다는 치프의 말은 그의 가슴을 뚫고 들어왔다.

그는 그라니트 행성에 오기 전에도 스승의 예언에 따라 이곳 저곳을 들르며 많은 일을 해결해 왔다. 하지만 스승의 예언은 정확히 맞아떨어진 적이 없었다. 큰 사건을 미연에 방지한 경우는 겨우 한 번이었다.

키드가 잡은 범죄자들은 공통점이 있었다.

아까 치프가 말했듯이 이미 '죄를 진 자들'이라는 사실이었다. 그들에게 희생된 자들은 이미 땅에 묻히거나 시체가 유기된 상태였고 희생자의 가족들이 품은 아픔은 사건 해결에도 불구하고 씻기지 않았다.

나이트 스토커의 예언과 나이트 스토커라는 명예 자체에 대해 회의를 느끼던 키드는 마지막이라는 심정으로 스승의 예언에 따라 그라니트 행성에 왔다.

그러나 그가 느낀 것은 회의감을 능가하는 절망감이었다. 이 땅의 드래곤들은 그가 감당하는 것이 불가능할 만큼 강력한 존재였다.

허탈감 속에 아르바이트로 끼니를 해결하던 어느 날, 키드는 피자집 주방장을 모집한다는 조그마한 광고를 목격했다.

광고를 올린 사람은 잭팟이었다. 그리고 그것이 셀레스티아를 포함하여 수많은 단골을 보유한 '키드 피자'의 시작이었다.

"다시 말하지만 난 예언을 믿지 않아, 키드. 그리고… 너도 못 믿고 있을 거야. 그러니까 그렇게 안쓰러운 표정을 짓고 있겠지. 늘 있는 오차라고 넘겨 버리기에는 너무 많은 사람이 죽었거든."

치프의 말을 들은 키드는 그가 대체 왜 자신의 속을 찌르듯 이야기를 하는지 이유를 알 수가 없었다. 다른 이들 역시 키드 따위에게 뭘 바라냐는 표정이었다.

"신들은 말이지, 드래곤들을 대단히 증오하고 있어. 하지만 동시에 욕심도 많아서 최대한 이득을 보기 위해 노력하고 있지. 이 행성과 이 도시가 겉으로나마 멀쩡한 이유가 바로 그거야."

"……"

"하지만 이대로 가다가는 이 빅시티에서도 수많은 사람이 죽을 거야. 며칠 전에 이 병원이 폭탄에 날아갈 뻔했다는 얘기는 들었지? 그게 반복되면 드래곤들 역시 돌아올 장소를 잃어버리겠지. 이건 이쪽에 몸을 담은 어른들이라면 누구나 할 수 있는 '예언'이야. 하지만 지금은 그런 우울한 예언보다 중요한 것이 있어. 바로 정보야."

"음……."

"드래곤들, 그리고 신들에 대해서 네가 알고 있는 정보를 모두 말해줘. 특히 신들에 대한 정보는 당장 며칠 내로 써먹어야 하거든."

"며칠 내로?"

조금 누그러진 눈빛으로 치프의 말을 듣던 키드가 눈을 동그랗게 떴다.

"대체 무슨 짓을 하려는 거지?"

"빅시티에 숨어 있는 신을 사냥해 보려고 말이야."

키드는 그게 정말 가능한 일이냐고 묻듯이 치프를 쏘아봤다. 치프는 만면에 미소를 지으며 고개를 끄덕거렸다.

데스디아는 들리지 않게 코웃음을 쳤다.

'저 남자가 엠페라투스와 싸우겠다고 선언했을 때도 다들 저런 표정이었지.'

그녀는 키드를 바라보는 치프의 모습을 잘 그려진 그림을 보듯 조용히 바라봤다.

'키드에게도 뭔가를 발견한 건가? 그런 거지? 당신이라면 그

럴 거야.'

그녀는 마음 편히 치프를 믿었다.

그러나 헤이파는 아까 키드가 했던 말이 너무 신경 쓰였던 나머지 구겨진 얼굴을 펴지 못했다.

"이봐, 꼬마. 궁금한 게 있는데, 제대로 대답해 봐."

헤이파가 명령조로 묻자 아직 둔부의 통증이 가시지 않은 키드는 인상을 썼다.

"말하시오."

"치프가 알타이르 행성의 왕족을 전부 임신시킨다는 예언이 있었다지?"

치프는 왜 그런 질문을 지금 하느냐는 듯 오른손으로 자신의 얼굴을 눌렀다. 그뿐만 아니라 다른 이들도 민망해했다.

"아무리 약의 힘을 빌려도 왕족 전체를 상대하는 건 힘들 것 같고⋯ 역시 정자 은행의 힘을 빌려야겠군."

레투가 중얼거리자 라우라가 크게 헛기침을 했다.

"아, 농담이었소."

"⋯⋯."

듣다 못한 키드가 조금 큰 목소리로 말했다.

"잘못 들으신 것 같은데, 그건 예언이 아니라 전설이오."

"전설?"

"그리고 운캄타르의 의지를 잇는 자가 반드시 사장이라는 말은 전설의 어느 구절에도 없었소. 애당초 인간과 알타이르 행성인 사이에서 혼혈아가 나오긴 하오?"

혼혈이 태어날 수 있을지에 대한 여부는 아직 밝혀진 바가 없어서 모르지만 아무튼 키드의 말에도 일리가 있었기에 헤이파는 조금 고민했다.

"…그럼 넌 그 전설을 누구에게 들었지?"

그녀가 다시 물었다.

"스승님께 들었소."

"그럼 하루빨리 그 스승이라는 놈을 이곳으로 모셔 와야겠군."

"…번식보다는 신들을 잡는 일이 훨씬 더 급하지 않소?"

키드와 헤이파가 눈싸움을 벌였다.

"자자, 됐고."

치프가 키드의 어깨를 두드렸다.

"신들에 대해서 아는 대로 얘기해 봐. 신체적인 특징이라든가, 기타 등등."

"신체적인 특징?"

키드는 코웃음을 쳤다.

"과연, 당신에게 필요한 건 정보였어. 신들에 대해 전혀 아는 바가 없군."

그의 말에 가장 불쾌한 반응을 보인 것은 파울라였다.

어린 시절, 그녀는 어른들의 손에 잡힌 신들을 수차례 봤고 그때의 일들을 명확히 기억하고 있었다.

그녀가 목격한 신들의 모습은 기계와 생물체가 그저 효율만을 중시하여 융합된 흉물이었다. 대화를 나누고 싶은 생각도, 공존하고 싶다는 생각도 들지 않을 정도였다.

하지만 키드는 정말 뭔가를 아는 듯이 뻐기고 있었다.

이윽고 키드가 말했다.

"신들은 형태가 없어. 필요에 따라서 모습을 바꾸지. 작은 공 모양이 되기도 하고 드래곤들보다 더 큰 괴물이 되기도 해."

"허어, 그렇군."

치프는 계속 이야기해 달라는 듯 고개를 끄덕거렸다.

"브라토레 부사장이 빅시티 내에 숨어 있는 신을 찾으려고 했던 것 같더군. 느낌상 그랬어. 하지만 찾지 못했을 거야."

"그럼 우리 나이트 스토커 씨의 의견은 어떻지?"

치프의 질문을 들은 키드는 꽁꽁 묶인 채로 웃었다.

"듣고 놀라지 마. 변질자들을 선정하고 개조하는 그 신은 아마 보안국 건물 안에 있을 거야."

"…근거는?"

치프는 답을 기대하지 않고 물었다.

그의 속을 모르는 키드는 우쭐대며 말했다.

"5개월 전이었어. 술에 잔뜩 취한 보안국 제복 차림의 남자가 갑자기 거리에서 소리를 지르더군. 난 신이다! 하면서 말이야. 취중진담이라는 말, 혹시 아나?"

"……"

일행은 일제히 할 말을 잃었다.

욕이 목구멍까지 올라왔던 치프는 일단 웃었다.

"취중진담? 내가 보기엔 네가 지금 술김에 진상을 부리는 것 같은데?"

"매도하지 마라! 나이트 스토커의 감에 따른 것이다!"

키드가 반항하자 치프는 땅을 보며 한숨을 쉬었다.

"그래, 좋아. 그렇다 치자고. 네가 본 그 술꾼이 신이라는 증거가 있어?"

"단말기로 사진을 찍어놨다! 그 신이 소리를 지르는 것도, 건물 뒤에서 토하는 것도!"

그의 말에 데스디아가 피식 웃었다.

"별 X같은 걸 다 찍고 돌아다니는군."

"X같이 한가한 병신이라 그렇겠지. 그 신이 똥오줌은 안 싸디?"

헤이파도 비웃음을 곁들여 독설을 뿜어냈다.

치프를 비롯한 병실 내의 사람들은 일단 저 모녀를 밖으로 내보내야 키드가 살아남을 수 있을 거라고 생각했다. 키드에 대해 악감정을 가진 포프마저도 그를 걱정할 정도였다.

그럴 것이, 그들 중에서 키드가 증거라며 찍었다는 사진에 대해 기대하는 사람은 아무도 없었다.

결국 잭팟이 키드의 주머니에서 단말기를 꺼냈다.

사진에 찍힌 '신'은 밤하늘을 향해 두 팔을 쳐들고 있었다.

책팟은 그 사진의 주인공을 알고 있었다. 정확히는 그의 메모리 안에 그 남자의 간단한 인적사항이 저장되어 있었다. 하지만 그는 자신의 친구이자 고용주인 키드를 위해서 일부러 말을 하지 않았다.

"국장님이 좀 보셔야 할 것 같습니다."

책팟이 워낙 진지하게 행동하자 사람들은 혹시나 하는 표정을 지었다.

사진을 본 레투가는 곰곰이 생각하다가 오른손으로 침대 시트를 툭 두드렸다.

"아, 이 친구. 이제 기억나는군."

"알아?"

치프가 묻자 레투가가 쓴웃음을 지으며 끄덕였다.

"키드, 이 남자를 5개월 전에 봤다고 했지?"

"그렇소만?"

"딱 그때쯤에 사고를 쳐서 직위를 박탈당한 당한 친구일세. 홧김에 술을 마신 날 자네와 마주친 것 같군. 아, 물론 그날을 마지막으로 이 행성을 떠났다네."

"……."

잠깐 침묵했던 키드가 이내 고개를 가로저으며 웃었다.

"하하, 레투가 브라브리오 보안국장이여. 그건 있을 수 없는 일이오."

"무슨 말인가?"

"내가 신과 술주정꾼을 착각할 리가 없지 않소? 난 나이트 스토커로서 수련한 자란 말이오!"

하지만 키드의 눈가는 촉촉이 젖어 있었다. 목소리 역시 심하게 떨렸다.

헤이파가 두 주먹을 우두둑 쥐었다.

"첫째야, 저런 새끼는 고환을 뽑아서 귓구멍에 처박아줘야 버릇을 고칠 수 있단다. 이 엄마가 시범을 보여줄까?"

그녀가 격분하여 키드에게 다가가려 하자 데스디아와 셀레스티아가 그녀를 붙들고 병실의 출입구 쪽으로 움직였다.

"당신이 데려왔으니까 알아서 책임져, 치프."

데스디아는 경고를 남긴 후 헤이파와 함께 밖으로 나갔다.

치프는 키드 앞에 쭈그리고 앉았다.

"네가 잘못했다는 게 아니야. 네가 찍은 아저씨가 그저 신이 아닌 것뿐이라고."

"……."

"아무튼 한 번 더 강조할게, 키드. 민간인들의 목숨이 달린 일이니 제대로 협조해 줘."

그런데 거기서 치프의 설득이 역효과를 일으켰다.

"다른 이들의 목숨을 구실로 날 이용하겠다는 건가?"

그 말에 포프는 굉장한 불쾌감을 느꼈다. 그러나 치프 본인은 아무렇지도 않았다.

"아, 그렇게 받아들일 수도 있겠군. 그럼 사람들이 죽든 말든 신경 쓰지 말고 널 위해서 날 도와줘. 그렇다면 이건 거래가 되겠군. 원하는 게 뭐지? 돈? 아니면 더 큰 피자집? 우리 회사가 보유한 자금이라면 네 피자집을 프랜차이즈 회사로 만들어줄 수도 있겠군."

제정신인가 싶을 정도로 뻔뻔한 말이었지만 치프는 이미 심리적인 면에서 자신이 우위에 있을 뿐만 아니라 키드가 어떻게 반응할지도 예상하고 있었다.

"…신들에게 일정한 형태가 없다는 말은 사실이야."

키드는 조건에 대해 일체 얘기하지 않고 치프가 원하는 정보를 풀어놓았다.

"음… 그건 증명이 필요한데?"

"당신은 몰라도 브라토레 사장을 비롯한 다른 사람들은 이미 신을 만났어."

"뭐라고?"

치프는 셀레스티아를 시작으로 포프까지, 모든 이를 돌아봤다. 하지만 놀란 것은 모두가 마찬가지였다.

"만났다는 신이 대체 누구지?"

"내 스승님이야."

"하핫."

그 말에 포프가 웃음을 터뜨렸다. 재밌어서 그런 게 아니라 어이가 없어서였다.

치프도 웃지만 않았을 뿐, 황당해하는 것은 마찬가지였다.

"저기… 듣기로는 네 스승이 우리 회사에서 객기를 부리다가 바지가 벗겨진 채로 쫓겨났다고 들었거든?"

"그건 스승님도 예상 못한 일이었어."

"바지 벗겨진 거?"

"말고!"

키드가 소리쳤다.

"브라토레 부사장은 스승님께서 알고 계시는 알타이르 왕족들보다 훨씬 더 강력했어. 거의 세 배에 가깝다고 하셨다고."

"…해코지를 당한 건 포프라고 들었는데 왜 뎃디가 세 배의 힘을 발휘한 걸까?"

"좀 진지하게 들어봐! 그냥 분노에 의해 이끌려 나온 힘이 아니었다고! 만화 주인공도 아니고, 세 배라는 숫자가 말이 된다고 생각하나? 피자를 세 배의 화력으로 구우려면 화덕 자체를 바꿔야 해!"

"홈… 일리가 있군. 그럼 네 스승은 일반 생물들과 좀 다른 시각으로 데스디아의 힘을 파악했다는 거지?"

"맞아."

내내 흥분하고 있던 키드의 호흡이 그제야 안정을 되찾았다.

"스승님은 누군가에 의해 의도된 상황이 분명하다고 말씀하셨어."

"의도된 상황이라고?"

"과학적으로 따졌을 때 알타이르 행성과 그라니트 행성의 자연환경은 공전주기와 대기 성분을 제외하면 거의 비슷해. 그런데 자리만 옮겼다고 해서 전투 능력이 그렇게 차이가 난다는 건 이상한 일이잖아?"

키드의 설명에 모든 이의 표정이 진지해졌다.

병실 밖에 있는 데스디아와 헤이파의 표정도 조금 달라졌다.

"…뎃디와 여사님은 정령 덕분이라고 하던데?"

치프가 묻자 키드는 정말 진지한 표정으로 그를 마주봤다.

"그래, 정령 교감. 알타이르 왕족들은 드래곤들과도 교감을 하여 엄청난 힘을 얻을 수 있어. 며칠 전에 피자 공주… 아니, 셀레스티아 왕녀 전하와 교감했을 때의 힘이 어느 정도인지 알고 있나?"

키드의 질문에 치프는 고개를 슬며시 저은 후 셀레스티아를 봤다.

피자 공주라는 말 때문에 속이 좀 상했던 셀레스티아는 치프를 마주 보며 고개를 저었다. 자신도 정확한 수치는 모른다는 뜻이었다.

이윽고 키드가 말했다.

"스승님께서 알고 계시는 알타이르인의 힘을 1로 봤을 때, 당시 브라토레 부사장의 힘은 270배로 시작해서 최대 302배까지 상승했어. 물리력뿐만 아니라 신체 전체가 강화되지 않으면 제아무리 브라토레 사장이라고 해도 몸이 가루가 될 수준이었지. 하지만 부사장은 멀쩡했어."

키드가 도중에 쓴웃음을 지었다.

"흠, 하지만 몸만 멀쩡했던 것 같더군. 그러한 강화에 대한 후유증 때문인지 돈과 권력에 대한 충동을 이기지 못하고 사장을 으스러뜨렸지."

거기까지 이야기를 한 키드는 더 이상 말을 할 수가 없었다.

데스디아가 걷어찬 병실의 문짝이 그를 덮쳤기 때문이다.

"아니라고 했잖아! 기절했으니 마취할 필요 없이 거세할 수 있겠군! 옷에 저 새끼 피를 묻히기 싫은 사람은 비켜!"

헤이파와 셀레스티아가 격분한 데스디아를 급히 제지했다.

덤프트럭에 치인 것처럼 병실 구석에 박혀 버린 키드는 말없이 피를 흘릴 뿐이었다.

*　　　　　*　　　　　*

병원에서 쫓겨날 뻔했던 치프 일행은 새로운 병실에서 키드의 이야기를 듣기로 했다.

물론 키드는 멀쩡하지 않았다.

팔다리와 목, 그리고 두개골에 골절상을 입은 키드는 치프와 레투가 사이에 놓인 새로운 침대에 깁스를 한 채로 누워 있었다.

치프는 붕대 사이로 살짝 드러난 왼쪽 눈을 통해 천장을 바라보고 있는 키드를 제법 놀랍다는 표정으로 바라봤다.

"그렇게 당했는 데도 정신이 멀쩡한 걸 보니 너도 보통은 아니구나."

"난 나이트 스토커로서 훈련받은 전문가야. 이 정도 고통은 아무것도 아니지."

"그 말은 저분들께 해야 할 거야."

키드는 눈을 움직여 데스디아와 헤이파를 봤다. 키드를 보는 모녀의 표정은 먹잇감의 빈틈을 노리는 야수들처럼 무시무시했다.

"사장은 상냥한 사람이군."

"응?"

키드의 입에서 그런 말이 나오자 치프가 웃었다.

"갑자기 무슨 말이야?"

"스승님과 잭팟 말고 나를 이렇게까지 상대해 주는 사람이 없었거든."

"너에게 들을 이야기가 아직 많아서 그런 것뿐이야. 다 들으면 아마 싹 돌아설걸?"

치프가 농담을 던졌다. 옆에서 간식을 먹던 포프와 셀레스티아는 이제 그런 농담에 웃지도 않았다.

"아… 그렇군."

하지만 키드는 아쉬움이 가득한 목소리를 냈다.

"그렇다면 내가 모든 걸 말해줄 일은 없을 거야."

"그러시든가."

치프는 가볍게 웃었다.

예상을 벗어난 그의 반응에 키드는 조금 섭섭했다. 그는 상대가 왜 그렇게 강하게 나오는지 궁금했지만 해답을 얻기에 어려운 문제는 아니었다.

데스디아에게서 피어오르는 살기가 그의 신경을 자극했다.

'말을 하지 않으면 정말 죽는 거군.'

그런데 어째서인지 키드의 머리를 감은 붕대 사이에서 웃음소리가 터졌다.

"내가 사장에 대해서 이상한 말을 할 때마다 화를 내는군, 브라토레 부사장이여. 당신은 사장을 그렇게 아끼나?"

"헛소리 말고 아까 하던 얘기나 계속해."

"그래, 사장은 남자에게 상냥한 사람이지. 죠니랑 조셉, 딕슨이 사장에 대해 얘기하는 것도 그렇고, 아까 보니까 포프도 잘 챙기더군."

키드는 아직도 포프를 남자라 착각하고 있었다.

평소라면 데스디아도 쓴웃음 정도는 지었겠지만 그녀가 재촉했던 얘기는 상냥함과 관련된 문제가 아니었다.

"또 무슨 소리를……."

"사장은 남자를 좋아하는 게 틀림없어."

"…하아."

데스디아는 두 손으로 자신의 얼굴을 덮으며 신음을 냈다. 그녀는 극도의 자제력을 발휘하고 있었다.

자신과 전혀 상관없는 취향을 면전에서 들어버린 치프 역시 당황하기는 마찬가지였다.

키드의 옆에 앉아 그를 보살피던 잭팟은 딱하다는 듯 자신의 친구를 바라봤다.

"이봐, 키드."

"응?"

"꼭 삽으로만 무덤을 팔 수 있는 건 아니야."

지적한 잭팟은 자신의 입술을 손으로 집으며 말조심을 당부했다.

키드의 붕대 밖으로 한숨이 나왔다.

"나도 농담 한번 해봤어. 뭐가 나빠?"

"듣는 사람이 누구냐에 따라서 환자로 지낼 수도 있고 피자 토핑이 될 수도 있지."

움찔한 키드는 헛기침을 하려 했으나 몸의 통증 때문에 그러지 못했다.

"할 수 없군. 당신들 부탁대로 이야기를 계속해 주지."

키드가 말했다.

"스승님께서는 포프와 처음 만났을 때부터 이 행성을 둘러싼 모든 일이 이상하다는 사실을 감지하셨어."

"자유의 어둠을 이은 자?"

치프의 말에 키드가 손을 까딱거리며 그의 말을 긍정했다.

"그래, 맞아. 스승님께서는 포프를 가리키시면서 저 소년이 분명 엠페라투스를 깨우기 위해 이곳으로 온 존재일 거라고 말씀하셨어."

셀레스티아가 직접 까준 오렌지를 하나씩 먹고 있던 포프는 얼굴을 확 구기며 키드를 노려봤다.

아무리 긍정적인 성격의 그녀라 할지라도 키드의 그러한 허세와 고집, 그리고 오해를 계속 참아내는 것은 어려운 일이었다.

치프는 잠깐 참아달라는 뜻이 담긴 미소로 포프를 말렸다.

"얘기를 계속해 봐. 자유의 어둠을 이은 자가 어떻다고?"

"아니, 그전에 포프 베르자르는 왜 나를 싫어하는 건가? 난 딱히 잘못한 게 없는데?"

키드의 관심이 포프 쪽으로 확 돌아가자 치프는 옆에 놓인 두꺼운 물병으로 그의 치아를 전부 날려 버리고 싶은 충동을 느꼈다.

"그건 포프가 민감한 나이 대라서 그런 거야."

"그렇군. 하지만 난 포프 베르자르를 자극한 기억이……."

"하던 얘기 좀 계속해주면 안 될까?"

"흠, 어쩔 수 없군. 얘기해 주지."

"……."

키드는 극도의 비호감이 자신의 주위를 안개처럼 둘러싸고 있다는 사실을 전혀 눈치채지 못하고 있었다.

"전설에 따르자면, 엠페라투스는 운캄타르에게 패배하면서 둘로 나뉘었다고 하지. 바로 영혼과 육체야. 신이 직접 창조한 엠페라투스의 육체는 영혼이 사라진 상태에서도 재생됐을 만큼 강력했다고 해."

그 이야기에 데스디아는 의문을 가졌다. 키드의 말이 사실이라는 것을 가정할 경우, 그렇게 뛰어난 재생 능력을 가진 엠페라투스가 지금은 어째서 육체를 수복시키지 못하는지 이해가 가지 않았다.

'치프에게 당한 피해가 특별했거나, 재생이 된다 해도 시간이 걸리거나, 아니면 뭔가가 결여됐거나?'

데스디아가 정리해 본 가능성은 그렇게 세 가지였다.

"운캄타르는 엠페라투스의 육체를 자신들의 새로운 터전에 묻으면서 그의 영혼이 육체에 되돌아가는 것을 막아보려 했지. 그래서 그의 신하들이 만들어낸 게 바로 자유의 어둠이야."

오렌지를 씹으며 키드의 얘기를 듣던 셀레스티아는 어째서 키드가 자기 종족의 과거는 물론 자유의 어둠이라는 생소한 개념마저 상식처럼 알고 있는지 궁금했다.

"그럼 자유의 어둠은… 정확히 뭐지? 일종의 열쇠나 방화벽 같은 역할인가?"

치프가 물었다.

"방화벽이라는 표현이 맞겠군. 운캄타르의 신하들은 만에 하나 엠페라투스의 육체와 영혼이 이 땅에 같이 존재하게 됐을 때에 대비하려고 했지. 그들은 융합에 필요한 모든 요소를 철저히 추출해서 우주의 어딘가에 숨겼어."

"그래서 내가 이 땅에 발을 들였을 때 엠페라투스가 바로 부활하진 못한 거군. 융합에 필요한 요소가 없어서 말이지."

"맞아."

"그런데 넌 왜 그토록 자세히 알고 있으면서 엠페라투스가 부활한 그날까지 날 찾아오지 않았던 거야?"

치프가 의문을 던지자 키드가 한참을 가만히 있더니 결국 한숨을 터뜨렸다.

"지금 얘기한 모든 것은 저번에 스승님이 오셨을 때 들었어. 그전까지는 이 행성에서 나의 운명과 싸워 이겨내야 한다는 것만 알고 있었지."

치프는 그렇기 이야기하는 키드로부터 조셉과 딕슨을 떠올렸다.

A프로젝트의 마지막 세대에 속하는 둘은 자신들만의 특별한 신체적 특징으로 인해 어렸을 때부터 문제를 일으켰고, 결국 청소년기를 거치는 도중 최악의 선택을 할 뻔했던 문제아들이었다.

'방황하는 청소년을 여기서 또 만나게 될 줄은 몰랐군.'

그는 둘을 통해 겪었던 사례를 토대로 키드를 대하는 방법을 바꾸기로 했다.

"혹시 포프가 왜 이 행성에 오게 됐는지는 들었어?"

치프가 물었다.

자신의 이름이 다시 나오자 포프는 자신이 이제 무슨 이야기를 듣게 될지 꿈에도 모른 채 고개를 돌려 그들을 봤다.

"자유의 어둠이 죽었으니까 그렇겠지."

키드가 훌쩍 내뱉었다.

"…잘 이해가 안 가는데?"

"영혼과 육체의 융합에 필요한 요소는 어떤 종족의 유전자에 새겨져 있었어. 엠페라투스가 자신의 영혼을 숨긴 방법을 운캄타르의 신하들이 역으로 이용한 거지. 게다가 그 종족의 전부가 아니라 그 종족 어느 혈통의 단 한 명에게만 전승되도록 설계했어."

"좀 더 쉽게 얘기해 주면 안될까?"

치프가 연거푸 요구하자 키드는 답답하다는 듯 콧김을 뿜었다.

"아주 쉽게 설명해 주지. 포프 베르자르의 어머니가 자유의 어둠을 가진 자였던 거야. 그런데 당사자가 죽으면서 포프 베르자르가 자유의 어둠을 '이은 자'가 된 거지."

그 말을 들은 포프의 눈에서 힘이 풀렸다.

치프는 느낌이 좋지 않았기에 일단 키드의 말을 막으려 했으나 키드는 역시나 눈치 없게 입을 나불거렸다.

"스승님께 듣기로는 엠페라투스의 추종자들이 오랜 시간 동안 자유의 어둠을 보유한 자를 추적했고, 결국 수년 전에 손에 넣을 뻔했다고 하더군. 그런데 포프 베르자르의 어머니는 왠지 자신의 역할을 알고 있었나 봐. 스승님 말씀으로는 폭탄으로 자살했다더라고."

"……."

"그래도 엠페라투스의 추종자들은 자유의 어둠이 혈통에 의해 전승된다는 것도 알고 있었기에 수를 쓰기로 했지."

"잠깐, 키드. 그만해."

"추종자들이 쓸 수 있는 수단이라고 해봤자 별거 없겠지. 포프 베르자르의 부친에게 자식을 그라니트 행성으로 보내면 돈을 좀 주겠다고 하지 않았을까?"

치프의 뒤편에서 찰칵하는 금속음이 들렸다. 권총이 장전되는 소리였기에 치프의 모든 신경이 곤두섰다.

포프는 치프가 키드에 대비하기 위해 가져왔던 권총을 두 손으로 제대로 받쳐 든 채 키드를 노렸다.

그녀의 능력 때문인지 바로 앞에서 오렌지를 함께 먹던 셀레스티아조차도 그 움직임을 인지하지 못했다.

하지만 땅에 떨어진 것은 키드의 피가 아니라 포프의 눈물이었다.

그 소녀는 방아쇠에 손가락조차 제대로 걸지 않은 채 자신을 다스리고 있었다.

"난 여자예요, 키드."

포프가 권총을 겨누는 기세에 짓눌렸던 키드는 그녀의 말을 듣고는 가벼운 충격을 받았다.

"그리고 당신은 저질이고요."

중얼거린 포프는 권총을 내려 치프에게 내밀었다.

"헌터는 사람을 죽이면 바로 면허가 취소돼요. 아빠가 날 팔았을 거라고 지껄이는 사람 따위를 죽여봤자 나만 손해겠죠."

"……."

"당신이 왜 진정한 나이트 스토커로 인정을 못 받는지 알겠네요. 몸조리 잘하세요."

말을 남기고 돌아선 포프는 병실을 조용히 나섰다.

셀레스티아와 데스디아가 그녀를 쫓아가려 하자 치프가 고개를 흔들었다.

"됐어. 강한 아이야. 걱정하지 마."

둘은 서로를 한 번 마주 본 뒤 다시 자리에 앉았다.

치프는 받아 든 권총을 옆쪽 테이블에 놓은 후 길게 한숨을 쉬었다.

키드는 꿈쩍도 하지 않았다. 뻔뻔해서 그런 게 아니라 생전 느껴본 적이 없었던 죄책감 때문이었다.

"이봐, 키드."

치프가 자신을 부르자 키드가 움찔했다.

"네가 네 자신에 대해서 얼마나 불안해하는지 이해한다고 말하진 않을게. 난 너보다 훨씬 더 심각하게 고민을 하던 친구들을 이미 만났고, 그때도 이해한다고 말하진 않았거든. 당시 그 친구들은 이해라는 말로 덮어주기엔 너무 큰 실수를 저질렀지."

"……."

"그 친구들은 나에게 자신들이 저지른 실수를 어떻게 만회하면 좋겠냐며 상담해 왔어. 그나마 다행이었지. 반성하고 있었거든. 너도 네가 방금 실수했다는 사실을 부디 깨달았으면 좋겠군. 그렇다면 내가 널 도와줄 수 있을 거야."

키드는 치프가 한 말을 인식은 했으나 죄책감과 후회 때문에 정신이 혼란하여 제대로 받아들이지를 못했다.

"혼란스러운 것 같으니 짧게 하지. 네 스승이라는 사람을 만나봐야겠어."

"오시는 데 사흘 정도는 걸리실 거야."

"사흘이나?"

"탈란바토르… 아니, 게이트를 사용하는 여객선은 절대로 타지 않으시거든."

치프는 참으로 복잡한 사람이라 생각하면서도 게이트의 정체가 신들의 물건이라는 사실을 기초로 생각을 달리해 봤다.

'게이트의 정체를 알고 그러는 거라면 뭔가 도움이 되는 사람일 수도 있겠군.'

하지만 키드의 스승이 바지가 벗겨진 채 쫓겨났다는 스토리가 그의 뒷골을 아련하게 자극했다.

'사흘이면… 좋아. 그사이에 일이 터지지만 않으면 이것저것 볼일을 볼 수 있겠지.'

치프는 자신의 단말기를 들었다.

"여사님, 내일 당장 여사님을 지구로 모셔 가고 싶은데, 괜찮을까요?"

모든 일을 지켜봤던 헤이파는 인자하게 웃었다.

"상관없다네."

"그럼 한 명 더 끼워서 가도록 하죠."

치프의 그 말에 데스디아가 손을 저었다.

"미안, 난 여기서 처리해야 할 일이 많아."

"그래, 사흘 내로 돌아올 테니 회사 좀 부탁해."

"……"

그가 틀림없이 자신을 데려갈 거라고 생각했던 데스디아는 정말로 민망했지만 분위기가 분위기인지라 최대한 표정을 감췄다.

30
종교적이지 않은 문제

퇴원 수속을 밟자마자 공항으로 이동한 치프는 대기실에서 지구로 가는 여객선을 기다렸다.

그의 옆에는 전통복 차림의 헤이파가 있었고, 헤이파 옆에는 쓸쓸한 표정의 포프가 앉아 있었다.

"저기, 사장님."

포프가 치프를 불렀다.

"응, 얘기해."

치프는 단말기 화면에 시선을 둔 채 얘기해도 좋다는 의사를 밝혔다.

"비행기 타는 걸로 기분이 풀리는 여자애는 그리 많지 않아요."

"그런가?"

치프는 낮게 웃었다. 하지만 포프는 제법 진지했다.

"사장님이랑 같이 비행기에 탈 때마다 사건이 터졌잖아요? 엠페라투스도 그렇고, 환상종의 출현도 그렇고……."

트라우마가 될 법한 사건이긴 했기에 치프는 뒷머리를 긁었다.

"그럼 젝스한테 공항으로 오라고 해. 지구 구경 좀 하고 싶어 하던 눈치던데 말이야."

포프는 그냥 입을 다물었다.

헤이파는 포프의 그런 모습을 보며 웃었다.

"첫째도 어렸을 때는 이렇게 귀여웠는데 말일세."

"지금은 귀엽지 않으신가 보네요."

"요즘 다시 귀엽게 보이고 있다네. 누구 덕분에 말이지."

치프가 그녀 쪽으로 슬그머니 시선을 돌렸다.

"무슨 말씀이시죠?"

"음… 자네가 은근히 매력이 있다는 뜻이지."

"이젠 농담도 좀 하시네요."

치프가 너무 태연하게 받아들여서인지 헤이파도 별생각 없이 웃었다.

"알타이르의 왕족 여자들은 외모라든가, 단순한 육체적 강함이라든가 하는 것에 끌리지 않는다네. 그에 대한 우월감이 거의 우주적이거든. 그 때문에 그런지 우리들은 성별에 관계없이 정신적으로 강한 사람에게 끌린다네."

"음, 그럼 전 시작부터 이상형 탈락이네요."

"어째서 그렇게 생각하는가?"

"전 정신적으로 강한 게 아니라 지저분한 꼴을 너무 많이 본 것뿐이에요. 해서는 안 될 짓도 많이 했고 말이죠. 강하다기보다는 그냥 오래된 기계마냥 닳아빠진 거라고요."

그 말에 헤이파는 마치 애완견을 쓰다듬듯 치프의 뒷머리를 손으로 슬슬 훑었다.

"난 자네보다 무려 수백 년을 더 살아온 사람일세. 많은 사람을 만났지. 정말 닳아빠진 자들은 남을 돕기는커녕 자기 자신도 돕지 못하여 항상 궁지에 몰려 있더군. 나도 그랬던 적이 있었고 말이야."

"여사님이요?"

"하하, 딸의 죽음을 이겨내는 엄마가 세상에 얼마나 있겠나?"

"……."

"자네는 어제 키드인지 부지깽이인지 하는 녀석을 다른 눈으로 바라보더군. 녀석은 누가 봐도 그냥 재수 없는 병신이었는데, 자네만은 녀석에게서 어떤 가능성을 발견한 것 같았지. 정말 맑은 눈으로 바라보더군."

"그거야 뭐……."

치프는 실소를 터뜨렸다.

"누군가를 그토록 올곧게 바라보는 것은 쉬운 일이 아닐세. 첫째도 그래서……."

마침 헤이파의 단말기가 진동했다. 말을 멈춘 헤이파는 가방에서 단말기를 꺼내려다가 그만 바닥에 떨구고 말았다.

"아, 주워드릴게요."

쭉 내린 치프의 손과 헤이파의 손이 떨어진 단말기 위에서 살짝 닿았다. 정전기에 놀라듯 손을 급히 물린 둘은 똑같이 놀란 표정으로 서로를 쳐다봤다.

"아, 하하하……."

"하하, 참. 하하."

둘은 그냥 웃으며 시선을 돌렸다.

그러나 그 꼴을 처음부터 끝까지 지켜본 포프는 민망함으로 오그라든 손을 펼 수가 없었다.

'이번에도 무슨 일이 있을 거야. 분명해!'

포프는 불안했다. 지구행 여객선 탑승 준비를 알리는 안내방송이 그 불안함을 가중시켰다.

치프 일행이 그라니트 행성을 떠나 지구에 도착하는 데까지 걸린 시간은 불과 2시간 정도였다.

10만 광년 이상 떨어진 행성까지 훈련이나 특별한 의복의 착용, 그리고 철저한 건강검진 없이 고작 2시간 만에 이동한다는 것은 실로 굉장한 일이었다.

우주연합에 가입한 모든 행성인을 하루 내에, 그것도 사람들뿐만 아니라 물건들까지 오고 가게 만들어주고 있는 그 대형 구조물은 이제 기적이나 감격, 혹은 숭배의 대상이 아니라 가스라이터처럼 상식이 되어 있었다.

초광속 우주선을 이용한 구식 우주여행이 대량의 연료 소모는 물론 각종 우주적 위험까지 걱정해야 한다는 것을 감안했을 때, 만약 우주에 있는 모든 게이트가 사라질 경우 우주연합은 물론 각 행성의 경제마저 붕괴될 수 있었다.

그런 상황임에도 불구하고 치프는 자신이 게이트를 제거해야 할지, 아니면 유지해야 할지 선택해야 하는 입장이 될 수도 있을 것이라 예상했다.

그의 적대 세력이 그 누구보다도 게이트와 밀접하게 관련된 존재인 신들이기 때문이다.

타협 없이 신들을 무조건 격퇴하여 게이트를 무용지물로 만들 경우, 치프는 자신이 아마도 신들의 야망으로부터 세상을 구한 영웅이 아니라 희대의 테러리스트로 기록될 거라고 생각했다.

소설이나 영화, 혹은 게임의 주인공이라면 가장 좋은 부분에서 뒤끝 없이 자신의 일을 마칠 수 있겠지만 치프는 그 뒤의 일까지 생각해야만 하는 사람이었다.

'녀석들은 그런 상황에 대비해서 게이트에 대한 모든 것을 독점하고 있을지도 몰라. 생명보험이랄까? 만약 선택을 해야 할 경우… 난 어떡해야 하지?'

치프는 여객선의 창문 밖으로 보이는 자신의 고향, 지구의 푸른 빛깔을 보며 마음을 안정시켰다.

'뭐, 아직 먼 이야기겠지만.'

헤이파가 그의 표정을 보고는 팔짱을 꼈다.

"고민을 하고 있군."

"예, 조금요."

"걱정하지 말게. 난 이제 자네를 고자라고 부르지 않을 것이네."

다른 자리에 앉은 승객들이 헤이파 쪽을 흘끔거렸다. 그 시선을 느낀 치프와 포프는 매우 난감해했다.

"걱정거리가 그거였다면 얼마나 좋을까요."

"흠, 게이트와 관련된 고민이겠지?"

"그건 또 어떻게 아셨나요?"

"여객선이 게이트를 통과할 때의 표정이 예사롭지 않았거든."

치프는 헤이파가 데스디아 이상으로 감이 좋은 사람이라 확신했다. 그는 그것이 좋으면서도 싫었다.

"게이트가 없어지면 어떻게 될까요?"

그가 묻자 헤이파는 씩 웃었다.

"다른 곳은 몰라도 알타이르는 별일 없을 것이네. 대사들 외엔 밖에서 활동하는 동포가 없거든. 첫째 정도? 다른 행성들과의 무역도 거의 없으니 정 갈 곳이 없으면 알타이르로 오게."

"혹시 키드가 말한 그 예언을 믿으시나요?"

"아, 왕족 전부를 임신시킨다는 것 말인가? 우리 어머나나 조모님께서 자네 아이를 임신하면 그건 그것대로 재밌겠군."

믿기는커녕 기에 차지도 않는다는 뜻이었기에 치프도 그냥 웃었다.

*　　　　*　　　　*

케네디 우주공항에 도착하여 공항 검색대를 통과한 치프 일행은 검색대 앞에서 대기하고 있는 두 명의 지구인 남자와 마주했다.

"귀국을 환영합니다, 원사님."

한 명은 금발이었고 한 명은 짙은 갈색 머리였으며 둘 다 마른 체구였다. 갈색 머리의 청년은 등산용 배낭을 왼쪽 어깨에 메고 있었다.

포프는 그들을 그냥 치프의 친구나 동료 정도로 생각했으나 헤이파는 달랐다.

'고도의 훈련을 받은 자들이군. 배낭 안에서 나는 냄새는… 총인가?'

미지근한 표정으로 둘을 바라보던 치프는 일행과 두 남자에게 따라오라는 손짓을 한 후 검색대 옆에 마련된 밀실로 들어갔다.

밀실 안에는 넓은 테이블과 위치를 옮길 수 없도록 땅에 단단히 박힌 의자가 마련되어 있었다. 게다가 방음 처리된 벽에는 거울조차 붙어 있지 않았다.

포프는 참으로 썰렁한 장소라고 느끼면서 의자에 앉았지만 헤이파는 벽에 등을 붙였다.

"너무 경계하지 마세요, 여사님."

치프가 우선 그녀의 긴장을 풀어주었다. 포프는 그제야 뭔가 이상한 일이 일어났음을 느끼고는 의자에서 일어나 헤이파 쪽으로 이동했다.

"자네들은 NSA가 아니고… CIA인가? 수칙대로 권총의 약실을 비워놨군. 모범적인 요원이네."

치프는 권총을 살피며 말했다. 그것은 치프가 사용하는 것처럼 옛날 모델을 복제한 게 아니라 5년 전에 나온 신형 권총이었다.

그 권총을 보고 움찔한 금발의 청년은 자신의 겨드랑이 아래에 준비된 권총집을 더듬었다.

"언제 빼신 겁니까?"

"나중에 CCTV로 봐."

빙긋 웃은 치프는 청년에게 권총을 돌려줬다.

"아무튼, 왜? 일이 있으면 해군 정보부에서 날 찾아올 텐데?"

"그쪽이 워낙 바빠서 심부름을 온 겁니다."

"심부름? 아, 하긴. CIA가 우리한테 빚이 좀 있지."

조직 사이의 자존심상 있을 수 없는 일이었으나 치프가 속한

UNSMC와 해군 정보부, 그리고 CIA사이에는 그러한 관계마저도 초월할 만한 사건이 있었다.

정확히 22년 전, 치프가 속한 A프로젝트 멤버들이 아직 UNSMC 소속이 아니었을 때 부여받은 첫 임무에서 CIA의 요원이 '믿어지지 않는 실수'를 저질러 정보를 빼앗긴 것이다.

예루살렘에서 구세대 핵탄두를 터뜨릴 것이라 선언했던 테러리스트들은 빼앗은 정보에 따라 단단히 대비했고, 결국 A프로젝트 멤버들은 핵탄두가 터지는 것을 막지 못했다.

당시 A─38이라는 이름의 현장 지휘관이 스스로를 희생하지 않았다면 팀원들의 몰살은 물론이고 민간인들의 대피는 불가능했을 것이다.

물론 치프도 현장에 있었다. 치프가 엠페라투스 사건 이전에 경험했던 대도시의 파괴가 바로 그 사건이었다.

CIA는 이후 자신들의 실책을 인정했고, A프로젝트 관계자들의 일이라면 최대한 협력해 주게 되었다.

갈색 머리의 청년이 어깨에 메고 있던 배낭을 테이블 위에 놓았다.

"지구에 계시는 동안 쓰실 물건입니다. 남는 것들은 공항 보관함에 넣고 해군 정보부에 연락하십시오."

치프는 배낭을 열었다.

"탄약에… 각종 수류탄… 그리고 건하운드잖아?"

치프는 기관단총처럼 작은 건하운드 제어장치를 꺼냈다. 그러한 형태의 건하운드를 처음 보는 포프는 호기심에 눈을 크게 떴다.

그는 내부를 살핀 가방을 포프에게 건네주며 한숨을 터뜨렸다.

"나보고 전쟁터라도 다녀오라는 건가?"

"아닙니다. 지난주부터 분위기가 이상해서 그렇습니다."

금발의 청년이 설명했다.

"이상하다면?"

"지구순혈주의 활동에 대한 첩보가 들어왔습니다. 현재 다른 행성인들에 대한 보호조치에 들어갔습니다만… 동행하신 분께서 워낙 저명하신 분이라 해군 정보부와 UNSMC에서는 원사님께서 그분을 직접 경호하시는 게 나을 것 같다고 판단한 것 같습니다."

청년의 얘기를 들은 치프는 헤이파를 잠깐 돌아본 후 다시 청년들을 봤다.

"그보다는 인력 부족이겠지? 각 행성의 대사관을 보호하는 것도 힘들 테니까."

"그렇겠지요."

"음……."

치프는 턱을 만지며 잠시 고민했다.

"근데 갈색 머리 친구, 자넨 어디 소속이지?"

치프의 질문에 움찔한 갈색 머리 청년은 반사적으로 자신의 허리 뒤쪽에 손을 댔다. 그는 자신의 허리벨트에 붙어 있어야 할 권총집이 온데간데없이 사라져 있는 것을 깨닫고는 크게 당황했다.

그 권총집은 벽에 등을 대고 있던 헤이파의 손에 들려 있었다. 이동할 때 미리 빼돌려 헤이파에게 권총집을 맡겼던 치프는 그것을 좌우로 흔들었다.

"자네 권총은 약실이 채워져 있고 안전장치까지 풀려 있더군. 약실에 탄약이 장전된 권총은 무게중심이 미세하게 변한다는 걸 알고 있나?"

"큭……."

금발의 청년은 자신의 동료가 분하다는 표정을 지으며 헤이파를 노려보자 매우 당황하면서도 그에게 권총을 겨눴다.

"됐어, 내가 맡지."

치프의 말에 금발의 청년이 권총을 내리며 뒤로 물러났다.

그와 동시에 갈색 머리의 청년이 품에서 단검을 빼 들며 치프에게 달려들었다. 하지만 그는 단검을 잡은 오른쪽 손목을 치프에게 간단히 붙잡히고 말았다.

키드에게 공격당할 때와 비슷한 상황이었는데, 그때와 차이가 있다면 치프가 청년의 손목뼈를 으스러뜨렸다는 것이다.

"으아악!"

비명을 지르며 단검을 놓친 청년은 치프에게 머리가 잡혔다. 치프는 붙잡은 그의 머리를 의자의 등받이 모서리에 내려쳤다.

더불어 발로 상대의 왼쪽 오금을 제대로 밟아 무릎까지 박살 냈다.

"검색대 밀실은 여러모로 좋아. 방음이 기본 사양이거든. 흠, 아무튼 얘기 좀 할까?"

치프는 몇 초 만에 엉망이 된 청년을 테이블 위에 던졌다. 그러고는 주먹으로 그의 양쪽 쇄골을 내려쳐 부러뜨렸다.

"포프, 미안한데 단말기로 촬영 좀 해줄래?"

"예? 아, 예! 사장님!"

포프는 덜덜 떨리는 손으로 단말기를 꺼내어 치프와 청년을 찍었다. 더불어 다시는 치프와 함께 비행기를 타지 않겠다는 맹세를 마음속으로 단단히 다졌다.

"이봐, 친구. 아까 처음 만났을 때 여사님을 살피던데, 혹시 저분을 노렸나?"

"으윽······!"

청년이 신음만 낼 뿐 대답을 않자 치프는 한숨을 쉬며 그의 부러진 쇄골을 손바닥으로 눌렀다.

"아아아아아아!"

부러진 뼈가 몸속을 찌르자 청년의 비명이 동물의 그것에 가까워졌다.

"미안한데 난 사흘 뒤에 회사로 돌아가야 하는 사람이야. 게다가 미성년자까지 옆에 있으니 우리 이 방에서 깔끔하게 끝내자고."

"으, 으윽!"

청년이 고개를 까딱거렸다.

"그럼 얘기해 봐."

"브, 브라토레 가문은 우리의 원수다!"

청년의 입에서 뜬금없는 소리가 나오자 치프와 헤이파가 서로를 한참 쳐다봤다.

"요즘은 쉴 틈이 없네, 젠장."

치프는 바지주머니에서 뺀 손수건을 갈색 머리 청년의 입에 쑤셔 넣은 후 머리를 쳐서 기절시켰다.

그가 심문을 포기하자 금발의 청년이 놀랐다.

"왜 그러십니까?"

"…자네 현장요원이 된 지 얼마나 됐지?"

"두 달 됐습니다만."

"그럼 앞으로 집중 좀 해."

치프는 고개를 절레절레 흔들며 밀실의 문을 열었다.

도폭선을 이용해 강행 침입을 준비하던 군인 중 한 명이 당황한 나머지 밀실 안쪽으로 고꾸라졌다.

밖에 깔린 군인들이 중무장한 UNSMC 대원임을 알아본 금발의 청년은 그들이 총구를 자신에게 돌리자마자 권총을 놓고 두 손을 머리 뒤에 놓았다.

"됐어, 상황 종료. 내가 강행 침입을 이렇게 어설프게 가르쳤었나? 방음벽이 울릴 만큼 도폭선을 단단하게 붙이는 놈들이 어디 있어?"

치프는 앞으로 쓰러진 대원을 일으키며 눈살을 찌푸렸다.

"저희도 워낙 다급해서… 죄송합니다, 원사님!"

지적받은 대원이 차려 자세로 소리쳤다. 치프는 그의 헬멧을 벗긴 뒤 그것으로 머리를 툭툭 건드렸다.

"됐고, 상황이나 얘기해."

"예, 원사님. 지구순혈주의자가 원사님과 손님께 접근하려 한다는 정보를 20분 전에 입수했습니다."

"지구순혈주의자? 저기 누워 있는 친구가 그거야?"

"그렇습니다."

"우리가 그 얼간이들이랑 연결될 일이 있나?"

"예. 세스티아 헤이파 알타이르 브라토레의 사건과 관련이 있습니다."

UNSMC 대원의 입에서 둘째 딸의 이름이 나오자 헤이파의 표정이 확 변했다.

표정이 바뀐 것은 치프도 마찬가지였다.

'이걸 어쩌지.'

그는 평정심을 유지하기 위해 노력하고 있는 헤이파를 잠깐 본 후 밀실 밖에서 자신들을 바라보고 있는 UNSMC 대원들 쪽으로 고개를 돌렸다.

"A—8973 찰스 루터 하사. 자네가 이 팀 지휘관이지?"

"예, 원사님."

치프의 부름에 헬멧을 벗은 대원은 머리를 깔끔하게 민 흑인이었다. 외모는 치프와 마찬가지로 20대 초반처럼 보였으나 그 역시 실제 나이는 30대 초반이었다.

"이번 일에 대한 얘기는 다른 친구들에게 들을 테니까 얘랑 같이 바람 좀 쐬다 와."

치프가 포프의 어깨를 두드렸다.

"알겠습니다."

치프가 왜 그러는지 잘 알고 있는 찰스 루터 하사는 포프에게 손짓했다. 선량한 인상의 찰스와 마주한 포프는 치프가 아까 줬던 무기 가방을 등에 멘 후 UNSMC 대원들 사이를 지나 찰스의 곁으로 갔다.

그리고 밀실의 문이 단단히 닫혔다.

"안녕, 아가씨. 이름이 뭐지?"

"포프 베르자르라고 해요. 반가워요, 하사님."

"편하게 찰스라고 불러."

찰스는 팔뚝 보호대에 넣은 자신의 단말기를 조작하여 전투복 위에 입체영상을 씌웠다. 청바지에 조금 두툼한 재킷 차림이 된 찰스는 공항 식당가 쪽으로 포프를 안내했다.

"원사님이 미성년자들을 좀 특별하게 아끼시거든. 이해해줘."

"전 괜찮아요. 죠니 팀장님… 아니, 상사님께도 그에 대한 얘기를 많이 들었거든요."

"그래?"

"제가 총을 다루는 법을 가르쳐 달라고 죠니 상사님을 졸랐거든요. 허락해 주신 이후로는 얼마 동안 잠도 제대로 못 주무시더라고요."

찰스의 반들반들한 정수리에 땀이 맺혔다.

"…그분 정말 목숨을 거셨네. 원사님께 박살 날 일인데 말이야. 아무튼 내가 이 공항의 특별 메뉴를 소개해 주지. 기대하라고, 아가씨."

"예, 찰스."

포프와 함께 걷던 찰스가 뭔가 떠올리고는 그녀를 다시 봤다.

"원사님이랑 병원에서 키스하신 분이 아까 그분 맞지?"

"예? 아, 하하……."

당시의 정황을 잘 아는 포프는 이 낯선 사람과 재밌게 나눌 얘깃거리가 생겼다는 생각에 일단 안심했다.

한편, 치프는 자신이 살짝 두들긴 갈색 머리 청년이 UNSMC 대원 세 명의 감시를 받으며 실려 나가는 것을 끝까지 본 후 헤이파를 자리에 앉혔다.

"여사님, 안 좋은 얘기가 나올 수도 있을 것 같습니다만……."

"아닐세. 둘째와 관련된 얘기인 만큼 나에게도 들어야 할 의무가 있다네. 견딜 수 있으니 부디 듣게 해주게."

"알겠습니다. 괜찮겠나, 병장?"

치프는 아까 정보 입수에 관한 얘기를 했던 UNSMC 대원을 봤다. 보안상 문제가 없겠냐는 질문이기도 했다.

"예, 원사님. 헤이파 트리시아 알타이르 브라토레 님은 외교관 중에서도 대사에 준하는 분으로 UN에서 인정하고 계신 분이십니다. 그리고⋯ 아마도 들으시는 편이 나으실 겁니다."

"좋아. 시작해."

병장은 단말기를 조작하여 입체영상을 띄웠고 치프는 헤이파 옆에 섰다.

"세스티아 헤이파 알타이르 브라토레 대사는 약 2년 전에 지구순혈주의자들에게 납치되었고, 그 이후 그들의 아지트에서⋯ 예, 좋지 않은 일을 당하셨습니다."

"집단으로 겁탈을 당했지요. 이틀 동안 말입니다."

병장이 생략한 이야기를 헤이파가 직접 보충해 주었다.

"아⋯ 예. 죄송합니다. 브라토레 대사는 당시 알타이르 대사관 직원들에 의해 구출되었지만 대사관 직원들에게 붙잡힌 용의자 열한 명은 납치를 직접 실행한 두 명을 제외하고는 모두 집행유예로 풀려났습니다."

그 과거를 다른 이에게 들어 알고 있던 치프는 동생 얘기를 할 때마다 슬퍼하던 데스디아의 표정이 떠올라 뜨거운 한숨을 내쉬었다. 그리고 헤이파는 눈을 감은 채 슬픔을 억눌렀다.

"알타이르 측에서는 항소했지만 기각됐고, 브라토레 대사는 기각 소식을 들은 뒤에 곧바로 대사직에서 물러나 알타이르 행성으로 돌아갔습니다."

거기까지는 치프와 헤이파 모두가 알고 있는 내용이었다. 치프는 당시 일을 해군 정보부 대원에게 전해 들었는데, 이유는 당시 사건을 그 어떤 언론에서도 다루지 않았기 때문이다.

문제는 그다음이었다.

"뒤를 이어 부임한 대사가 데스디아리아 헤이파 알타이르 브라토레 님이라는 것은 두 분 모두 아실 겁니다. 그런데 그분께서 사건 용의자들에게 개인적인 보복을 했다는 얘기가 최근에 정보국에서 흘러나왔습니다."

"개인적인 보복?"

치프가 물었다.

"그렇습니다. 하지만 추측일 뿐입니다. 그 어떤 수사기관이나 정보기관에서도 데스디아리아 헤이파 알타이르 브라토레 님이 일을 저질렀다는 증거를 잡진 못했습니다."

헤이파가 눈을 떴다.

"사망자들이 어떠한 상태로 발견됐는지 들을 수 있을까요?"

"아, 예. 여사님. 수감된 두 명을 포함하여 열한 명 전원이 머리와 성기가 제거된 채로 발견됐습니다. 동일한 방법으로 처리된 시신이 여덟 구가 더 발견됐습니다만 그들이 사건 관련자인지는 명확하지 않습니다."

"그런가요?"

헤이파가 의아해하여 물었다.

"그렇습니다. 더불어 수사와 재판, 항소 기각에 관여한 경찰과 판사, 검사 전부가 자택에서 돌연사에 가까운 상태로 발견됐습니다. 이상입니다."

"그렇군요."

이야기를 들은 헤이파는 아까보다 차분해진 표정으로 병장을 바라봤다.

"자연사에 가까운 상태라 함은, 외부 요인이 전혀 발견되지 않은 심장마비와 뇌출혈, 지주막하출혈 증상 등이겠지요?"

"예, 여사님."

"그렇군요. 우리 첫째가 그랬다는 증거가 정말 없었습니까?"

질문을 받은 병장은 단호하게 고개를 저었다.

"없습니다. 수사기관에서 여사님의 말씀을 들었다면 여사님께서 왜 따님을 의심하시는지 오히려 궁금해했을 겁니다."

"…그런데 오늘은 저를 노린 사건이 벌어졌군요. 게다가 아까 처리된 젊은이는 브라토레 가문이라는 말을 명확하게 했습니다. 어째서 그렇게 된 겁니까?"

"일단 지구순혈주의자들은 따님께서 그랬음을 확신하고 있습니다. 여사님께서 오늘 몇 시에 입국하신다는 정보도 지구순혈주의자들 사이에서 흘러나왔습니다."

병장이 말했다.

"하아, 그렇군요."

헤이파가 깊게 한숨을 내쉬었다.

"그 지구순혈주의자들은 대체 어떤 집단입니까? 둘째와 관련 된 일을 잊기 위해 일부러 신경 쓰지 않아서 잘 모르겠군요."

"거의 종교나 마찬가지입니다, 여사님. 다른 행성인들에 대한 각종 감정들이 뒤섞이면서 그러한 집단이 만들어졌죠."

치프가 대답해주었다.

"아까 CIA 친구가 나한테 탄약과 무기가 든 가방을 주던데, 혹시 나 혼자서 여사님을 보호해 드려야 하나?"

그러자 UNSMC 대원들이 술렁거렸다.

"공개적으로 키스하신 사이시지 않습니까?"

"두 분께서 같은 호텔을 사용하신다고 들었습니다만."

대원들이 중얼거리자 치프가 손끝으로 테이블을 두 번 두드 렸다.

"장난하지 마."

그의 진지한 경고에 대원들은 숨소리조차 죽였다.

"UNSMC 대원들로만 이뤄진 경호팀이 대기 중입니다. 저희도 경호팀 중에 하나입니다. 안심하십시오."

"…그래, 좋아. 그럼 잠깐 나가 있어. 여사님과 얘기 좀 하고 나갈게."

"알겠습니다, 원사님."

대원들이 일제히 나간 뒤, 치프는 헤이파의 무릎 앞에 구부 정하게 앉았다.

"괜찮으세요, 여사님?"

"…첫째가 그런 것 같군."

"……."

"알타이르의 워치프라면 그 정도의 암살은 일도 아니거든. 나보고 똑같은 일을 해보라고 하면 몇 번이든 할 수 있네. 심지어는 목을 자른 흔적마저 같을걸?"

몸을 숙인 헤이파는 두 손으로 얼굴을 덮었다.

"하아, 모르겠군. 첫째를 탓해야 할지, 아니면 둘째를 그렇게 만든 자들에게 분노해야 할지 말일세."

"여사님, 진정하세요."

치프는 헤이파에게 손을 내밀었다가 다시 거두었다. 만약 앞에 있는 사람이 사만다나 포프였다면 그는 서슴지 않고 어깨나 손을 잡아 안심시켜 줬을 것이다.

그러나 그는 행동을 자제했다. 헤이파는 지금 가족과 같은 사람들에 대한 고민을 하는 것이 아니라 진짜 혈육에 대한 걱정을 하고 있었다.

그것은 치프가 선불리 이해해선 안 되는 영역이었다.

"그냥 슬플 뿐일세. 다 잊으려 했는데… 힘들군."

"……."

치프는 잠깐 고민했다.

'머리와 성기가 잘린 시신이 여덟 구 정도 더 발견됐다고 했지? 뎃디는 그 녀석들에 대한 정보를 어떻게 알아낸 거지?'

그는 데스디아가 익명의 집단에게서 그들에 대한 정보를 제공받았다는 사실을 전혀 알지 못했다.

하지만 치프는 지금 들은 이야기들을 통하여 분명 그런 자들이 존재하고 있을 것임을 직감했다.

근거는 단순했다.

'그런 식으로 약점을 잡아놔야 나중에 뎃디를 써먹을 수 있겠지.'

범죄자의 입장에서 생각을 해본 치프는 일어나서 헤이파에게 손을 내밀었다.

"여사님과 여사님의 가족들이 다칠 일은 없을 거예요. 제가 재미없을 정도로 그런 일을 잘하거든요. 그러니 무슨 일이 일어나도 안심하세요."

"음… 알았네."

헤이파는 치프의 손을 잡고 일어났다.

밀실을 나온 치프와 헤이파는 아이스크림을 손에 든 채 자신들을 기다리는 포프를 보고 빙긋 웃었다.

"포프, 구경 잘했어?"

치프는 탄약 등이 든 가방을 건네받으며 물었다.

"지구에 진작 올걸 그랬어요!"

"하하, 그래? 그런데 찰스, 사준 게 겨우 아이스크림이야?"

"원사님 지시는 그냥 바람을 쐬다 오는 것이었습니다. 제 친절함을 매도하지 마십시오."

"하하."

치프는 웃으면서 찰스 하사의 어깨에 손을 얹었다.

그냥 손을 얹은 것뿐인데도 찰스의 표정이 바뀌었다. 하지만 헤이파는 가족에 대한 걱정 때문에, 포프는 아이스크림에 신경을 쓰느라 그 상황을 보지 못했다.

찰스는 진심이냐는 눈짓을 치프에게 보냈고 치프는 소리 없이 고개만 끄덕거렸다.

"자, 다들 들어."

치프가 UNSMC 대원들에게 말했다.

"여사님은 두 시간 뒤에 있을 헌터 면허 시험을 보시기 위해 시험장으로 가셔야 해. 난 숙소를 점검하러 갈 테니 포프와 여사님을 잘 부탁해. 알았지? 선글라스들 잘 챙기고."

"예, 원사님."

일정을 들은 UNSMC 대원들이 작은 목소리를 내며 경례했다.

대원들과 함께 공항을 나선 헤이파와 포프는 검은색의 고급 리무진 차량이 다른 대원들의 호위 속에 대기하고 있는 것을 봤다.

"저렇게 큰 차를 타고 가는 건가?"

헤이파는 치프에게 질문했다.

하지만 치프는 그녀의 곁에 없었다. 포프도 그가 대열에서 벗어나는 것을 본 적이 없었기에 황급히 두리번거렸다.

"원사님은 숙소 점검 문제로 다른 팀이 대기하고 있는 곳에 가셨습니다."

찰스가 설명했다.

"아, 그렇군요. 말없이 갈 줄은 몰랐네요."

아까 그가 자신을 안심시켜 준 것을 떠올린 헤이파는 조금 아쉬운 표정을 지었다.

"탑승하십시오, 여사님. 시간이 많이 늦었습니다."

찰스가 리무진의 문을 열어주었다. 알타이르 행성의 마차나 그라니트 행성의 장갑차와는 비교가 불가능한 으리으리함이 헤이파와 포프를 감동시켰다.

"…신발은 벗으실 필요가 없습니다, 여사님."

"어머나."

벗을 뻔했던 전통식 신발을 다시 제대로 신은 헤이파는 부끄럽게 웃으며 차에 탔다. 포프도 뒤따라서 차에 올랐다.

그러나 그들을 경호하기 위해 함께 차에 오르는 UNSMC 대원은 찰스, 단 한 명뿐이었다.

*　　　*　　　*

치프는 헤이파와 포프를 태운 리무진이 떠나는 모습을 공항 안에서 지켜보고 있었다.

그의 뒤편에는 머리에 검은색 보자기가 씌워진 채 결박된 남자와 여자가 무수히 눕혀져 있었다. 그들 모두가 공항에서 치프와 UNSMC 대원들, 그리고 헤이파 등을 미행하고 대화를 엿듣던 첩자였다.

시야에서 리무진이 사라지자 그는 단말기를 꺼냈다.

"저기, 회사에 전화 좀 걸어도 될까?"

"예, 원사님."

UNSMC 대원들이 전기충격기를 꺼내고는 결박한 자들 모두를 지져 기절시켰다.

치프는 주변을 다시 둘러본 뒤 데스디아에게 전화를 걸었다.

'게이트 덕분에 10만 광년 이상 떨어진 그라니트 행성과의 통화도 국제전화 수준이지. 신들이 사용했던 장치라는 걸 몰랐을 때는 그저 대단한 처리 능력을 겸비한 인공물이라고 생각했는데 이제는 두렵기까지 하군. 마치 신들 대신에 세상의 모든 걸 내려다보는 것 같아.'

생각에 잠긴 치프의 귀에 데스디아의 목소리가 들렸다.

—음, 치프. 지구에 도착했나?

데스디아의 목소리는 평소보다 평온했다. 음성 통화였기에 치프가 알 수는 없었지만 그녀는 회사의 욕실에 몸을 푹 담그고 있는 상황이었다.

"응, 뎃디. 이제부터 잘 들어. 2시간 내로 네 어머니께서 납치당하실 거야."

—아… 음. 그리고?

데스디아의 목소리 끝이 떨렸다. 하지만 치프는 무표정을 유지했다.

"이후에 내 전화 말고는 그 누구의 전화도 받지 마. 메시지나 E메일이 와도 무시해 버려."

─나 때문에 벌어진 일인가? 설마 그때 나에게 정보를……

"무슨 말인지 잘 모르겠는데?"

치프는 데스디아가 뭔가 걸릴 법한 말을 내놓기 전에 미리 끊어버렸다.

─음, 미안하군.

"혹시 여사님과 내가 걱정되면 죠니한테 토성 식민지 숟가락 사건에 대해서 자세히 얘기해 달라고 해."

─난 남의 입에서 나오는 옛날 얘기 따위를 듣고 안심할 여자가 아니야.

치프는 포프에 이어서 데스디아까지 그런 반응을 보이자 대단히 민망했다.

"아, 그게……"

─괜찮아. 지금까지 내가 직접 보고 느낀 당신의 모습만으로도 난 충분히 안심할 수 있어. 어머니를 잘 부탁해.

"음, 연락하지."

통화를 종료한 치프는 주변을 둘러싸고 있는 UNSMC 대원들의 표정을 보고 피식 웃었다.

"왜 다들 그런 표정이야?"

대원들 전원이 뭔가에 질린 표정을 짓고 있었다.

"설마 이번에도 원사님 혼자서 일을 저지르실 겁니까?"

대원 한 명이 묻자 치프는 어깨를 으쓱했다.

"실패한 적 없잖아? 게다가 상대는 아마추어야. 식민지 군벌이 늑대라면 지구순혈주의자들 정도는 그냥 치와와라고."

"치와와는 맞지만 중장갑 전투복을 입은 치와와입니다."

"중장갑 전투복?"

군인들은 방탄, 방검, 화생방 방어 능력에 운동보조능력까지 모두 갖춘 전투복을 중장갑 전투복이라고 부른다.

중장갑 전투복은 UNSMC를 비롯한 특수부대에서 주로 사용하지만 지금은 민간에게도 충분히 보급되어 있었다.

행여 민간용이고 무장이 설치되지 않았다 할지라도 전투복의 뛰어난 방어 능력과 운동보조능력은 권총이나 소총, 산탄총만으로 무장한 사람들을 상대로 일방적인 우위를 가질 수 있도록 해주는 대단한 물건이었다.

"2년 전 알타이르 대사관 직원들이 세스티아 헤이파 알타이르 브라토레를 구출할 때 그걸 입은 다수의 용병 때문에 조금 고생했다고 들었습니다."

치프는 어이가 없었다.

"지구순혈주의자 따위가 어떻게 그렇게 비싼 장비를 쓰는 용병을 고용할 수 있는 거지? 민간용이라도 한 벌에 집 한 채 값인데?"

"아까 원사님께서 어루만지신 친구가 진짜 CIA 요원이라는 걸 벌써 잊으셨습니까?"

"아, 그랬지. 의외로 세력이 좀 있는 친구들인가?"

"천왕성 식민지의 군벌처럼 사이비 종교화가 됐다고 보시면 됩니다. 일단 자금이 풍부합니다."

"그럼 UN에선 왜 그 녀석들을 안 건드리는 거야?"

"이건 국내 문제니까요."

치프는 공항 밖에서 펄럭거리는 성조기를 보고는 한숨을 터 뜨렸다.

"음… 하아, 혹시 지구에서 활동하는 용병들의 커뮤니티에 접 속할 수 있나?"

"문제없습니다."

"그럼 브라토레 여사님이 납치당했다고 연락이 오면 그쪽에 글을 올리라고 해."

"어떤 내용으로 말씀이십니까?"

"UNSMC의 A—1730이 움직인다고 말이야."

그러자 그와 대화하던 대원이 고개를 저었다.

"그렇게 대놓고 퍼뜨리면 오히려 망칩니다."

"그럼?"

"스푼 오스카 마이크라고 하면 됩니다. 그쪽 세계에서 원사님 별명이 숟가락이거든요."

"으흠."

치프는 이해했다는 듯 씩 웃었다.

오스카 마이크는 On the Move, 즉 이동한다는 말의 다른 표현이다. 군용 표현에 익숙한 용병들이라면 숟가락, 즉 UNSMC의 치프가 이동 중이라는 뜻으로서 틀림없이 받아들일 게 분명했다.

그것은 엄청난 경고이기도 했다.

"내가 쓸 무기는 이것뿐인가? 실내에서 중장갑 전투복을 상대하려면 이걸로는 부족할 거 같은데?"

치프가 아까 CIA 요원에게 전달받은 가방을 흔들었다.

"여사님을 미끼로 쓰실 거라고는 생각 못 하고 준비한 것들이니 다른 걸 쓰셔야죠. 원사님께서 좋아하시는 물건은 전부 준비해 놨습니다."

"좋아, 가자고."

전기충격기에 기절한 자들을 들쳐 멘 UNSMC 대원들은 치프를 공항의 외부 주차장으로 안내했다.

"그런데 용병들이 쓰는 중장갑 전투복은 대충 어떤 제품이야?"

"우리 UNSMC가 쓰는 것보다 두 세대 전 모델이고 민간 사양입니다. 하지만 군용 건하운드와 중장갑 '지원복'으로 무장한 녀석들까지 존재할 겁니다. 대비하십시오."

"걱정하지 마. 난 지금 충분히 화가 나 있어."

치프 본인은 화가 났다는 말을 농담처럼 던졌으나 그와 함께 걷던 UNSMC 대원들 모두의 얼굴이 파랗게 떴다.

치프가 혼자서 적진을 제압할 때 무슨 일이 벌어지는지 그 누구보다 잘 아는 자들이 바로 그들이었다. 게다가 그들은 치프가 정말 화가 났을 때의 상황마저 똑똑히 기억하고 있었다.

'한 명도 살아남지 못하겠군.'

'마지막으로 남겨질 한 명은 아마 옆에 누워 있는 시체가 부러워서 미칠 지경이 될 거야.'

'다른 사람도 아니고 원사님과 키스까지 한 사람을 납치해? 대체 어디서 솟아난 용기지?'

그들과 한참 걷던 치프가 갑자기 걸음을 멈췄다.

"아, 혹시나 해서 말인데."

"네?"

"나랑 여사님이 키스한 건 순전히 사고였어. 우린 아무 사이도 아니야. 게다가 그분은 애를 셋이나 낳았다고."

"요즘 세상에 그런 걸 따지는 건 좀 아니죠."

치프를 포함한 UNSMC 대원 전원이 갑자기 지적을 하고 나온 대원을 일제히 쳐다봤다.

"애들이야 뭐… 사랑으로 해결할 수 있잖습니까? 원사님의 실제 나이를 생각해 보십시오. 애들이 몇 있어도 이상할 나이가 아닙니다."

"첫째 딸 나이가 300살에 가까운데? 게다가 우리 회사 부사장이라고."

"…사랑은 기적을 일으킬 수 있습니다."

UNSMC 대원들은 중장갑 전투복을 입은 채 헛소리를 지껄이던 그 동료가 도축장에서 터질 법한 비명을 지르며 앞으로 고꾸라지는 꼴을 똑똑히 목격했다.

*　　　　*　　　　*

그로부터 두 시간 뒤, 경장갑 전투복을 입은 채 대원들과 함께 수송기에 타고 있던 치프는 자신의 단말기가 급히 울리는 것을 확인했다.

포프에게 온 전화였다.

그는 담담한 얼굴로 단말기를 조작했다.

"응, 포프. 여사님은? 합격하셨어?"

—습격당하셨어요! 찰스 하사님은 저항하시다가 총에 맞으셨고요!

포프가 그의 단말기 속에서 울먹였다.

"무슨 말이야? 총에 맞다니? 진정하고 천천히 얘기해 봐."

치프는 일단 목소리만 다급하게 꾸민 채 대원들에게 손짓했다. 수송기가 움직이고 치프와 함께 대기하던 대원들이 일제히 안전벨트를 맸다.

—찰스 하사님께서 어깨에 총을 맞으셨어요! 전 차의 트렁크에 갇혔고요! 여사님은 스프레이 같은 것에 쐬이시더니 의식을 잃으셨어요!

치프는 왼쪽에 앉은 대원을 봤다. 그는 검지와 중지 두 개, 이어서 엄지를 차례로 펼치며 고개를 끄덕였다. 양쪽 모두 추적이 잘되고 있다는 뜻이었다.

"목소리를 낮춰, 포프. 넌 지금 잡혀가는 중이야. 하지만 조금 있으면 널 도와줄 수 있어."

—여사님은요?

"함께 구해줄 테니 일단 한 가지만 대답해 봐. 여사님과 함께 있던 사람 중에서 의식을 잃은 사람이 있었니?"

—없었어요.

"좋아, 전화를 끊고 기다려. 단말기는 전원을 내리고 트렁크 어딘가에 숨기도록 해. 네가 손에 단말기를 쥐고 있거나 주머니에 넣고 있으면 녀석들이 너에게 큰 해를 끼칠 거야. 날 믿고 조금만 기다려."

—아, 알았어요, 사장님. 기다릴게요.

치프는 통화가 종료된 단말기를 팔뚝보호대 안에 넣었다.

"완전히 아마추어들이군요. 얼마나 다급하게 움직였으면 애한테 단말기를 빼앗는 것도 잊었을까요?"

대원이 묻자 치프는 고개를 저었다.

"아마추어들이라고 해도 여유가 있으면 단말기뿐만 아니라 신용카드가 든 지갑과 액세서리 등도 샅샅이 털어서 어딘가 던져 버렸겠지. 찰스가 저항해서 시간을 끌어준 덕분에 놈들은 피해자들을 차에 태우는 것에만 정신이 팔렸을 거야."

"그래도 좀 이상하지 않습니까?"

"뭐가?"

"그 여사님은 알타이르 행성인이지 않습니까? 그것도 워치프에 최고 제사장까지 연이어 지낼 정도로 대단한 분이라면 그러한 약물에 간단히 당하시지 않으셨을 텐데 말입니다."

"좋은 지적이야. 더 정확하게 얘기하자면… 스프레이로 뿌린 물질이 문제야."

"그렇습니까?"

"일반적인 마취제나 수면제일 경우 주변 사람 전원이 영향을 받았을 거야. 알타이르 행성인은 우리 지구인과는 저항 능력의 근본이 다르기 때문에 엄청난 양을 퍼부어야 하거든. 코끼리를 마취하듯이 말이지. 그런데 포프는 여사님 한 분만 기절했다고 했어."

치프의 말을 들은 대원들은 서로를 쳐다보거나 고개를 갸웃거리는 등 집단으로 의아해했다.

"쉽게 말해서 알타이르 행성인에게만 통하는 약이라 이거지."

치프는 자신의 권총을 다시 꺼내 점검했다.

"그런데 그런 약이 있다는 말을 난 어디에서도 들은 적이 없어. 지구의 사이비 종교 집단이 알 정도의 약물이라면 그라니트 행성의 헌터들이나 범죄자들도 알고 있어야 정상이야. 그런데 우리 회사의 부사장께서는 그런 약물을 이용한 보복을 당한 적이 없지. 뎃디의 이름만 들어도 이를 벅벅 가는 놈들이 산

더미 같은데 말이야.”

치프는 점검한 권총에 탄창을 끼우고 탄을 장전했다.

“여사님의 둘째 딸… 세스티아 브라토레도 그 약에 당했을 확률이 높아. 지구순혈주의자들의 뒤에 알타이르인의 신체 특성을 생물학적으로, 그리고 의학적으로 정확히 꿰뚫고 있는 누군가가 있다는 뜻이지.”

대원들은 그게 누구냐는 표정을 지었다. 그러나 치프의 머릿속에는 한 명의 이름이 스쳐 지나갔다.

‘라이트스톤……? 설마?’

수송기 내부의 전등이 붉은색으로 바뀌었다.

─작전지역 진입 5분 전입니다, 원사님. VIP와 목표물들의 정지 위치는 폐광입니다.

“수송기의 위장장치 작동. 저격수는 위치로.”

저격소총을 든 대원 두 명이 안전벨트를 풀고 일어난 후 수송기 외부에 설치된 저격수용 시설에 자리를 잡았다. 수송기의 위장장치가 그들의 모습과 소리, 냄새까지 모조리 지웠다.

─폐광 외부에 11명, 폐광 내부에 26명이 있습니다. 꼬마와 여사님이 폐광 내부로 옮겨지고 있습니다.

“목표물 중에서 특별한 무장을 한 친구들이 있나?”

─한 명을 제외한 전원이 중장갑 전투복을 입고 있습니다. 그중에 일곱 명은 중장갑 지원복 사용자입니다. 높이가 3미터가 넘고 분대 지원용 중화기를 들고 있습니다.

"하아… 쯧."

한숨을 쉰 치프는 권총 한 자루를 허리에 하나 더 끼우고 탄창 몇 개를 추가로 챙겼다. 소총을 들어보기도 했지만 다시 내려놓았다.

"토성 식민지 때보단 낫지."

대원들은 치프의 무장이 권총 두 자루와 조금 특별한 수류탄 몇 개, 단검 한 자루인 것을 확인했다.

그런 무기들로 중장갑 전투복을 상대하는 것은 어려웠다. 함께 있다는 중장갑 지원복은 옷이라기보다는 탑승 기구에 가깝기 때문에 더욱 그랬다.

하지만 어려울 뿐이지 불가능은 아니었다.

현재 권총을 이용한 중장갑 전투복 대응 훈련은 UNSMC만이 아니라 그 외의 특수부대들도 반드시 수료하고 있는 과정이었다.

하지만 실전에서 성공한 예는 네 명 정도였다. 그중에서 치프를 제외한 세 명은 전역이나 제대를 권유받을 정도로 심각한 부상을 입었다.

UNSMC 대원들은 자신들로 하여금 그런 정신 나간 훈련을 받게끔 만든 인물이 치프임을 잘 알고 있었다.

치프가 원사라는 직위를 이용해 자신의 개성을 억지로 주입시키는 단순한 상황이 아니었다.

식민지 청소 시절, 치프가 걸핏하면 권총으로 중장갑 전투복이나 지원복 착용자들을 잡아대고 그 이야기가 전설처럼 퍼지면서 각국 군대 상부는 '이론상 가능하긴 하다'라는 말을 내놓기 시작했다.

각국 군인들은 웃기는 헛소리 말고 '겁나게 크고 좋은 총'이나 내놓으라며 무시했으나 결국 치프의 이론을 중심으로 한 대응훈련과정이 정식으로 수립되었다.

치프도 그 소식을 듣고 엄청나게 당황했을 정도였다.

사실 상부에서도 '정말 권총과 정신력만 갖추고 대응하라'는 소리가 아니었다.

그것은 어디까지나 억제력을 만들어내기 위한 대규모 블러핑(Bluffing)이었다.

당시 식민지의 군벌은 물론 지구의 테러리스트 대다수는 중장갑 전투복에 푹 빠져 있었다.

일단 그것만 입으면 지형이 복잡한 장소, 특히 도심에서 마음 놓고 큰일을 저지를 수 있는 것이 사실이기 때문이었다.

만약 실패한다 하더라도 전투복 배터리에 과부하를 걸어 자폭시키면 수십 층짜리 빌딩 정도는 간단히 무너뜨릴 수 있었다.

테러리스트들은 하루가 무섭게 설계자를 납치하거나 공장을 기습했고 군벌들도 구입을 위한 돈을 마련하려 식민지 주민들을 쥐어짰다.

'내 소속이 테러 단체인지 도적 단체인지 알 수 없어져서 혼란스럽다. 목적을 잃었다' 며 자수하는 테러리스트들마저 등장하여 화제가 됐다.

하지만 훈련받은 군인이 권총 한 자루로 중장갑 전투복을 제압하는 이야기가 숟가락 전설과 함께 대대적으로 홍보되고, 각국 군대에서 대응훈련과정을 그럴싸한 모습으로 채용하면서 중장갑 전투복에 대한 불법적인 열망도 잦아들었다.

억제를 위한 블러핑, 즉 허세는 그렇게 성공을 거뒀다.

UNSMC 대원들은 중장갑 전투복 대응 훈련을 받을 때 교관과 함께 웃으며 딴짓을 한다. 훈련 자체가 허세라는 걸 알기 때문이다.

그러나 치프마저 허세라고 하는 자들이 나타나면 절대로 용서하지 않는다. 아예 중장갑 전투복으로 황색매체 기자들에게 '시범'을 보이다가 가벼운 처벌을 받은 대원까지 있을 정도였다.

"그래도 소총 정도는 들고 가시죠?"

대원 한 명이 걱정하여 치프에게 말을 하자 대원들의 가벼운 웃음소리가 수송기 안에 잠깐 흘렀다.

이윽고 붉은색의 전등이 빠르게 점멸했다.

―약 1킬로미터 밖에 도착했습니다, 원사님. 숟가락은 안 가져가십니까?

"오늘은 장난할 생각 없어. 후방 출입문 개방."

치프는 소리 없이 열리는 출입문을 보면서 손목보호대 안의 단말기를 조작했다. 그의 전투복에 장치된 위장장치가 그의 모습과 몸에서 나는 모든 소리, 그리고 냄새마저 지워 버렸다.

아직 헬멧을 쓰지 않았기에 그의 머리만이 공중에 붕 떠 있는 것처럼 보였다.

헬멧을 쓰고 수송기에서 내린 치프는 저녁노을 아래에 보이는 폐광촌을 살폈다.

"앞으로는 포프랑 함께 비행기에 타지 않을 거야."

—무슨 말씀이십니까, 원사님?

"몰라도 돼. 저격수들은 준비하도록. 작전고도에서 날 따라오면서 신호를 기다려."

지시를 내린 그는 폐광촌을 향해 달려갔다.

폐광촌으로부터 800미터 정도 떨어진 장소에는 두 명의 남자가 서 있었다. 둘 다 중장갑 전투복을 확실히 걸치고 있었다.

둘 중 한 명이 단말기를 한참 들여다보다가 고개를 저었다.

"이거 나도 다른 놈들처럼 빠졌어야 했나?"

"그 UNSMC 알파 스쿼드의 숟가락 살인마가 온다는 말을 믿는 거야? 녀석의 이름만 듣고 도망친 놈이 지금 몇이나 되는 줄 알아?"

"네가 몰라서 그러는데, 놈은 군에서 이미지 관리를 위해 만들어낸 가짜가 아니야. 진짜라고! 내가 가진 유출 영상만 봐도 나랑 함께 도망치고 싶어질걸?"

"하, 네가 놈의 존재를 군이 증명하려는 이유가 뭔데?"

비웃은 남자는 자신의 동료가 달걀 깨지는 소리와 함께 뒤로 풀썩 쓰러지는 것을 목격했다.

"그런 식으로 증명할 필요는 없다고!"

죽은 동료를 보며 고함을 질렀던 남자 역시 그 자리에 주저 앉았다.

둘이 쓰고 있던 헬멧이 붉은색 액체를 쏟아내며 옆으로 나 뒹굴었다. 헬멧 안에 보호되고 있어야 할 그들의 머리는 온데간 데없었다.

머리가 곤죽이 되어버린 시체들 옆으로 수풀이 흔들렸다. 자 기들끼리 부딪혀 사각거려야 할 수풀들이 마비된 것처럼 소리 를 내지 못했다.

"이제 폐광 외부의 목표물은 아홉 명이 됐군. 용병 수가 많이 줄었나?"

둘을 쓰러뜨린 주범인 치프가 죽은 자들의 무장 상태를 확인 하며 말했다.

—현장에 주인 없이 보관되어 있는 중장갑 전투복 숫자가 꽤 많습니다. 커뮤니티에 올린 글이 제대로 먹혔습니다.

"소문을 듣고도 저기 남은 숫자가 서른일곱 명이라 이거지? 심각한데? 이거 지구순혈주의자들도 청소해야 하나?"

—일이 더 커지면 위에서 청소하라고 하지 않겠습니까?

"오늘은 외교 문제로 번질 수 있어서 비공식적으로 처리하라 는 지시가 내려온 거야. 군벌이나 테러리스트들보다 돈 많은 사 이비 종교가 정치적 이유 때문에 더 껄끄러운 법인데, 여태껏 조용한 걸 보면 뭔가 있어."

—조만간 바빠지겠군요.

"시간 지나면 알겠지."

치프는 전투복을 해킹하여 일으킨 뒤 그 위에 헬멧을 얹어놓았다. 헬멧은 전투복의 목 보호대에 맞물려 단단히 연결되었다.

해킹된 중장갑 전투복들은 마치 살아 있는 사람들이 잡담을 나누듯 이리저리 움직였다. 전투복의 근력보조장치를 역이용해 연출하는 음산한 인형극이었다.

죽은 자들의 헬멧 안쪽에서 통신요청신호가 울렸다. 해킹된 전투복이 그 신호에 자동으로 응답했다.

"무슨 일이지?"

치프가 미리 녹음한 음성 패턴에 기초한 목소리가 해킹 프로그램의 인공지능에 의해 재생됐다.

—아니, 둘이 쓰러지는 걸 봤다는 보고가 들어왔는데?

"뭔가 보여서 급히 엎드린 거야. 그냥 동물이었어."

—겁나게 그러지 마. 다들 숟가락이 온다는 말 때문에 얼어 있다고.

"우리도 그래. 힘들 내라고."

—그래, 교주가 재미 다 보면 우리도 쌓인 것 좀 풀자고. 알타이르 계집이 얼마나 쫀득한지 얘기 못 들었지? 하하, 통신 종료.

자신이 인공지능과 통신한다는 것을 꿈에도 모르는 폐광 쪽 용병은 웃음 섞인 한숨을 쉬며 통신을 마쳤다.

옆에 숨어서 인공지능을 제어하며 통신 내용을 엿들은 치프는 혀를 차며 일어났다.

"남은 놈들은 생존 본능보다 성욕이 넘치는 놈들인가?"

그는 다시 폐광을 향해 달려갔다.

"교주라고 했는데, 정보가 있나?"

―무려 국무부 차관이었습니다. 이름은…….

"이름은 됐어. 들어도 몰라. 폐광 안에 있는 게 확실한가?"

―여사님 곁에 있는 자들 가운데 생체 정보 및 각종 의료 정보가 일치하는 자가 존재합니다.

"위성과 연결된 의료장치를 몸에 심고 있나?"

―생명보험회사와 연결된 장치가 있군요. 다행히 교주 자신이 위치 추적 여부에 동의하진 않았습니다.

"목표로 지정된 용병들과 마찬가지로 보험회사 망할 때까지 생명신호가 유지되도록 손을 써."

―알겠습니다.

치프가 그렇게 지시한 이유는 상대의 사망 정보가 이곳저곳에 새어 나가 사회적으로 시끄러워지는 것을 막기 위해서였다.

폐광촌 안쪽에는 각종 탐지장치를 갖춘 용병들이 중장갑 전투복을 껴입은 채 방어 태세를 갖추고 있었다.

치프는 수송기가 제공해 주는 폐광촌의 정보를 단말기로 살핀 후 다시 수송기를 호출했다.

"경비견이 없어. 저긴 천국이야."

—용병들의 질이 좀 떨어지는군요.

"괜찮은 놈들은 숟가락 얘기 듣고 다 튀었을 거야. 개가 있었던 흔적이 있거든. 밥그릇도 못 챙기고 도망갔군. 그럼 저격수들은 신호 대기하도록."

—대기 중. 언제든지 들어가십시오.

치프는 기관포로 폐광촌의 방어 울타리 앞을 지키는 용병들을 슬쩍 지나친 뒤 오른쪽 손을 들어 주먹을 쥐었다.

통신을 맡은 자와 레이더를 맡은 자의 전투복 밖으로 액체가 뿜어졌다. 수송기로부터 저격을 당한 그들의 전투복 안쪽은 뼈까지도 수프처럼 걸쭉해진 상태였다.

그들이 소리도 내지 못하고 죽은 탓에 치프의 일은 한결 수월해졌다.

아까 치프가 지나쳤던 두 명의 등에는 해킹용 신호기가 붙어 있었다. 치프가 단말기를 조작하자 두 명의 전투복이 이상 현상을 일으켰다.

몸의 움직임을 도와야 할 근력보조장치가 오히려 딱딱하게 굳어져 몸을 구속해 버린 것이다.

그래도 구속만 되었다면 다행이었을 것이다. 그들은 가슴과 복부가 압착되면서 그대로 질식하여 숨을 거뒀다.

그들이 질식으로 죽어가는 와중에 다른 이들도 차례로 숨이 끊겼다.

권총으로 주변 세 명의 헬멧을 차례로 쏴서 머리만 녹여 버린 치프는 폐광 입구를 지키는 두 명을 향해 뛰어갔다.

동료 세 명이 갑자기 헬멧을 떨구며 죽는 걸 본 용병 두 명은 순간 바짝 긴장했다. 그러나 치프가 은폐를 풀고 달려오는 모습을 보자마자 각자 손에 든 중화기를 그에게 조준했다.

그들은 긴장과 공포, 분노로 인해 폐광 안에 있는 동료들은 물론 옆 사람에게 상황을 전달하는 것조차 잊어버리고 말았다.

치프가 모습을 드러내면서 마치 총을 쏴달라는 듯 뛰는 이유가 그러한 감정적 교란을 노린 것이다.

옆에 한 명이 수송기로부터 날아온 저격탄에 당하여 눕자마자 남은 용병 한 명의 생각이 정지했다.

상대가 치프 한 명이 아니라 저격수까지 포함된 집단임을 인식했기 때문이다.

"하, 항복⋯⋯."

그의 목에 치프의 총탄이 꽂혔다. 헬멧과 전투복을 파괴하지 않고 안에 보호된 신체만 갈아버리는 초진동 탄두가 목을 녹이는 것은 간단한 일이었다.

"침묵한 목표들의 생명신호는?"

─잘 유지되고 있습니다.

"좋아. 진입한다. 너희는 밖을 잘 지키고 있도록 해."

─예, 원사님. 다녀오십시오.

수송기가 폐광촌 위에서 은폐를 풀었다. 수송기 안에 있던 UNSMC 대원들이 중력식 완충기를 이용하여 폐광촌에 소리 없이 내려왔다.

＊　　　　＊　　　　＊

중장갑 지원복을 입은 사람의 모습은 큰 총을 손에 쥔 기계처럼 보였다.

지원복은 전투복이 아니라 차량으로 분류되는데, 그냥 사진으로만 지원복의 모습을 접한 사람은 실제 지원복 착용자의 모습을 볼 경우 자신이 얼마나 위축될 수 있는지를 새삼 깨닫게 된다.

중장갑 전투복과는 '중장갑'이라는 말만 같을 뿐, 화력의 기초가 다른 괴물들이었다.

납치당할 때 살포된 스프레이로 인해 의식이 몽롱한 헤이파는 그 지원복 착용자들 사이를 지나쳐 자신에게 다가오는 남자를 봤다.

그 남자가 헤이파의 팔을 가볍게 잡았다.

"윽……!"

헤이파의 입에서 신음 소리가 나왔다. 세월에 색이 바랜 금발을 뒤로 깔끔하게 넘긴 그 남자는 뒷짐을 지며 웃었다.

"당신의 둘째 딸, 세스티아 브라토레를 납치했을 때는 이 약의 약효를 의심했었소. 벌에 쏘여도 피만 조금 난다는 알타이르 행성인들을 마비시키는 것도 부족해서 발정까지 시킨다니,

남자로서 얼마나 즐거운 효과란 말이오?"

"……."

그가 만면에 미소를 지은 채 뭐라고 더 입을 놀렸으나 헤이파의 귀에는 들리지 않았다. 그녀는 이제 자신의 귀까지 마비된 게 아닐까 싶었지만 이상하게도 화가 나지 않았다.

그 노년의 남자는 인상이 말끔했다. 하지만 헤이파를 바라보는 눈빛은 꿀이라도 바른 듯 끈적거렸다.

헤이파는 당장에라도 그의 눈알을 파버리고 싶었으나 몸이 움직이지 않았다. 게다가 불쾌할 정도로 그에게 '이끌리고' 있었다. 현장 어딘가에 처박혀 있을 포프에 대한 걱정조차 떠올리지 못했다.

남자가 자신에게 점점 가까이 다가왔지만 헤이파는 오히려 그를 향해 고개를 움직였다.

"그 약을 누구한테 받았나?"

질문한 사람은 헤이파가 아니었다.

남자가 돌아서자 헤이파도 그의 뒤편으로 눈을 움직였다.

기계로 된 수호신처럼 서 있던 일곱 명의 중장갑 지원복 착용자가 지원복 밖으로 튀어나온 채 모조리 쓰러져 있었다.

한 명은 지원복 밖으로 기어 나오며 권총을 꺼내려다가 지원복의 장갑판과 군화 사이에 목이 밟히며 즉사했다.

용병의 목에서 발을 뗀 치프가 다른 권총을 뽑아 들었다.

"넌 누구냐!"

노년의 남자가 소리치자 그의 두 무릎에 탄환이 박혔다. 치프는 주저앉아 쓰러져 비명을 지르는 남자를 한심하다는 듯 바라봤다.

"질문이 아니라 대답을 하라고. 그럼 당신이 발기부전 치료제를 먹고 나온 건 비밀로 해줄게."

31
연쇄반응

1년 전, 치프가 우주연합 수도로 연행되는 모습을 지켜봤던 포프는 자기 자신에게 화가 났었다.

모친이 사망했다는 소식을 들었을 때는 그냥 멍했고 실감도 나지 않았으나 치프가 잡혀갈 때는 분노가 피부는 물론 가슴 속까지 와 닿았다.

그녀는 마치 심장과 뇌에 지워지지 않는 낙인이 찍힌 느낌을 받았다.

엠페라투스와의 싸움에 끼지도 못했던 것은 현실적인 문제라 쳐도 치프와 데스디아가 자신을 해고하지 않고 계속 고용해 준 일은 분명 고맙긴 해도 납득할 수가 없었다.

포프는 '좋은 게 좋은 거 아니냐'라며 자신을 용서할 만큼 양심 없는 아이가 아니었다.

결국 그녀는 죠니와 그 이후 합류한 조셉, 딕슨에게 UNSMC 방식의 전투 훈련을 받고 싶다는 요청을 했다.

조셉과 딕슨은 그냥 도망쳤고 죠니는 완강히 거부했다.

미성년자에게 사람을 죽이는 방법을 가르치는 것은 말도 안 되는 일이며, 혹시라도 낭만에 미쳐서 가르쳤다가는 나중에 자신이 치프에게 박살 난다는 말을 확실히 했다.

포프는 자신이 이미 스스로를 책임질 수 있는 나이라고 말했다. 그러나 죠니는 그러한 착각을 바로잡아 주는 게 어른의 몫이라며 꾸준히 거부했다.

그러나 기나긴 설득 끝에 죠니는 두 손을 들어버렸고, 조셉과 딕슨은 죠니가 모든 책임을 진다는 말을 듣고 나서야 포프에게 권총을 쥐어주었다.

이후 포프는 어른들에게 수많은 것을 배우고 들으며 1년을 보냈다.

덕분에 포프는 죠니, 조셉, 딕슨과 치프의 관계가 이상하다는 것을 느꼈다.

그들은 치프의 일상을 말할 때는 친형이나 삼촌의 이야기 하듯 자연스럽게 말을 했으나 치프의 무용담을 말할 때는 전쟁 다큐멘터리에 출연한 사람처럼 과하게 긴장했다.

치프의 무용담은 무엇이든 환상적이었다. 그러나 죠니는 항상 이러한 말로 그에 대한 이야기를 마무리했다.

'실제로 원사님께서 혼자 싸우시는 모습을 볼 기회가 온다면 넌 분명 최악의 상황에 처해 있을 거야. 그때의 우리처럼 말이지.'

실제로 그랬다.

케이블타이로 손발이 묶인 채 방치된 포프는 자신과 헤이파를 감시하는 일곱 명의 중장갑 지원복 착용자를 힘없이 바라보고 있었다.

치프가 온다는 말에 용기를 품어보려 했으나 일단 차에서 끌려나오자마자 그녀가 품었던 모든 희망은 탈곡기에 들어간 곡물처럼 한 번에 털렸다.

단지 뺨을 한 대 맞고 밀쳐졌을 뿐이었다. 그런데도 그녀는 겁에 질려서 아무 생각도 하지 못했다. 그렇게 열심히 배웠던 모든 대처법이 전혀 떠오르지 않았다.

그라니트 행성에서 데스디아를 비롯한 동료들과 함께 야수들이나 환상종들과 맞설 때와는 달랐다.

일단 익숙해지고 싶지 않았다. 재미 따위는 느껴지지도 않았다.

팔다리가 묶인 채로 직접적인 폭력을 기다려야 한다는 상황 자체가 본능적인 공포를 이끌어냈다.

중장갑 지원복을 입은 용병들 몰래 케이블타이를 끊고 헤이파를 구한다는 생각 따위는 떠오르지도 않았다.

그녀는 지금이 바로 죠니가 예언했던 '최악의 상황'임을 깨달 았다.

검은색 이불 같은 것을 몸에 두른 교주가 방에서 나와 헤이 파에게 다가갈 때, 포프는 남자의 다리 사이에서 심하게 긴장된 '물건'이 덜렁거리는 것을 보고는 구역질이 올라왔다.

그녀를 감시하던 중장갑 지원복의 용병이 피식 웃었다.

"뭐야, 너? 혹시 처녀야?"

포프는 자신을 도끼처럼 찍어 누르는 듯한 용병의 눈빛을 보 고는 울음이라도 터뜨리고 싶었다.

용병은 재미를 느낀 듯 포프를 오른손에 든 중기관총으로 괴 롭히려 했다.

그러나 그의 협박은 포프의 귀에 들려오지 않았다. 그것은 헤이파가 교주의 말을 귀로 듣지 못한 순간과 일치했다.

지원복들 사이로 툭 떨어진 한 발의 수류탄이 공기를 일그러 뜨렸다.

포프는 그걸 보고 정신이 번뜩 났다.

'노이즈 캔슬러?'

소리를 포함한 모든 진동을 약 20초 동안 지워 버리는 특수 장비 노이즈 캔슬러에 이어서 한 발의 수류탄이 추가로 떨어졌 다.

노이즈 캔슬러와 달리 그냥 톡 터진 그 수류탄은 내부가 벌 집 구조로 되어 있었다. 수류탄의 정식 명칭 역시 벌집을 뜻하는 허니컴이었다.

그냥 모양만 벌집이 아니라는 걸 증명하듯 엄청난 양의 나노 머신이 수류탄 내부에서 튀어나와 적들의 지원복에 부착되었다.

그 뒤에 천장에서 사람이 떨어졌다.

경장갑 전투복을 입고 헬멧을 쓴 그 남자는 착지한 후 일어나자마자 헤이파 쪽을 봤다. 그는 헤이파에게 사타구니가 쏠려 있는 교주를 한 번 흘끔 보고는 고개를 흔들었다.

어리둥절한 표정으로 그를 봤던 포프는 그 느슨한 몸짓을 통해 그가 치프임을 알아봤다.

그러나 중장갑 지원복을 입은 자들은 치프가 모습을 대놓고 드러냈는 데도 불구하고 가만히 있었다.

그들은 나노머신에 의해 지원복이 해킹된 탓에 자신에게 어떠한 이상이 발생했는지 전혀 감지하지 못하고 있었다.

치프는 왼쪽 팔의 보호대에 끼운 단말기를 몇 번 조작한 뒤 왼손으로 상대를 건드렸다.

중장갑 지원복의 긴급탈출장치가 탑승자를 뒤로 내뿜었다.

지원복 밖으로 홀러덩 튀어나온 용병은 맨눈으로 치프를 확인할 수 있었다. 그는 권총을 꺼내려 했지만 그의 머리가 뚫리는 게 더 빨랐다.

치프는 지원복을 차례로 건드려 한 명씩 뽑아내는 방식으로 그들을 처리했다.

그냥 보기에는 불법 전단지를 벽에 붙이는 사람처럼 가벼운 몸짓이었으나 실제로는 오랜 경험으로 인해 철저히 세련된 동작이었다.

사람을 뽑아내고 그들의 머리에 바람구멍을 내는 과정에 낭비란 없었다. 노이즈 캔슬러가 제공하는 20초의 시간은 사실 일곱을 처리하기엔 너무나 빡빡했다.

결국 마지막 한 명이 어찌 눈치챘는지 치프를 쏘려 했다.

그의 움직임만이 이상하다는 것을 염두에 두고 있던 치프는 쓰러져 있던 다른 지원복을 밟고 뛰어오른 뒤 왼손바닥으로 상대의 머리 보호대를 터치했다.

치프의 손에 닿은 지원복은 해킹으로 인해 갑자기 춤을 추듯 휙 돌아버리고는 바닥에 쓰러졌다.

그에 딱 맞춰 노이즈 캔슬러의 효과가 사라졌다.

"그 약을 누구한테 받았나?"

교주에게 질문한 치프는 지원복으로부터 기어 나오는 용병의 목을 밟는 것으로 일을 끝냈다.

"넌 누구냐!"

탄창이 비어버린 권총을 권총집에 넣고 다른 권총을 뽑은 그는 교주의 좌우 무릎에 총을 한 발씩 쐈다.

힘없이 쓰러진 교주는 하반신을 활짝 드러냈다. 치프는 그의 '긴장 상태'를 보자마자 한심하다는 듯 한숨을 내쉬었다.

"질문이 아니라 대답을 하라고. 그럼 당신이 발기부전 치료제를 먹고 나온 건 비밀로 해줄게."

포프는 그의 농담을 듣고 나서야 자신이 살았다는 것을 깨닫고는 두 무릎에 얼굴을 댄 채 펑펑 울었다.

치프는 권총을 그 노년의 교주에게 향한 채 그에게 다가갔다.

"세스티아 브라토레를 갖고 놀 때도 이랬지? 그런데 어떻게 당신만 살아남을 수 있었지?"

"으윽… 으으으윽!"

탄환이 무릎에 박히면서 인대와 연골을 휘저은 탓에 교주는 신음 소리만 낼 뿐 말을 하지 못했다.

"발등을 쏠 걸 잘못했나?"

치프는 쓰러진 중장갑 지원복 중 하나의 내부를 뒤적거려 주사식 진통제를 찾아냈다.

"이거면 되겠지. 우와, 요즘 세상에 모르핀 계열을 쓰네. 어디서 구한 거야?"

진통제 주사 두 대를 교주의 목에 박아버린 치프는 다시 권총을 그의 머리 쪽으로 돌렸다.

"이제 좀 낫지? 나한테 헛소리하면 X된다는 것도 대충 알았을 거야."

"그 복장… UNSMC인가? 네놈이 A—1730 원사지? 변호사를 불러라!"

"하하."

웃음을 터뜨린 치프는 군화로 그의 손가락을 밟아 짓이겼다. 뼈가 뒤틀리고 부러지는 소리가 폐광을 개조한 실내에 울려 퍼졌다.

"나에 대해서 얼마나 잘 아는지 모르겠는데, 내가 유아퇴행으로 엄마랑 아빠만 찾게 만들어 버린 아저씨가 몇 놈이나 되는지 알아? 고문은 개인적으로 후회하는 일 중에 하나야. 군벌들이 아무리 웃기는 놈들이라 해도 인권을 무시하는 건 좀 그렇거든. 하지만 아저씨의 일만은 달리 기억할 수 있을 것 같네."

손가락뼈가 부서지다시피 했는데도 불구하고 통증이 느껴지지 않는 그 상황이 교주를 공포에 빠뜨렸다.

"약은 됐고, 세스티아 브라토레를 납치했던 이유부터 말해 봐. 어서."

"···첫째인 데스디아리아 브라토레를 지구로 부르기 위해서였지."

교주는 모르핀 계열 진통제의 약효 때문에 멍한 얼굴로 대답했다.

"무슨 말이야?"

"세스티아는 기준 미달이었거든. 어미나 언니에 비해 능력이 약했어. 그래서 원래 목표였던 데스디아리아 브라토레를 지구로 부르기 위해 갖고 놀았지."

"그리고 부하 몇 명을 희생시켜서 데스디아의 약점을 잡으려

한 건가?"

"맞아. 정보를 줬어. 미친 듯이 죽이더군. 현역 워치프가 강력하다는 말은 들었지만 그 정도로 흔적 없이 사람들을 죽일 수 있을 줄은 전혀 몰랐어."

"후우……"

치프는 헬멧을 벗고 그를 노려봤다.

"설마 데스디아가 너희들 덕분에 나랑 지구에서 다시 만났다는 말은 아니겠지?"

"우린 그 계집 옆에 해군 정보부가 달라붙는 걸 보고 손을 뗐어. 지구를 떠나서 그라니트로 가버렸다는 말은 나중에 들었지. 약점을 잡아서 갖고 놀려고 했는데 말이야. 세스티아의 맛을 잊을 수가 없었거든."

이야기를 들은 치프는 헤이파를 봤다. 그녀는 약 때문에 인지능력이 떨어져서 그들의 대화를 이해하지도 못했다.

'여사님 입장에선 오히려 다행이군.'

치프는 일단 화를 참았다.

"그냥 침대에서 즐기려고 데스디아를 끌어들인 건 아닐 테고. 기준 미달이라는 건 무슨 뜻이지?"

"그건 몰라. 미달이라고 하더군."

"누가?"

"그것도 몰라. 사실 나도 스폰서와 제대로 접촉해 본 적이 없어. 하지만 정령과의 교감 능력과 관련이 있는 것 같더군. 예상이지만."

"흠……."

치프는 팔짱을 낀 채 잠시 생각했다.

'병원에서 뎃디가 셀레스티아와 교감하여 보여준 힘은 정말 대단했지. 그걸 노렸나?'

그가 다시 교주를 봤다.

"여사님을 납치한 건 데스디아를 다시 부르기 위해서였나?"

"그런 것도 있지만 스폰서의 요청이기도 했어. 알타이르인의 특성상 어미와 첫째 딸은 복제인간 수준으로 닮게 되지. 둘째 부터는 유전형질에 차이가 나는데… 재밌는 게 뭔지 아나?"

"말해봐."

"애를 셋을 낳든 열을 낳든, 첫째가 죽을 경우 그 뒤에 낳는 아이는 첫째와 마찬가지로 복제인간처럼 닮게 되지. 헤이파 브라토레만 있으면 '첫째'를 언제든 다시 만들 수 있어. 일종의 생산기가 되는 거야."

"……."

"재밌지?"

"아, 그러네."

치프가 총을 고쳐 잡자 교주는 자신의 운명을 예감한 듯 진하게 웃었다.

"헤이파를 데려가려면 조심해서 데려가. 지금은 동물하고도 교미하려고 달려들 테니까 말이야. 이참에 알타이르의 맛을 즐겨보든가?"

"됐으니 누워서 지난 생애를 되짚어보도록 해. 조용히 말이
야."

치프는 교주가 걸친 로브를 벗긴 후 그것을 재갈로 삼아 그
의 입을 단단히 틀어막았다.

그는 교주의 나체를 보는 것도 싫었고 당장 죽이지 못하는
것도 싫었으나 뭔가 보고 싶은 것이 있었기에 꾹 참았다.

간단한 작업을 마친 그는 헤이파에게 다가갔다.

"여사님, 절 알아보시겠어요?"

"음… 응……."

헤이파가 달짝지근한 신음을 내며 이상한 표정으로 자신을
바라보자 치프는 얼른 뒤로 물러났다.

'이거 진짜 위험한데? 여사님의 몸에서 나는 냄새만으로도
나까지 이상해질 것 같아. 헬멧의 방독 기능이 통할까?'

권총을 집어넣고 헬멧을 다시 쓴 그는 일단 포프에게 다가가
그녀를 묶고 있는 케이블타이를 끊어주었다.

"무섭지 않았어?"

포프는 대답 대신 두 팔로 치프의 몸을 껴안았다. 치프는 손
으로 그녀의 더벅머리를 만져 주었다.

"미안, 이제 다시는 같은 비행기에 타지 말자. 돌아갈 때도 다
른 여객선 표를 끊어줄게."

그러나 포프는 고개를 흔들었다.

"흠, 아무튼 네가 해줘야 할 일이 있어. 내가 통화하는 동안 여사님이 나한테 오지 못하도록 붙들고 있는 거야."

"……."

"용기를 내, 포프. 넌 총으로 해결할 수 없는 대단한 일을 해야만 해."

"아, 알았어요. 해볼게요, 사장님."

가까스로 치프에게서 떨어진 포프는 쓰러진 채 웃고 있는 교주를 멀리 돌아서 헤이파에게 다가갔다.

단말기를 든 치프는 어딘가에 통화를 시도했다.

─또 무슨 일이오, 그라니트 용역의 사장이여? 발신지가 지구인데? 설마 지구에서도 드래곤을 발견했소?

"여어, 라이트스톤 씨. 드래곤 문제는 아니고요, 당신이 지구에 팔아먹은 물건 때문에 여사님께서 이상해지셨어요."

치프는 단말기의 카메라를 헤이파 쪽으로 돌렸다.

헤이파는 자신을 돕기 위해 온 포프를 팔다리로 감싸려 하고 있었다. 포프는 헤이파의 몸에서 나는 냄새와 야릇한 분위기, 뜨거운 체온에 기겁하여 도망치려 했지만 문어에게 단단히 잡힌 먹이처럼 꼼짝도 못했다.

"지금 잘 보이죠? 포프가 어른의 세계에 눈뜨기 전에 어서 해독 방법을 알려줘요. 다른 질문은 절대 안 할 테니까."

─그 약을 내가 팔았다는 증거라도 있소?

"당신이 물건을 팔았다는 말은 했어도 약이라고 지목하진 않았는데 말이죠."

—흐음……

치프의 단말기에서 유도 질문에 걸린 라이트스톤의 한숨 소리가 터졌다.

치프는 그 순간 입이 단단히 봉쇄된 교주가 당황하여 자신을 바라보는 모습을 즐겁게 지켜봤다.

'안 죽이길 잘했군.'

자신의 예상이 맞아떨어진 것을 확인한 치프는 다시 단말기를 귓가에 댔다.

"라이트스톤 씨, 다시 말하지만 당신을 불쾌하게 할 만한 질문은 절대 하지 않을 겁니다. 당신과 난 앞으로도 오랫동안 엮일 것 같으니 말이죠. 그러니 여사님을 진정시킬 방법이나 얘기해 봐요."

—MARK—1을 갖고 있다면 그걸 주사하시오. 작은 주사 쪽으로 한 개 정도면 될 것이오.

"MARK—1의 작은 주사? 아트로핀 주사가 통한다고요? 그럼 여사님께 사용된 약이 신경작용제란 뜻이네요?"

—날 불쾌하게 할 만한 질문은 안 한다고 했을 텐데 말이오?

"아, 좋아요. 말씀대로 하죠. 그런데 정말 이걸로 괜찮아지시는 건가요?"

—4시간 이상 잠을 자면 될 것이오.

"쉽네요. 믿어보죠. 그럼 나중에 봅시다, 라이트스톤 씨."

―그럽시다, 그라니트의 사장이여.

단말기를 다시 팔뚝 보호대 안에 넣은 치프는 용병들의 소지품을 뒤적여서 라이트스톤이 말했던 아트로핀 주사를 찾아냈다.

"잘 들으렴, 포프. 용병들은 이런저런 약들을 철저히 갖고 다니는 법이야. 고용주가 일반인일 경우 이런 것에 대한 지식이 없어서 잘 안 챙겨주거든. 아트로핀을 아스피린으로 착각하지 않으면 다행이지. 그러니 나중에 무슨 일이 생기면 용병들을 찾아봐. 지금처럼 약이란 약은 다 갖고 있거든."

"알았으니 어서 구해주세요! 여사님의 허벅지가 제 다리 사이에서 이상하게 움직이고 있어요! 웃옷도 입으로 물어서 벗기려 하신다고요!"

포프가 다급히 소리쳤다.

"흠, 그림은 나쁘진 않은데?"

"사장님!"

"조금만 기다려. 가진 약들의 상태를 잘 봐야 돼. 전부 다른 나라 군대에서 빼돌려 얻은 것들이라 작동 보장 기한을 넘어버렸거든."

주사의 상태 확인을 마친 치프는 헤이파에게 다가갔다.

그사이 치프의 움직임을 확인하던 교주가 자신의 입을 틀어막고 있는 로브의 어딘가를 손으로 만지작거렸다.

그 로브의 안쪽에는 비상사태에 대응하기 위한 장치가 숨겨져 있었다. 비단보다 부드러운 재질의 전자장치였기에 손으로 만져서는 분간할 수 없는 물건이었다.

교주가 장치를 누르자 교주의 눈에 직접 증강현실 방식의 유저 인터페이스가 떠올랐다.

비밀장치에 들어 있는 지향성 신호가 그의 망막에 직접 개입하여 그 쓸모 있는 환상을 보여주는 것이다.

교주가 치프를 표적으로 지정한 뒤 공격 명령을 내렸다.

'날 죽이지 않은 걸 후회하게 해주마! 알파 프로젝트가 낳은 괴물 녀석!'

회심의 미소를 짓는 교주의 눈에 치프의 좌우로 떨어지는 물체들이 들어왔다.

그것은 총탄이 몇 발밖에 남아 있지 않은 탄창들이었다.

"이봐, 교주 아저씨. 혹시 군벌이나 테러리스트들이 왜 중장갑 전투복을 포기했는지 생각해 본 적 있나?"

"뭐?"

치프의 질문에 교주가 움찔했다.

교주가 아까 나왔던 방의 벽이 터졌다. 벽을 부수고 나온 것은 양손에 각각 중기관포를 들고 있는 중장갑 전투복이었다.

치프는 즉각 뽑은 권총으로 중장갑 전투복을 향해 다섯 발의 사격을 가했다.

당장에라도 기관포의 방아쇠를 당길 것 같았던 중장갑 전투복이 석상처럼 굳어져 움직이지 못했다.

교주는 물론 포프도, 그리고 치프가 놓아준 주사 덕분에 약간이나마 이성을 되찾은 헤이파도 그 상황에 의아해했다.

치프는 전투복을 향해 다가가면서 다시 다섯 발의 탄을 날렸다.

"혹시 그 친구들이 특수 수류탄이나 초진동 탄두 같은 비싼 장비들이 무서워서 중장갑 전투복을 포기했을 것 같아? 흠, 설마."

정확히 3초가 지나기 전에 치프가 다섯 발을 또 쏜 후 탄창을 갈아 끼웠다.

"중장갑 전투복에 들어간 사용자 보호 프로그램은 융통성이 없어. 다섯 군데 이상의 관절 부위에 동시다발적으로 충격이 들어오면 프로그램 스스로가 전투복을 경화시키거든. 폭발이나 집중사격, 추락 등의 상황으로부터 사용자의 관절을 보호하기 위해서 말이야. 분명 좋은 기능이지만 이렇게 이용당하면 답이 안 나오지."

치프가 다시 다섯 발을 쐈다. 탄환들은 전투복의 장갑판 사이로 보이는 내피에, 그것도 관절 위에 정확히 박혔다.

탄환은 전투복 내피조차 뚫지 못했으나 치프가 원하는 충격량만큼은 충분히 채워주었다.

"권총으로 만들 수 있는 최소경직시간이 3초야. 그래서 20발 정도의 탄환만 갖고 있으면 이런 일을 저지를 수 있어."

한 번 더 사격을 가하여 여유를 만든 치프는 당장 뛰어서 거리를 좁힌 뒤 전투복 헬멧의 아래쪽에 손을 댔다.

그곳에는 위생병을 비롯한 의료진이 헬멧을 벗기기 위해 사용하는 분리 버튼이 존재했다.

그걸 눌러서 헬멧을 벗긴 치프는 전투용 안드로이드의 해골 형태 머리가 드러나자마자 권총으로 눈 부위를 집중사격했다.

"사람이라면 헬멧 벗기고 한 방인데 말이야."

부품이 터지면서 일어난 오색의 불꽃이 안드로이드의 머리 앞뒤로 튀었다.

안드로이드의 머리를 철저히 부순 치프는 전투복을 밀어 넘어뜨리고는 중기관총들을 두 손으로 빼앗아 옆으로 던졌다.

교주가 갖고 있던 비장의 카드는 그걸로 끝이었다.

"내가 이런 짓을 밥 먹듯이 해대고, 상부에서 그 영상을 신나게 뿌리니까 군벌과 테러리스트들이 포기한 거야. 중장갑 전투복은 겁나게 비싼데 보병 한 명한테 권총으로 털려 버리면 수지가 안 맞잖아?"

"……."

친절히 설명을 해준 치프는 자신의 헬멧 밑 쪽을 손으로 눌렀다.

"여긴 다 처리했어. 그래, 안에 들어 있던 건 사람이 아니라 안드로이드였지. 그럼 통신 종료."

밖에서 대기 중인 UNSMC 대원들과 통신을 마친 치프는 만약에 대비해 권총의 탄창을 갈아 끼웠다.

안드로이드가 탑재된 중장갑 전투복이 정말 권총 한 정에 무력화되는 것을 지켜본 교주는 넋 나간 표정으로 그를 봤다.

치프가 그를 응시했다.

"어떻게 알았냐는 얼굴이네? 아까 당신이 발기부전 치료제를 먹은 것에 대해서 얘기했잖아? 그때 방을 살펴보니까 당신 신체 사이즈에 전혀 맞지 않는 중장갑 전투복이 한 벌 보이더군. 장전까지 된 중기관총들도 노골적이었고 말이야."

"……."

"민간용이 아니라 군용 중장갑 전투복을 어떻게 확보했는지는 묻지 않을게. 다만 다음 세상에선 보호막 기능이 붙은 놈을 구해보도록 해."

기운이 빠진 교주는 결국 천장을 향해 드러누웠다.

치프는 다시 헤이파에게 다가갔다.

"여사님, 괜찮으세요?"

"음, 나를 좀 도와주겠나?"

"도와드리려고 여기 왔으니 얼마든지 말씀하세요."

치프가 쓴 헬멧 때문에 헤이파는 그의 표정을 볼 수 없었다. 하지만 틀림없이 그가 웃고 있을 거라고 생각했다.

"저 녀석을 거세하고 싶군. 자네가 좀 잘라다 주게."

"…저는 칼로 스테이크만 썰어봐서 잘 모르겠네요. 제 등에 업히세요."

헤이파는 포프의 도움을 받아 치프의 등에 업혔다.

"저대로 저자를 방치할 생각인가?"

"물론 아니죠."

치프는 단말기를 조작했다. 쓰러져 있는 중장갑 전투복과 지원복으로부터 하얀색의 연기가 흘러나왔다.

"전투복 배터리에 과부하를 걸었어요. 저 아저씨는 20분 뒤에 이 폐광촌과 함께 사라질 거예요. 그때 거세도 되겠죠."

"모르는 소리를 하는군! 징벌의 뜻을 담은 거세는 마취하지 않고 칼로 잘라야 의미가 있는 것일세!"

"그냥 20분 동안 지난 인생을 되돌아보게 해주자고요. 고통은 그걸로 충분해요."

"무슨 소리인가? 저놈이 내 딸들을 능욕했다네! 둘째에 그치지 않고 첫째도……!"

헤이파가 격한 분노를 토하자 치프가 고개를 저었다.

"저 아저씨 뒤에 뭔가 또 있어요. 여사님은 그놈들의 노리갯감이 아니라 여왕개미처럼 어딘가에 갇혀서 첫째들을 낳을 뻔했고요. 그게 얼마나 심각한 일인지 시간을 들여서 설명해 드릴까요?"

"……."

"그 녀석들이 진짜예요. 그리고 현재진행형의 위협이죠. 진짜는 여사님과 뎃디에게 맡길게요. 대신 이런 너저분한 놈들은 그냥 제 손에 맡겨주세요. 여사님이나 뎃디의 인생에 어울리지 않는 흔적들이니까요."

"…알겠네."

헤이파는 치프의 목에 자신의 팔을 둘렀다.

"가자, 포프. 넌 커서 이런 아저씨들처럼 되면 안 돼."

"평소보다 말씀을 더 잘하시네요, 사장님."

"하, 그런가?"

웃음소리를 낸 치프는 모두를 데리고 그곳을 나갔다.

교주는 입에 재갈을 문 채 한숨을 내쉬었다.

'이 상황에 떠오르는 것이 세스티아의 몸이라니, 역시 난 남자로군.'

교주는 과부하로 인해 배터리들이 부풀어 오르는 소리를 무시하고 눈을 감았다.

그는 그냥 그렇게 세스티아에 대한 '추억'을 되새기며 20분을 보내다가 최후를 맞이하려 했다. 그에겐 그녀에게 저지른 모든 일이 아름답고 열정적인 청춘의 시간이었다.

그러나 모든 일에는 과정이 있는 법이었다.

배터리에서 흘러나온 연기가 3분도 지나지 않아 교주가 있는 방을 채웠다.

배터리의 과부하로 인해 발생하는 유출물은 상당히 유독한 염기성 물질이었다. 환기가 잘 되지 않는 장소에서는 사람의 피부를 녹여 버릴 정도였다.

가만히 눈을 감고 있던 교주는 이윽고 비음을 터뜨렸다. 수만 마리의 개미에게 온몸이 씹히는 듯한 감각이 그의 아름답고 열정적인 추억을 헤집어놓았다.

피부만이 아니라 폐와 안구, 고막까지도 엉망이 됐다.

치프가 만약 배터리 과부하에 의한 폭발 시간을 5분 정도로 잡았다면 교주는 폭발 전에 질식하여 죽었을 것이다. 그러나 20분으로 넉넉히 잡았기에 그는 폭발할 때까지 몸이 녹는 고통에 시달려야 했다.

몸에서 쏟을 수 있는 모든 것을 쏟아내며 몸부림치는 교주의 눈에 용병들의 시체가 보였다. 그는 자신과 함께 녹고 있는데도 고요하게 누워 있는 그 시체들이 부러워서 견딜 수가 없었다.

그의 고통은 배터리들이 폭발하여 폐광은 물론 폐광촌 전체를 증발시킬 때까지 계속되었다.

*　　　　*　　　　*

지구에 오기 전에 예약한 호텔로 옮겨져 여섯 시간 넘게 잠을 잔 헤이파는 이제껏 느껴본 적이 없던 나른함을 이겨내며 눈을 떴다.

옆 침대에 있는 포프는 엎드린 채 마치 죽은 듯 자고 있었다.

그녀를 똑바로 눕혀주고 이불까지 제대로 덮어준 헤이파는 호텔 등에서 편히 입기 위해 데스디아에게 빌려 온 운동복으로 갈아입었다.

색은 검은색이었고 흰색 줄무늬가 옆에 그어진 평범한 디자인이었다.

옆에 놓인 스포츠음료와 생수 중에서 스포츠음료를 택한 그녀는 거의 3리터를 한 번에 들이마신 뒤 침실 밖으로 나갔다.

거실에서는 치프가 군복을 입은 청년 세 명과 함께 야구중계를 보며 맥주를 마시고 있었다.

"아, 여사님."

헤이파가 나온 것을 확인한 치프는 청년들에게 손짓을 했다. 청년들은 가방에서 의료기기를 꺼내 헤이파에게 다가갔다.

"UNSMC 의무병들이니 안심하세요."

치프가 말했다.

"알겠네."

의무병 한 명이 헤이파의 손끝에 혈당 측정기 비슷한 기계를 댄 후 그녀의 손끝에서 핏물을 뽑았다. 다른 두 명은 그녀의 팔에 또 다른 측정기를 두르고는 단말기에 표시되는 정보에 집중했다.

"아무런 문제도 발견하지 못했습니다, 원사님."

"좋아, 그럼 너희는 밑에 내려가서 다른 친구들이랑 함께 쉬고 있어."

"알겠습니다, 원사님. 꼬마는 어떻게 할까요?"

"포프? 걔도 다쳤었나?"

헤이파와 둘만의 시간을 가질 거냐는 뜻으로 물었던 의무병들은 속으로 '그러면 그렇지'라는 한탄을 하며 경례했다.

"아닙니다. 쉬십시오, 원사님."

그들이 나간 뒤, 헤이파는 테이블 옆에 앉고는 그 위에 놓인 따끈한 프라이드치킨에 손을 내밀었다.

"드시기 전에 따님과 통화를 하시죠? 뎃디가 걱정을 많이 하던……."

가방에 보관하고 있던 헤이파의 단말기를 찾아 꺼내 든 치프는 말끝을 흐렸다.

헤이파는 어느새 마지막 치킨 조각의 뼈를 종이버킷에 쏟아 넣고 있었다.

'셀레스티아가 피자를 먹는 모습 이후로 가장 놀라운 광경이군. 뎃디가 저렇게 먹는 건 본 적이 없는데? 혹시 칼로리 관리를 안 하시나?'

치프는 결국 단말기를 놓고 물티슈를 내밀었다.

"이거 쓰세요."

"뭔가 더 없나?"

"……."

그녀와 뭔가 진지한 얘기를 나누려 했던 치프는 지금 치킨을 더 사 오라고 부하들에게 얘기를 해야 할지, 아니면 포프를 억지로 깨워서 호텔 뷔페로 함께 가야 할지 고민했다.

"아… 일단 따님께 목소리를 들려 드리는 것이 어떨까요? 그 뒤에 치킨을 대령하든 뷔페로 모시든 하겠습니다."

"흠, 첫째는 강한 아이라네. 내가 직접 강하게 키웠지. 자네가 문자메시지로 안부를 전해줘도 충분할 것이네."

헤이파는 테이블에 떨어져 있는 치킨의 튀김 껍질을 검지로 눌러 손끝에 붙인 뒤 그것을 입안에 넣었다.

"진심이세요?"

"…너무 진지하게 받아들이지 말게."

물티슈로 손을 닦은 헤이파는 치프가 내려놓았던 자신의 단말기 화면을 쿡쿡 눌러 데스디아에게 전화를 걸었다.

"나다, 첫째야."

그녀는 단말기의 스피커를 통해 통화 내용이 들리도록 상태를 바꿨다.

―어머님, 무사하십니까?

데스디아가 급한 목소리로 물었다.

"푹 자고 일어났더니 괜찮구나. 세스티아를 더럽히고 너에게 수작을 걸려고 했던 자는 정리됐단다. 내 손으로 거세를 하지 못해서 아쉽지만 말이다."

―제가 섣불리 움직인 탓에 어머님께서 해를 입으셨습니다. 저를 꾸짖어주십시오.

"꾸짖긴. 넌 한 사람의 알타이르 전사로서 해야 할 일을 한 것뿐이란다. 이제 모든 일이 정리됐으니 너도 세스티아에 대한 일을 잊으려무나."

정말 정리됐다고 말하기에는 부족한 상황이었다. 무엇보다 라이트스톤이 관여했다는 것부터가 치프의 마음을 찜찜하게 만들었다.

하지만 오늘의 일 덕분에 라이트스톤을 확실히 경계할 수 있게 됐으니 치프가 손해만 본 것은 아니었다.

─잊을 수 있을지 모르겠습니다, 어머님.

"억지로 잊을 필요는 없단다. 집착하지만 않으면 세월이 너를 위로해 줄 것이야."

─예, 어머님. 명심하겠습니다.

"그럼 면허를 딴 뒤에 다시 연락하마. 이제 좀 쉬어라, 첫째 야."

─알겠습니다, 어머님.

통화를 마친 헤이파는 자신의 배를 누르며 일어났다.

"식사하러 가세, 치프."

"정말 배고프세요?"

"이렇게 배가 고픈 건 다른 행성에서 일주일 정도 물만 마시며 싸웠을 때 이후로 처음이군."

그렇게까지 이야기를 하니 치프도 어쩔 수가 없었다.

"호텔 뷔페로 가시죠. 제가 포프를 깨워 올게요."

"그러게."

포프를 등에 업은 치프는 헤이파를 데리고 객실을 나왔다.

엘리베이터에 타고 올라가는 동안 포프의 정신은 차츰 맑아졌다. 거의 수백 년 동안 큰 전쟁 없이 발전해 온 도시의 야경은 뷔페가 있는 최상층에 도달할 무렵에는 마치 하늘의 별과도 같았다.

포프는 안전 바를 꼭 붙잡은 채 도시의 야경을 즐기느라 여념이 없었다.

"멋있지?"

"예, 사장님! 오파로아 행성의 밤은 항상 시커멓거든요!"

포프의 고향이 저녁 8시만 넘으면 등화관제에 걸린다는 사실을 모르는 치프는 그냥 웃기만 했다.

뷔페 안에는 일반 손님들 외에도 UNSMC 대원들이 즐비하게 대기하고 있었다. 헤이파의 경호 및 그녀가 행여 실수라도 하지 않도록 돕는 것이 그들의 임무였다.

많은 이의 도움을 받아 원하는 음식을 듬뿍 접시에 올린 헤이파는 즐겁게 테이블로 돌아왔다.

그녀는 치프와 포프 앞에서 그 많은 양의 음식을 순식간에 먹어치웠는데, 치프는 포프와 함께 스스로의 눈을 의심했다.

"아까도 좀 궁금했는데요, 혹시 뎃디도 원래 여사님만큼 건강하게 먹을 수 있나요?"

"훈련을 제대로 받은 뒤에는 하루 열량을 칼같이 지키느라 고생이지. 알타이르의 워치프들에게는 기본예절일세. 하지만 난 워치프도 최고 제사장도 아니니 신경 쓸 필요가 없지 않겠나?"

"아니, 그렇게 드시다가 내일 아침부터 옷이 안 맞으면 어쩌시려고요?"

"새로 사면 되지."

"……."

치프는 그녀의 그 뻔뻔함을 배우고 싶었다.

주머니에 넣은 단말기가 진동하자 치프는 뷔페에 사복 차림으로 깔려 있는 UNSMC 대원들에게 눈짓을 보낸 뒤 뷔페 안에 있는 별실로 향했다.

포프가 그의 움직임을 따라 고개를 돌렸으나 옆에 있는 헤이파가 그냥 조용히 식사나 하라는 듯 소녀의 등을 두드려 주었다.

사람 셋도 앉기 힘든 조그만 별실 안에는 회색의 스포츠 재킷 차림의 토마스 데이비드 카터가 에스프레소 한 잔을 테이블에 둔 채 앉아 있었다.

"고생 많았네, 치프."

백발에 흰 수염을 거칠게 기른 그 노인은 손을 들어 치프를 환영했다.

"고생은요, 그냥 화풀이 정도였죠. 그런데 왜 여기서 보자고 하신 거예요? 여사님과 인사라도 나누시죠?"

"지금 이 뷔페는 지금 전 세계에서 정보요원들의 밀도가 가장 높은 장소라네. 부담스러워서 못살겠어."

치프는 쓴웃음을 지었다.

"아무튼 오늘 자네가 UNSMC 대원들을 사적으로 부린 대가를 치러야겠네. 아르바이트를 하나 해줘야겠어."

"이번 일이 꼭 저만 좋자고 한 건 아니었잖아요?"

"그래도 UN의 군사조직을 사조직처럼 굴렸다는 사실만은 변함이 없지. 게다가 찰스는 자네 지시대로 미끼 역할을 해서 어깨에 부상을 입었다네. 이에 대한 값은 해줘야지."

"그동안 제가 군에서 쌓은 마일리지로 어떻게 안 될까요?"

마일리지 이야기에 톰은 씩 웃었다.

"마일리지만으로 따지자면 자네는 최고급 여객기를 타고 공중 급유를 받으면서 지구를 100바퀴 넘게 돌 수 있겠지."

"흠, 대체 무슨 일인데요?"

"아르바이트라고 말은 했지만 실은 자네와도 깊은 연관이 있네. 중성자 탄두 두 개와 메스암페타민 30킬로그램이 그라니트 행성으로 밀수됐거든. 다시 말하지만 30그램이 아니라 30킬로그램일세."

"…그런 걸 구입할 수 있는 부자들이 그 동네에 있었어요?"

"마피아가 개입한 것 같아. 아무튼 약 1시간 전에 출발했다네."

"다른 부대로 막지 못했어요?"

"누군가가 타이밍에 맞춰서 이쪽 정보체계를 2시간가량 무용지물로 만들었네."

톰은 두꺼운 시가 하나를 물고 불을 붙였다.

치프는 피곤한 표정의 톰을 가만히 바라보다가 넌지시 물었다.

"아저씨는 라이트스톤을 어떻게 알게 되신 거죠?"

"라이트스톤? 혹시 그가 정보체계를 망가뜨린 주범이라 생각하나?"

"또 있나요?"

"아냐. 정답일세. 라이트스톤은 내가 군수기업을 만들 때 알게 됐지. 그쪽에서 나에게 먼저 접근해 왔다네."

"그러지 마세요, 아저씨."

"……."

가만히 연기를 즐기던 톰이 이윽고 웃음을 터뜨렸다.

"그래, 아주 오랫동안 알고 지냈던 사이란다. 실은 건하운드의 기초이론을 지구에 제공한 것도 그 남자야. 기밀 단계도 높단다. 나도 총장 자리에 오른 뒤에야 그 남자를 만날 수 있었거든."

치프를 대하는 톰의 말투가 부드러워졌다.

"그럼 그 남자의 목적이 뭐죠?"

"나도 잘 몰라."

톰이 고개를 저었다.

"그 남자가 지구에게 적대적인 모습을 보인 적은 한 번도 없거든."

"데스디아의 가문에는 해를 끼쳤잖아요?"

"그건 분명 유감이야."

"…아저씨?"

"라이트스톤이 알타이르의 여성들을 이용해서 뭔가 하고 싶어 하는 눈치를 보인 건 꽤 오래된 일이야. 하지만 일이 그렇게 돌아갈 줄은 정말 몰랐어. 세스티아 브라토레가 집단으로 일을 당했다는 말을 들었을 때는 참을 수가 없었지."

앞에는 다 그렇다 쳐도 세스티아의 일에 대한 톰의 감정은 진짜였다.

"잠깐만요. 설마 세스티아 아가씨가 납치될 거라는 사실을 톰 아저씨도 알고 계셨단 말인가요?"

"통보는 받았지. 하지만 그렇게 해를 끼칠 거라는 말은 듣지 못했어."

치프는 고개를 돌리며 한숨을 쉬었다. 톰에 대한 믿음과 자신의 마음에 금이 갔기 때문이다.

그 상태에서 한참 생각을 하여 마음을 정리한 치프는 다시 톰을 봤다.

"아저씨께서 감추고 있는 비밀이 한두 가지가 아니라는 건 어렸을 때부터 알고 있었어요. 그 비밀 중에 몇 가지는 제가 당장 아저씨 이마에 바람구멍을 내도 시원치 않은 것들이겠죠."

"잘 아는구나."

톰은 어깨를 으쓱했다.

"예, 정확히는 모르지만 느끼고 있어요. 하지만 그렇게 다루는 것은 저 하나로 그쳐 주세요. 브라토레 가문 사람들까지 아저씨의 비밀에 휘말린다면 저는 마지막 선을 넘어버릴지도 몰라요."

"후후, 알아. 넌 어렸을 때부터 애국자는 물론 충성스런 군인도 아니었어. 지구인으로서의 그 어떤 맹목적인 감정도 없었지."

에스프레소를 조금 마신 톰은 시가연기를 듬뿍 내뿜었다.

"천부적인 사이코 패스 하나를 제대로 된 사람으로 만드는 게 얼마나 힘든지 알고 있니?"

"……."

"어떠한 사실이 네 앞에 있을 때, 그것이 도덕적으로 잘못된 것임을 이해시키기 위해서 수많은 사람이 굉장한 고생을 해야 했지. 하지만 제대로 하는 놈들이 없어서 결국 나 혼자 너를 가르치게 됐단다."

"그때부터 재밌어졌죠."

"그래, 후후. 덕분에 넌 군에서 조기교육을 받은 어린애들 가운데 가장 올바르게 자라줬지. 넌 옳고 그름을 확실히 이해하고 있어."

톰은 시가의 입을 댄 부분으로 자신의 이마 가운데를 두드렸다.

"그러한 네가 나를 처벌해야 할 대상으로 삼는다면 난 기쁘게 받아들일 것이야."

그러자 치프가 씩 웃으며 고개를 저었다.

"감방에 처넣어야지 왜 귀찮게 머리를 쏘겠어요?"

"하하."

크게 웃은 톰은 재떨이에 시가를 껐다.

"아무튼 중성자 탄두를 처리해 주렴. 지금은 그게 가장 문제야. 마약은 눈속임에 불과할 테니 알아서 처리해."

"맡겨두세요."

"음, 필요한 거 있으면 또 얘기하고."

톰이 있는 방에서 빠져나온 치프는 뷔페의 음식들을 맛있게 먹고 있는 헤이파와 포프를 가만히 지켜봤다.

'이거 일이 점점 골 때리는 방향으로 가는데?'

치프는 자신이 저들과 함께 같은 길을 가는 것이 과연 옳은지 의심해 봤다.

＊　　　　＊　　　　＊

다음 날, 치프와 함께 시험장에 도착한 헤이파는 수많은 이의 시선을 한 몸에 받았다.

알타이르인이어서가 아니었다. 어제 사내들에게 납치를 당했던 사람이 다시 나타났으니 어쩔 수 없었다.

함께 온 포프는 얼굴이 알려지는 것을 막기 위해 군용 복면을 얼굴에 쓰고 있었다.

헤이파는 톰의 회사에서 빌려 온 컴파운드 보우를 들었다.

"이게 첫째가 지구에서 썼던 활인가?"

"정확히는 톰 아저씨네 회사에서 빌린 활이죠. 그날 이후에 기념품으로 전시를 해놔서 품질에 문제는 없을 거예요."

"흠, 나이 든 사람이 다루기엔 좀 힘들군. 좀 들어보게."

"제가요?"

치프는 시위가 당겨진 활을 그대로 넘겨받았다.

"우와!"

치프의 손가락은 시위에 걸린 힘을 견디지 못했다. 헤이파는 이리저리 비틀거리는 치프를 안아서 넘어지지 않도록 해주었다.

"하하, 장난이었네. 역시 알타이르인에게 맞춰진 활은 자네라도 사용할 수가 없군."

헤이파의 왼팔에 걸쳐 있다시피 한 치프는 약간 자존심이 상했으나 곧바로 중심을 잡고 일어났다.

"시험장 안이니 너무 심한 장난은 치지 말아주세요."

"후후, 자네의 체온으로 팔을 데운 것뿐일세. 남자의 몸이 이렇게 쓸모 있을 줄은 좋군. 옆에 있기만 해도 기분이 좋다니 말일세."

"……"

경호를 위해 주변에 쫙 깔려 있던 UNSMC 대원들이 소리 없이 박수를 쳤다. 몇몇은 드디어 치프의 곁에 여자가 생겼다며 헬멧을 벗고 눈물까지 훔쳤다.

이윽고 헌터 면허 시험이 시작됐다.

32
약효의 증명

유감스럽게도 헤이파는 턱걸이 수준으로 합격했다. 데스디아처럼 사고를 쳤거나 신체 상태가 나빠서 그런 건 아니었다.

시험 시작 및 결과가 나올 때마다 주변에 깔린 UNSMC 대원들이 일일이 박수를 쳐댔기 때문이다.

어쨌거나 합격을 한 헤이파는 몇 시간 뒤에 공항으로 향했다.

치프는 하루 정도 더 쉬면서 쇼핑을 해도 된다고 이야기했으나 헤이파는 당장 돌아가서 딸을 보고 싶다는 말을 하여 휴식을 사양했다.

그러나 데스디아에 대한 이야기는 핑계일 뿐, 그녀는 그저 하루라도 빨리 지구에서 벗어나고 싶었다.

지구는 그녀 자신은 물론 그녀의 딸들까지 아픔을 겪은 껄끄러운 행성이었다.

게다가 지구의 대기에 둘째 딸의 느낌이 섞인 것 같았기에 그녀는 오랫동안 이곳에서 시간을 보내고 싶지 않았다.

그녀가 곧장 그라니트 행성으로 돌아간다는 이야기를 들은 톰은 회사 직원과 함께 붉은색의 커다란 가방 하나를 들고 부리나케 공항으로 달려왔다.

"여사님, 내일 출발하실 거라 들었습니다만."

어제 뷔페에서 톰과 인사를 나눴던 헤이파는 일단 미소로 그를 대해주었다.

"마음을 써주셔서 감사합니다. 하지만 치프의 표정이 영 아니군요."

헤이파의 곁에서 단말기를 보고 있던 치프의 눈이 휘둥그레졌다.

"허어, 치프에게 특별히 들으신 이야기라도 있으신지요?"

톰은 중성자 탄두에 대한 이야기가 헤이파의 귀에 들어간 것이 아닐까 했지만 다행히도 헤이파는 그에 대한 사실을 전혀 모르고 있었다.

"이야기는 듣지 못했습니다만 치프의 표정이 그냥 안쓰럽더군요. 분명 청장께서 뭔가 지시를 내리셨겠지요."

헤이파의 지적에 톰은 크게 웃었다.

"하하, 그렇습니다. 하지만 어떠한 일인지는 모르시는 것 같으니 오히려 다행입니다. 그럼 여사님께 선물을 드리지요. 감사와 부탁, 그리고 사죄의 의미가 담긴 물건이니 부디 받아주시기 바랍니다."

톰은 직원에게 그 붉은색 가방을 넘겨받은 뒤 헤이파 쪽으로 정중하게 내밀었다.

"이 물건은 무엇입니까?"

"따님께서 갖고 계신 건하운드, 파프니르를 기초로 하여 제작된 무기입니다."

헤이파는 왼팔로 가방을 받친 뒤 오른손으로 잠금장치를 풀었다. 가방과 내용물의 무게 때문에 로봇을 이용하여 운반했던 기술자들은 그녀의 완력에 깜짝 놀랐다.

가방 안에는 검붉은색으로 도색된 건하운드 제어장치가 있었다. 다른 제어장치들과의 차이점은 제어장치 앞쪽에 붙은 거대한 나노 크리스털이었다.

"일단 건하운드로 등록된 물건입니다만 실제로는 블레이드하운드나 마찬가지입니다. 파프니르처럼 기계적인 결합을 할 필요 없이 블레이드하운드로서 작동할 수 있습니다. 설명서를 여사님의 단말기로 전송해 드렸으니 가시는 길에 살펴보십시오."

"흠… 그런데 색이 좀 그렇군요."

헤이파의 말에 톰은 껄껄 웃었다.

"특수 도료를 사용했기에 여사님께서 원하시는 대로 외장의 색을 바꿀 수 있습니다. 하지만 나노 크리스털 프로젝터의 색까지는 바꿀 수 없으니 주의하십시오."

나노 크리스털 프로젝터가 바로 제어장치 앞에 붙은 물건이었다.

"알겠습니다. 잘 다루겠습니다."

가방을 닫고 왼손에 든 헤이파는 가벼운 묵례로 감사를 표했다.

그녀는 돌아서려다 말고 다시 톰을 봤다.

"아, 이 기계에도 이름이 있습니까?"

"저희는 '아누비스'라고 불렀습니다. 그만큼 뛰어난 성능을 가진 제품이지요."

"아누비스라… 기억해 두지요."

이후 헤이파는 그라니트 행성에 도착할 때까지 거의 침묵을 지켰다. 치프와 포프가 여객선 내에서 대화를 해도 특별한 반응을 보이지 않았다.

그녀의 말문이 제대로 트인 것은 공항에서 데스디아와 다시 만났을 때였다.

둘이 평소처럼 청량한 분위기로 재회의 인사를 할 거라 생각했던 치프는 둘이 만나자마자 부둥켜안으며 조용히 눈물을 보이자 마음이 복잡해졌다.

'이래도 되는 건지 모르겠네.'

치프는 자신이 데스디아는 물론 그녀의 가문에까지 큰 부담을 주고 있을지도 모른다고 생각했다.

'여사님과 함께 일을 하는 것이 정말 옳은 일일까?'

헤이파는 데스디아가 인정하는 강자일 뿐만 아니라 경험에서 오는 직감도 훌륭했다. 하지만 그 모든 것이 그녀를 불사신으로 만들어주는 것은 절대 아니었다.

그녀가 다른 곳도 아니고 지구에서 스프레이 약 한 방에 무력화된 사실이 치프의 불안감을 가중시켰다.

걱정하는 그에게 사만다와 셀레스티아가 다가왔다. 포프는 셀레스티아에게 푹 안겼고 사만다는 오랜만에 치프를 보며 활짝 웃었다.

"아저씨, 여행은 즐거우셨나요?"

사만다의 질문을 들은 치프는 그녀가 지구에서 있었던 일을 모른다는 사실에 약간 의아했다.

"그냥 그랬어. 죠니는 회사에 있나?"

"아뇨, 저와 함께 오셨습니다."

치프는 자신과 조금 떨어진 장소에서 캔 커피를 마시고 있는 죠니를 발견했다.

죠니가 그 두꺼운 턱으로 뜨뜻미지근한 표정을 짓자 치프는 그를 비롯한 극소수만이 '상황'에 대해 알고 있음을 깨달았다.

"키드는?"

"아직 병원에 있고 그의 스승은 오지 않았습니다. 내일이나 모레에 도착할 거라고 키드가 얘기했으니 기다려 봐야겠지요."

"이거 일이 얼른 끝나질 않네."

"그러게 말입니다."

치프와 사만다가 서로를 보며 쓴웃음을 지었다.

"차는 주차장에 있지?"

"예, 아저씨. 롸켓과 알케온 팀장이 대기하고 있습니다."

"그럼 사람들을 데리고 그쪽으로 가서 기다려 줘. 난 죠니와 얘기 좀 하다가 갈게."

"알겠습니다, 아저씨."

치프는 죠니 쪽으로 걸어갔다.

그가 맡은 임무와 기분을 모르는 사만다는 포프에게 다가가 그녀를 두 팔로 들어 올리며 반가워했다.

치프는 죠니를 데리고 인적이 드문 곳으로 갔다. 그들은 사람만이 아니라 CCTV까지도 절묘하게 피하여 자리를 잡았다.

"톰 아저씨가 중성자 탄두 얘기를 하던데."

치프가 묻자 죠니는 설명을 위해 자신의 단말기를 꺼내 들려 했다. 그러자 치프가 손으로 그의 행동을 막았다.

"단말기는 안 돼. 셀레스티아나 알케온이 디지털 데이터를 해석해서 알아차릴 수도 있어."

"아, 옙."

죠니는 단말기를 주머니에 넣었다.

"문제가 된 탄두의 제품번호는 FW300, 일명 '메피스토'라는 별명의 물건입니다. 소형 미사일 탑재용 신형 탄두죠. 드래곤들을 죽이기 위한 무기 중에 하나였는데, 드래곤로크 이후로 정식 배치가 무기한 연기됐습니다."

"성능은 그렇다 치고… 어떻게 들어왔는지가 더 궁금한데? 웬 마피아 얘기까지 나오고 말이야."

"그게… 보안국에 압수됐습니다."

"압수? 탄두 두 개가 압수로 끝났다고?"

치프가 다시 묻자 죠니는 어깨를 으쓱했다.

"중성자 탄두의 구조를 아시지 않습니까? 열어보면 정말 별 거 없죠."

"그렇지. 안에 장약이나 뇌관이 없어서 보온병으로 착각할 수도 있지."

"그겁니다. 탄두 안쪽에 마약을… 메스암페타민을 15킬로그램씩 부어버린 거죠. 메피스토는 중성자 탄두가 아니라 마약 보관함의 명목으로 압수되어 보안국 안으로 옮겨졌습니다."

치프는 기가 막혀 실소를 터뜨렸다.

"대체 그걸 누가 들여온 거야?"

"그걸 알 수가 없습니다. 더 큰 문제는 압수된 탄두가 오늘 아침에 사라졌다는 사실입니다."

"자네들 눈앞에서?"

"그렇습니다. 저와 조셉, 딕슨 셋이서 보안국 건물의 외부를 감시했습니다만, 출근 시간 무렵에 보안국 안에서 난리가 나더군요. 신형 마약 보관함이 사라졌다면서 말이죠."

치프는 눈앞이 아찔했다.

"하아… 근데 왜 우리가 그런 일에 휘말려야 하는 거지? 지구로 가기 전에 신을 잡네 마네 하면서 흥분했던 것 같은데?"

"한 가지 확실한 건, 탄두가 문제의 보안국 건물에서 그야말로 신이 모습을 감추듯 감쪽같이 사라졌다는 사실입니다."

"……."

치프가 정색을 했다.

"그럼 자네 의견은… 우리가 쫓는 신이 범인이라고?"

"그렇습니다. 물론 의견일 뿐입니다."

치프는 팔짱을 끼고 천장을 봤다. 죠니도 바지주머니에 손을 넣으며 한숨을 쉬었다.

치프는 여느 때와 마찬가지로 흰색 셔츠의 소매를 팔꿈치 부근까지 걷은 모습이었다. 죠니는 카키색 야전상의를 입고 있었는데, 야전상의를 고집하는 이유는 몸이 워낙 두꺼워서 다른 옷을 입기가 힘들었기 때문이다.

"죠니, 신이 왜 중성자 탄두를 가지려 했을까? 그보다 더 대단한 공격을 할 수 있어야 신이 아닌가?"

"그런 짓이 가능했다면 우리 회사 건물부터 시원하게 날렸겠지요. 부사장님을 포함한 직원들 전부를 소금으로 만들어 버리든가요."

"하긴."

치프의 표정이 더욱 안 좋아졌다.

"아무래도 우리가 추적하고 있다는 걸 깨달았다는 뜻이겠지?"

"원사님 예상대로 보안국 CCTV를 통해 빅시티를 꿰뚫어 보고 있는 존재라면 너무 게으른 행동이라고 할 수도 있겠군요."

"그럼 대응은 왜 늦었으며, 대응책을 하필 중성자 탄두로 결정한 이유가 뭘까?"

"음……."

죠니는 턱을 쓰다듬으면서 한참을 고민했다.

"아까 말씀드렸다시피 메피스토는 드래곤 대응용으로 만들어진 탄두지요."

"그렇지."

"그렇다면 드래곤들을 두려워하는 게 아니겠습니까?"

치프의 시선이 죠니 쪽으로 움직였다.

"신이 여태껏 우리에게 보낸 변질자들은 알케온 팀장이나 루할트 하인케스 사장, 셀레스티아 공동대표님을 직접 노린 적이 없습니다. 회사에 쳐들어온 놈들은 부사장님께 박살 났지만 루할트 하인케스 사장은 왜 건드리지 않았을까요?"

"일리가 있군. 그럼 신이라는 놈들의 능력을 제대로 알아봐야겠어."

그러자 죠니가 어깨를 으쓱했다.

"파울라 장로님께 여쭈시려고요? 그분은 힘쓰는 일 말고는 도움이 안 되는데요?"

치프는 죠니의 말을 통해서 파울라가 그동안 정보 제공에 소극적이었음을 간접적으로 알 수 있었다. 그러나 지금 급한 것은 파울라의 태도나 꿍꿍이가 아니었다.

"다른 2세대 드래곤이 있잖아. 저번에 잡아온……."

"아, '메이건'인가 하는 드래곤 말이군요. 그럼 곧바로 회사로 가시죠. 라이트스톤 사장이 해동 방법까지 가르쳐 줬습니다."

"음, 그래. 라이트스톤. 흠흠."

치프가 못마땅한 표정으로 그의 이름을 중얼거리자 죠니가 의아해했다.

"왜 그러십니까?"

"그 아저씨가 알타이르 행성인에게만 통하는 약을 만든 것 같아. 여사님께서 그 약에 당하시는 바람에 나도 큰일이 날 뻔했지."

헤이파가 포프와 함께 납치됐다가 구출됐다는 것만 알고 있던 죠니는 주체할 수 없는 호기심에 사로잡혔다.

"아니, 무슨 약이기에 원사님까지 큰일이 날 뻔한 겁니까?"

"음… 뭐… 춘약, 미약, 음약, 최음제, 러브포션… 이라고들 하지."

대답을 들은 죠니의 눈이 마치 비행기를 난생처음 본 소년의 눈동자처럼 반짝거렸다.

"여사님께만 작용하는 약이 아니었나 보군요."

"체취만 맡았는데도 내가 이상해지는 것 같았어. 포프는 여자애라 이성을 유지했지만 말이지. 라이트스톤의 말대로 아트로핀을 쓰니까 증상이 완화됐어. 스프링 방식의 주사기를 쓰는 건 오랜만이라 정말 긴장했지."

치프는 피로에 찌든 표정으로 대답했다.

죠니가 결국 떨리는 목소리로 물었다.

"혹시 그 약의 샘플을 갖고 계십니까?"

죠니는 매우 조용하게, 그리고 간곡하게 말했다.

치프는 자신의 부하이자 오랜 친구인 그를 묘한 표정으로 바라봤다.

"내가 그딴 약의 샘플을 챙겼을 거라고 생각해?"

"제가 아는 원사님이라면 그러시고도 남습니다."

"흠, 만약 샘플이 있으면 어쩔 건데? 이상한 곳에 쓸 거야?"

겉으로는 장난을 치듯 얘기했으나 치프와 죠니 사이에 흐르는 분위기는 납덩어리처럼 무거웠다.

"원사님께선 부사장님을 믿으십니까?"

데스디아에 대한 얘기가 죠니의 입에서 나왔다.

"글쎄? 내가 뎃디를 믿는 거랑 그 약이랑 관계가 있나?"

치프는 일부러 느슨하게 반응했다.

죠니는 그 느슨함에서 오히려 안도감을 느꼈다.

그는 치프를 처음 만난 이후 그의 그러한 느슨함을 셀 수 없이 봐왔다. 덕분에 그처럼 헐겁게 보일 때야말로 치프의 집중력이 가장 치밀한 상태임을 잘 알고 있었다.

"부사장님은 혼자서 브리치를 떨어뜨리는 분입니다. 스트라투스라는 무기의 성능 덕분이긴 해도 아직까지 부사장님 외에 그 무기를 제대로 다루는 사람은 본 적이 없습니다. 게다가 며칠 전에는 셀레스티아 왕녀 전하와 교감하여 그라니트 행성의 자기장이 뒤틀릴 만큼 강력한 힘을 발휘하셨습니다. 이미 현실의 범주에서 벗어난 분이라고 해도 틀린 말은 아닐 겁니다."

죠니는 진지했다.

치프는 그 말을 듣고서야 그가 왜 목소리가 떨릴 만큼 긴장하여 약에 대한 질문을 했는지 대강 이해할 수 있었다.

"자네는 뎃디를 못 믿나?"

"믿지 못하는 게 아닙니다. 두렵습니다."

그의 솔직한 대답에 치프는 아주 천천히 고개를 끄덕거렸다.

"젝스의 말로는 부사장님과 헤이파 여사님이 육체적으로 동일한 존재라고 하더군요. 알타이르 여성의 첫째 딸들이 모체의 복제인간이나 다름없다는 것은 원사님도 지겹게 들으셨을 겁니다."

"음, 그렇지."

"그렇다면 지구에서 여사님께 사용된 약은 분명 부사장님께도 통할 겁니다. 중요한 순간에 부사장님께서 약으로 인해 힘을 잃으실 수도 있고, 최악의 경우 적이 될지도 모릅니다."

"……."

"약을 분석해서 대비해야만 합니다, 원사님. 이대로는 알타이르인들을 믿지 못하는 상황이 올 수도 있습니다."

죠니의 이야기를 다 들은 치프는 뒷목을 만졌다.

"내가 루할트를 제압할 때 썼던 무기를 지구에서 분석하지 못했다는 얘기, 들었지?"

"예, 원사님."

"그 약도 분명 분석이 불가능할 거야. 의미가 없어."

"꼭 지구에서 답을 찾으실 필요는 없지 않습니까?"

죠니의 말에 치프의 표정이 약간 달라졌다.

"지구 말고 제대로 된 대답을 낼 수 있는 장소가 있을까? 지구가 우주연합에 가입한 이후 진행된 '51구역' 프로젝트 정도는 자네도 알 텐데?"

"그때 우주연합에서 지구에 제공하지 않은 생명체 샘플 중에 하나가 바로 드래곤입니다."

"흠……."

51구역 프로젝트라는 것은 대단히 비밀스러운 거래였다.

지구가 우주연합에 가입한 이후 우주연합 행정부에서는 일종의 선물로서 각 행성인의 시체 및 각종 생체자료를 지구에 제공했다.

지구의 입장에선 뜻하지 않은 선물이었으나 당시 계획에 참여한 과학자들은 왜 살아 있는 행성인들이 제공되지 않았냐며 불만을 터뜨렸다. 동물실험 및 임상실험의 기초를 알긴 하냐며 1인 시위를 하려다가 체포된 자도 있었다.

어쨌거나 51구역 프로젝트 덕분에 지구의 군대는 각 행성인에 대한 군사적 대응 방법을 익힐 수가 있었다.

죠니는 한 번 더 주변을 살핀 뒤 입을 열었다.

"루할트의 예를 들지요. 그는 원사님께 훔친 건하운드를 기초로 해서 자기들만의 제품을 만들었습니다. 그들의 제품은 구조도 단순하고 사용되는 부품도 저렴하지만 현역 군인들이 놀랄 정도로 성능이 뛰어납니다. 그 결과 루할트가 이끄는 하인케스 통상은 민간 무기 시장을 순식간에 장악했지요. 드래곤들의 기술 해석 및 이해 능력은 우리의 상상을 초월합니다. 그들이라면 그 약도 분석할 수 있을 겁니다."

하지만 치프는 고개를 갸웃했다.

"납득이 가는 의견이긴 한데… 괜찮을까?"

"예?"

치프의 얼굴에 노골적인 고민이 떠올랐다.

"그 친구들이 이 약을 누가 만들었냐고 물었을 때 나는 라이트스톤이라는 대답을 해야만 해. 그런데 그 친구들은 라이트스톤을 나에게 소개해 준 사람이 톰 아저씨라는 사실을 알고 있어. 나조차도 지구에서 톰 아저씨에게 조금 실망했는데 그들이라고 다를까? 분명 아저씨를 의심할 거야."

그의 말을 들은 죠니는 시큰둥한 표정을 지었다.

"그들이 믿는 사람은 원사님이지 청장님이 아닙니다. 청장님께서 매주 토요일 9시에 여자 속옷을 입고 거울 앞에 선다고 떠벌려도 그 친구들이 코웃음이나 칠까요?"

"흠, 하긴."

치프가 결국 고개를 끄덕거렸다.

"그럼 그 문제는 나에게 맡겨. 이제 회사로 가자고, 죠니."

"예, 원사님."

치프는 죠니와 함께 동료들이 기다리고 있는 주차장 쪽으로 향했다.

"아, 혹시 약의 사용 방법을 아십니까?"

"사용 방법?"

"예. 알약인지, 아니면 주사제인지……."

"스프레이식이었어. 여사님 근처에 사람이 잔뜩 있었는데 오로지 여사님만 이상해지셨지."

"그렇다면 방독면으로 해결할 수도 있겠군요."

"호흡기도 호흡기지만 피부를 통해 흡수되어 작용할 가능성이 더 크지 않을까?"

"아, 신경작용제 계열이라면 그렇겠군요."

치프는 왼손으로 자신의 오른쪽 어깨를 주물렀다.

"일이 많네. 키드의 스승도 만나야 하고, 메이건이라는 드래곤도 깨워야 하고, 약에 대한 분석도 의뢰해야 하고 말이야."

"그 고생을 해서 한 가지라도 해결되면 다행일 텐데 말입니다."

"그러게."

어깨를 주무르던 치프의 왼손이 우뚝 멈췄다.

"아, 좀 늦은 질문인데 말이지."

"예, 원사님."

"뎃디가 쓰는 그 스트라투스라는 칼 말이야. 엠페라투스한 테 받았다고 얼핏 들은 것 같은데?"

"그렇죠. 그 무기가 아니었다면 브리치를 떨어뜨리지도 못했을 뿐만 아니라 변질자들에게 우리 모두 몰살당했을 겁니다. 오로지 스트라투스만이 녀석들을 죽일 수 있죠."

"그건 봤는데… 왜 엠페라투스가 그런 좋은 무기를 뎃디에게 줬을까? 단순히 재미를 위해서?"

"그렇지 않을까요?"

"음… 아냐. 녀석은 무슨 일이 됐든 '테마'를 잡고 즐기는 놈이야. 충동적인 것처럼 보이지만 실제로는 계산을 하고 움직이는 거라고. 물론 과정도 즐기는데, 놈이 진짜로 원하는 건 자신의 계산이 맞아떨어졌을 때의 쾌감이야. 그걸 봐서는 뭔가 있어. 분명히."

죠니는 치프가 어째서 그토록 명확하게 엠페라투스에 대한 이야기를 할 수 있는지 궁금했다.

'외모만 비슷한 게 아니었나?'

치프와 엠페라투스는 헤어스타일만 뚜렷하게 다를 뿐, 얼굴형은 물론 체형까지도 서로 비슷했다.

처음에는 많은 이가 당황했지만 서로의 분위기가 달라도 너무 다른 탓에 지금은 의문을 갖기보다 엠페라투스의 장난 정도로만 여기고 있었다.

죠니는 그들이 외모만 비슷한 게 아닐지도 모른다고 생각했다.

　　　　＊　　　　　＊　　　　　＊

　회사에 도착한 치프는 쉴 틈 없이 셀레스티아와 파울라, 알케온, 젝스를 사장실에 불렀다.

　데스디아도 사장실에 들어가서 이야기를 들으려 했으나 치프는 딱 잘라 거부했다.

　회사 식당에서 헤이파와 함께 대기하지 않으면 미워할 거라는 농담을 했는데, 그 농담은 제대로 먹혀서 데스디아를 우울하게 만들었다.

　"뎃디가 들어선 안 되는 내용이야?"

　셀레스티아는 사장석에 천천히 앉는 치프에게 물었다.

　"들어서 안 된다기보다는 맡아선 안 되는 물건이 있지."

　"응?"

　"아, 그보다 이 자리에 앉는 게 왜 이렇게 오랜만이지? 귀염둥이 알케온조차도 낯설게 보여."

　지적받은 알케온은 씁쓸히 코웃음을 쳤다.

　"그사이 많은 일이 있었지 않나? 나 역시 자네가 그 자리에 앉은 모습이 너무 낯설어서 밖으로 내던지고 싶군."

　그 주황색 머리의 청년은 사장실에 모인 사람들을 둘러봤다.

　"날개 달린 자들만을 모은 이유가 뭔가?"

　"이것 때문이야."

치프는 가스라이터를 꺼내 책상 위에 올려놓았다.

"같이 담배나 피우자는 건가?"

파울라가 물었다. 치프는 실소를 지으며 라이터를 흔들었다.

"이 라이터는 무려 300년 넘게 지구에서 사용된 일회용 가스
라이터예요."

"…그래서?"

"일회용이지만 무려 충전식이에요. 그래서 원래 들어 있는 액
화석유가스 대신에 액체폭약을 충전해서 대놓고 갖고 다닐 수
있죠. 비행기 하나쯤은 가볍게 터뜨릴 수 있는 테러 기술이에요."

치프의 설명을 들은 드래곤들의 표정이 이상해졌다.

"그럼 다른 걸 채워 넣었다는 건가?"

알케온이 물었다.

"그렇지. 이리 와서 냄새를 맡아봐."

치프는 가까이 다가온 알케온을 향해 가스라이터를 가까이
한 후 밸브를 눌렀다.

액화석유가스의 냄새를 알고 있는 알케온은 라이터로부터
전혀 다른 냄새가 나자 깜짝 놀라 물러섰다.

"처음 맡는 냄새로군. 식물에서 추출한 것 같은데… 동물의
신경계통에 즉시 작용할 것 같은 느낌이야."

알케온은 불쾌한 표정으로 말했지만 치프의 표정은 반대로
밝아졌다.

"신경작용계열이라는 건 어떻게 알았어?"

"우리에게 다른 생물의 육체를 설계하는 능력이 있다는 사실을 잊었나 보군. 그 정도는 알아차릴 수 있지."

알케온의 설명 덕분에 희망을 갖게 된 치프는 손에 쥔 라이터를 흔들었다.

"사실 이 안에 든 물질은 알타이르 행성인들에게만 작용하는 특별한 약이야. 뎃디의 어머니께서 이 약 때문에 고생하셨을 뿐만 아니라… 뭐, 아무튼 잘못 사용된다면 뎃디도 분명 이상해질 거야. 이 약에 대한 대책을 세워야 해."

치프는 세스티아에 대한 이야기를 할 뻔했다가 가까스로 피했다.

"그래? 그럼 알타이르 행성인의 신경계에 가깝도록 몸을 재설계해 볼까?"

셀레스티아가 순진하게 말하며 젝스의 몸에 손을 댔다. 그러자 젝스의 몸 전체에서 빛이 나더니 귀가 알타이르 행성인들처럼 길어졌다. 피부 역시 갈색으로 바뀌었다.

"아… 이건 좋은 생각이 아닌 것 같은데? 일단 설명을 좀 들어봐."

치프는 손에 든 라이터를 등 뒤에 감추려 했으나 젝스가 바로 달려들어서 라이터를 낚아챘다.

"사장, 난 부사장님을 위한 일이라면 뭐든 할 수 있어."

"어이, 됐으니 당장 내놔! 장난으로 끝날 일이 아니라고!"

치프는 불길함을 이기지 못하고 고함을 질렀다. 하지만 젝스는 뒤로 물러나면서 라이터를 코 밑에 대고는 밸브를 눌렀다.

한편, 다른 이들과 함께 회사 본관 밖에 있는 데스디아는 눈에 힘을 잔뜩 준 상태로 사장실의 유리벽을 노려보고 있었다.

유리벽 안을 볼 수 있을 만큼 시력을 강화한 탓에 그녀의 눈동자는 선명한 붉은색을 띠었다.

"어머님, 젝스와 치프가 갑자기 몸싸움을 벌이고 있군요."

"둘이 사이가 안 좋나?"

헤이파가 떫은 표정으로 시가의 연기를 뿜었다. 그녀는 치프가 지구에서 그 '약'을 가져왔을 줄은 꿈에도 모르고 있었다.

만약 그들 곁에 죠니가 있었다면 당장 알아차리고 행동했겠지만 그는 지금 롸켓과 함께 식당에서 맥주를 즐기고 있었다.

이윽고, 데스디아의 눈이 휘둥그레졌다.

"어, 어머님! 젝스가 치프의 옷을 물어뜯어서 벗기고 있습니다!"

데스디아는 당황했다. 하지만 당시 상황을 기억하지 못하는 헤이파는 의아해했다.

그러나 똑같이 웃옷을 물어뜯길 뻔한 포프의 얼굴은 새파래졌다.

33
진실 엿보기

상황은 셀레스티아가 젝스의 몸을 원래대로 되돌리면서 급히 마무리되었다.

하지만 젝스는 헤이파 때와 달리 자신이 치프에게 무슨 짓을 하려고 했는지 똑똑히 기억하고 있었다.

"저기, 사장. 내가 왜 그토록 강렬하게 사장과의 교미를 원했을까?"

젝스가 상기된 표정으로 거친 숨을 몰아쉬며 질문했다.

옷장으로 가서 새 옷을 챙겨 입으려 했던 치프는 그 말을 듣자마자 두 손으로 자신의 얼굴을 가렸다.

"부탁인데 제발 말 좀 가려서 해줘. 여자애가 그러면 못써."

젝스는 머쓱한 표정을 지으며 자신의 검은색 야구 모자를 깊게 눌러썼다.

옷장 안에서 평소에 입는 흰색 셔츠 대신 검은색의 타이트한 티셔츠를 입은 치프는 팔뚝 등에 난 손톱자국을 만지며 표정을 구겼다.

때맞춰 그의 단말기가 진동했다. 화면에는 데스디아의 이름이 떠올라 있었다.

그는 본관 밖 지상에서 사장실의 유리벽을 바라보고 있는 그녀의 모습에 난처함을 느꼈다.

치프는 아주 천천히 단말기를 들어 귓가에 댔다.

"넷디, 아무 일도 아니었으니 너무 신경 쓰지 마."

─내가 보기엔 영락없는 겁탈이었는데?

"너뿐만이 아니라 젝스도 내 셔츠 차림을 싫어했나 봐."

─장난하지 마. 당신의 그 X같은 패션 센스를 단순히 찢어서 해결할 수 있었다면 작년에 내 손으로 다 작살냈을 거야.

데스디아가 그렇게까지 이야기하자 치프는 대단히 민망했다.

"자세한 얘기는 나중에 해줄 테니 거기 서 있지 말고 다른 곳으로 가줘. 여기에 몰래 들어올 생각은 꿈에도 하지 말고."

─내가 그 정도로 당신 일에 방해되는 건가?

"그냥 믿어. 나랑 여사님을 위한 일이야."

─흠… 그러지.

통화를 끝낸 치프는 다시 의자에 앉았다.

"어지간한 일은 다 겪어봤다고 생각했지만 이번에는 충격이 좀 있군. 뎃디한테 몸이 으스러질 때도 그랬지만 아까도 솔직히 무서웠어."

"사장, 그 강제 교미 시도는 내 본의가 아니라……."

"너 교미라는 단어를 또 쓰면 그거 녹음해서 네 오빠한테 들려줄 거야."

"…미안."

치프의 경고에 젝스가 고개를 푹 숙였다.

"그리고 얘기하기에 앞서서… 난 너를 놀리거나 비난할 의도를 갖고 질문하는 게 아니야. 절대 오해하지 말아줘. 알았지?"

"응, 사장."

처음 만난 날부터 그랬지만, 젝스는 치프의 나쁘지 않은 매너에 매번 놀라고 있었다.

치프는 데스디아나 셀레스티아, 파울라, 그리고 젝스 자신이 뭔가 상스럽거나 직접적인 말을 사용하면 항상 수치심을 감추지 못했다. 또한 상대방이 자신의 말을 오해할 여지가 있다면 반드시 충분한 설명을 곁들인다.

젝스가 그의 그런 모습을 신경 쓰는 이유는 그가 적으로 규정한 자들을 처리하는 모습과 일상적인 모습 간의 차이가 너무 컸기 때문이다.

"좋아, 젝스. 왜 날 덮친 거야?"

치프의 질문에 젝스는 어리둥절해했다.

"사장이 수컷… 아니, 남자라서 그런 게 당연하잖아?"

"하, 비록 머리카락에 핀을 꽂긴 했어도 알케온 역시 남자야."

알케온은 핀으로 옆머리를 고정한 게 뭐가 잘못이냐며 따지려다가 이 상황에 끼어드는 것은 적절치 못하다 판단하여 그냥 참았다.

"그런데 넌 알케온 쪽은 쳐다보지도 않고 나를 덮쳤지. 헤이파 여사님은 포프까지 덮치셨는데 말이야. 이유가 뭘까?"

"아둔한 질문이로군, 사장이여."

알케온이 묘한 미소까지 더해 빈정거렸다.

"뭔가 짚이는 구석이라도 있어?"

"있지, 있고말고. 이 자리에서 정상적인 생식기능을 가진 자는 자네밖에 없네."

"응?"

"날개 달린 자들이 오로지 편의를 위해 사용하는 이 육체에 생식기능을 첨부했을 거라고 생각하나? 이 몸에선 호르몬조차 분비되지 않아. 수염도 안 나고."

"아……."

치프는 박수를 한 번 치며 고개를 끄덕거렸다.

알케온이 거기까지만 얘기했다면 '과연 영주'라는 감탄을 들을 수 있었을 것이다. 그러나 치프의 반응에 왠지 신이 나버린 그는 넘어선 안 될 선까지 넘고 말았다.

"그런 점에서 루할트는 약간 불쌍하지."

"루할트는 또 왜?"

"사업을 위해 설계한 육체라서 말이야. 다른 행성인들의 의심을 피하기 위해 각종 체취는 물론 똥오줌도 배출해야 하거든."

"……."

치프는 또다시 두 손으로 얼굴을 감쌌다. 셀레스티아는 민망해했고 젝스는 혐오감을 담아 알케온을 노려봤으며 파울라는 긴 한숨을 쉬었다.

그런데도 알케온의 입술은 계속 움직여댔다.

"그 친구가 나에게 비데를 처음 썼을 때의 경험담을 얘기해 줬는데, 그때 그 표정을 잊을 수가 없군. 그래, 미지의 굴욕을 당한 모습이랄까? 수압에 의한 자극은 생각지 못했거든. 하지만 난 배설과 관련된 신체기능을 이 육체에 넣지 않은 관계로 경험할 수가……."

그의 언어 폭주는 결국 파울라가 이마를 후려치면서 중단되었다.

분위기가 대강 진정되자 치프가 얼굴에서 손을 떼고 다시 입을 열었다.

"하아… 뭔가 좀 멀리 돌아서 온 느낌이긴 한데, 아무튼 그 약에 대한 대처법을 마련할 수 있을까?"

"기다려 보게."

파울라가 젝스로부터 약물이 든 라이터를 건네받고는 밸브를 눌러 냄새를 맡았다. 치프는 사만다 이상의 덩치와 근육을 자랑하는 그녀가 자신을 덮칠 경우를 두려워했으나 다행히 파울라는 아무런 이상도 없었다.

"어떠한 성분이 들었는지는 알겠지만 그 성분의 조합 방법을 알 수가 없군."

"그런가요?"

"감조차 잡히지 않아. 식물에서 추출한 재료를 고도의 기술로 조합한 것일세. 신을 제외하고 이런 게 가능한 생물이 정말 존재한단 말인가?"

파울라의 말에 치프는 이 시점에서 자신이 누군가의 이름을 꺼내지 않으면 안 된다고 생각했다.

"작년에 제가 루할트랑 싸웠을 때를 기억하시나요?"

"그걸 어찌 잊겠나? 아무리 루할트가 방심했다고 해도 건하운드조차 들지 않은 지구인이 우리 날개 달린 자들의 영주를 쓰러뜨린다는 것은 보통 일이 아니지."

"그때 그 무기를 만든 사람이 라이트스톤이에요."

당시 사용된 유탄의 제작자가 라이트스톤이라는 것은 모두가 다 아는 내용이었기에 당장은 특별한 반응이 없었다.

"그리고 지금 손에 들고 계신 그 약을 만든 사람도 라이트스톤이죠."

치프의 입에서 라이트스톤의 이름이 두 번 나오자 모든 이의 표정에 불길함이 깃들었다.

하지만 자신들이 왜 그런 느낌을 받았는지 당장 이해하는 자는 없었다. 그저 본능적으로 그렇게 감지했을 뿐이었다.

"그, 그럴 수도 있잖아, 치프?"

셀레스티아가 당황한 표정으로 말했다.

"라이트스톤 사장은 돈만 주면 뭐든 해주는 상인이잖아? 그것 때문에 컨설턴트로서 유명한 거고 말이야. 너무 의심할 필요는 없지 않을까?"

그러나 그녀가 진짜로 원하는 것은 방금 전 자신이 느낀 불길함에 대한 설명과 이해였다. 셀레스티아가 라이트스톤에 대해 그렇게 이야기한 이유는 언 발에 오줌 누기나 다름없는 자기방어에 불과했다.

"셀레스티아, 그 '뭐든지'의 범위가 문제인 거야."

치프가 설명했다.

"특정 생명체에게만 작용하는 물질을 만들기 위해서는 그에 대한 모든 것을 정확히 알고 있어야만 해. 유전자의 DNA가 이중나선 형태인지, 삼중나선 형태인지 하는 것들은 기본이지. 안 그러면 약물을 핀 포인트로 작용시키는 게 불가능해."

"······."

"쉽게 말해서, 피자소스가 매콤하다는 건 너나 나나 공통적으로 느낄 수 있잖아? 그런데 나에게만 매콤하게 느껴지고 다른 생명체들에겐 전혀 자극이 없는 물질을 라이트스톤이 만들었다는 거야."

사실 치프가 간단히 설명을 해줄 필요는 없었다. 셀레스티아를 비롯한 모든 드래곤은 이미 그 이상의 지식을 갖고 있었다.

"바이오로지컬 디자인."

셀레스티아가 낮은 목소리로 중얼거렸다.

"응?"

"우리 날개 달린 자들이 사용하는 육체 설계 능력 말이야. 치프가 알타이르 행성에서 돌아온 날에 내가 얘기해 줬잖아?"

"아, 그렇지. 포스 필드라든가, 절연파괴 능력이라든가 하는 걸 쓰려면 그런 걸 설계할 필요가 있다고 했었잖아?"

치프의 말을 들은 셀레스티아는 아랫입술을 한 번 깨문 뒤 조용히 말했다.

"라이트스톤 사장이 그 능력을 알고 있을지도 몰라."

치프는 팔짱을 끼고 생각에 잠겼다. 다른 이들 역시 침묵 속에 자신의 기억을 더듬어봤다.

이윽고 알케온이 말했다.

"그때 라이트스톤이 이상한 짓을 한 적이 있어."

"여자들 앞에서 코트 앞깃을 활짝 열어젖혔다던가?"

"그런 게 아닐세! 내 말을 왜 그런 식으로 받아들이는 건가?"

"아까 본인이 저지른 말실수를 좀 생각해 보시지?"

알케온에게 무안을 준 치프가 오른손을 저었다.

"알았으니 얘기해 봐. 그때라니?"

"이 행성의 하늘이 백금의 빛으로 물들었을 때… 그러니까 브라토레 부사장이 왕녀 전하와 교감했을 때의 일일세. 그가 들고 있던 단말기가 폭발했지."

"폭발? 그것만으로는 잘 모르겠는데?"

"새로운 단말기를 꺼낼 때의 모습과 백금의 빛으로 물든 하늘을 보는 모습이 이상했다네. 모든 이가 하늘의 장엄한 변화에 정신이 팔렸는데 그만은 어쩐지 익숙해 보였지."

"……."

"게다가 난 그의 생체파장을 읽지 못했다네. 뭔가에 가로막힌 느낌만 받았을 뿐이지. 뿐만 아니라 그의 부하 직원들 가운데 헬멧을 쓴 자들 역시 마찬가지였다네."

"그래?"

치프는 셀레스티아 쪽으로 눈을 돌렸다. 셀레스티아는 그의 시선에 담긴 뜻이 무엇인지 알고 있었다.

"나도 라이트스톤 사장의 생각을 읽지 못했어. 이 우주에 그런 사람도 있을 수 있겠다고 생각은 했지만… 아니었을까?"

"흠……."

치프는 다시 생각에 잠겼다.

그는 드래곤들이 라이트스톤에 대해 의문만을 가질 뿐, 악의가 섞인 의심을 하지 않는 것에 약간 놀랐다. 그것이 정말 드래곤들의 특성이라면 치프의 입장에선 억울한 일이었다.

'난 씹어 죽이려고 들었는데… 쯧.'

아쉬움을 금방 털어낸 그는 파울라에게 손을 내밀었다. 아까 가져간 라이터, 아니 약의 샘플을 달라는 뜻이었다.

"장로님, 지금 바로 메이건을 해동시킬 수 있을까요?"

"메이건을 말인가?"

치프에게 샘플을 돌려준 파울라는 걱정 때문에 바로 대답하지 못했다.

"자칫 잘못하면 누군가가 다칠 수도 있네. 자네도 경험했겠지만 메이건은 그리 영리한 자가 아닐세. 틀림없이 발버둥을 칠 것이야."

그녀의 조언을 들은 치프는 고개를 저었다.

"그 메이건이 정상적인 상태라면 그렇겠죠. 알아봐야 해요, 장로님."

치프는 분명 메이건에게 문제가 있을 거라 확신하고 있었다.

얼핏 둔감한 것 같으면서도 중요한 것을 절대 놓치지 않는 날카로움. 그것이 파울라가 알고 있는 치프였다.

한 번은 죠니가 파울라를 비롯한 모든 이와의 저녁 식사 자리에서 치프의 그 '날카로움'에 대한 얘기를 해준 적이 있었다.

치프가 열두 살이었을 무렵, 그는 월드시리즈 7차전을 보기 위하여 톰과 함께 야구경기장을 방문한 일이 있었다.

유아 때부터 군에 있었고 야구를 비롯한 각종 스포츠를 오로지 TV로만 즐겼던 치프에게 있어서 그날은 그야말로 환상적인 날이었다.

그러나 그는 경기를 1회 말까지만 볼 수 있었다. 그날의 경기 역시 그 시점에서 중단되고 말았다.

관중들 가운데 독가스 용액이 채워진 조끼를 아들에게 입히고 입장한 남자가 있었던 것이다.

물론 희생자는 한 명도 없었다. 관중석을 둘러보던 치프가 그를 알아차린 덕분이었다.

그 남자는 톰의 신고를 받고 출동한 경찰들에 의해 제압되었고 독가스 조끼와 조끼를 입은 남자의 아들은 안전하게 확보되었다.

경찰들은 약 5만 명의 관중 속에 섞인 그 평범한 외모의 범인이 다른 의도를 가진 것을 어떻게 알아볼 수 있었냐며 치프에게 물었고, 그에 대해 치프는 그냥 그렇게 보였을 뿐이라고 대답했다.

경찰 쪽에서는 이해를 못 했지만 치프의 능력을 잘 알고 있는 톰과 해군 정보부의 무마로 사건은 그렇게 종료되었다.

죠니의 그 얘기에 사람들은 치프가 무슨 초능력이라도 가졌냐며 물었다.

죠니는 이렇게 대답했다.

'원사님께서는 범죄에 대한 엠파시(Empathy)? 감정이입이라던가? 뭐, 그런 것이 있대요. 색깔로 보인다는데, 질이 나쁜 범죄자일수록 역겨운 색을 띤다고 하더군요. 그래서 원사님은 거울을 잘 안 보시죠. 거울에 비친 자신의 모습이 오색찬란해서 견딜 수가 없다는 이유로 말이죠.'

죠니의 그 이야기는 안경을 쓰면 보정되지 않겠냐는 포프의 순진한 말 덕분에 웃음으로 끝났다.

반면 파울라는 그 이야기 이후 치프의 의심이나 관찰이 그리 달갑지 않았다.

그가 어떻게든 핵심을 파고들어서 일을 불길한 쪽으로 확대시킬 것 같아서였다.

'저에게 도움을 주십시오, 운캄타르 성왕 폐하.'

파울라는 무의식적으로 셀레스티아를 봤다.

알케온과 젝스는 치프가 파울라의 모든 행동을 눈으로 쫓고 있는 것을 보고 상당히 놀랐다.

그들은 치프가 파울라를 전혀 믿지 않고 있음을 감지했다. 아직 어린 젝스는 같은 편끼리 그런다는 사실을 받아들일 수가 없어 혼란스러워했지만 알케온은 그렇지 않았다.

'장로님께서 당신의 입장에 어울리지 않게 소극적으로 행동하신 것은 사실이지. 지난 1년 동안 장로님께서는 그냥 힘 좀 쓰는 보모나 다름없으셨으니까.'

알케온은 자신이 파울라를 설득하거나 셀레스티아에게 결정을 건의해야 한다고 생각했다.

하지만 파울라는 이 자리에서 거짓말을 하거나 말을 피할 만큼 나약하지 않았다.

"계획이라는 것이 있다네, 치프."

파울라가 어렵게 입을 열었다.

"계획? 무슨 말씀이시죠?"

"작년에 내가 자네에게 운캄타르 성왕 폐하와 엠페라투스에 대해 얘기한 적이 있을 것이네. 신들은 두 영웅에 의해 몰살됐지. 하지만 전쟁은 그 뒤에도 끝나지 않았다네."

"예, 환상종들이 야생동물처럼 방치돼서 그랬다고 말씀하셨죠."

치프는 그때 들은 이야기를 대강 기억하고 있었다. 그녀가 하는 이야기들이 역사라기보다는 미신의 일종처럼 들렸기 때문이다.

"그 환상종들은 두 분과 함께 우리 두 번째 세대들이 상대했다네. 우리는 항상 승리를 거뒀지. 하지만 운캄타르 성왕 폐하께서는 걱정을 놓지 못하셨네. 환상종들이 창조주를 잃었음에도 불구하고 진화와 번식을 계속했거든."

치프는 눈을 가늘게 떴다.

"신들 가운데 생존자가 있다는 걸 그때 이미 알았다는 건가요?"

"그렇다네."

파울라는 여기서 말을 멈출까 하다가 이야기를 계속했다.

"우리는 신들을 말살할 필요가 있었네. 그러나 신들은 교활했지. 그 교활함에 대적하기 위한 것이 바로 '계획'일세."

"……."

치프는 말없이 뒷얘기를 기다렸으나 파울라는 침묵으로 일관했다.

결국 치프가 주저 없이 말했다.

"설마 엠페라투스의 일마저도 그 계획의 일부라는 말씀은 아니시겠죠?"

"그건 아닐세. 엠페라투스의 행동은 당시 그 누구도 예측하지 못했다네. 그가 저지른 학살로 인해 수많은 계획이 의미를 잃었고 우리는 고향을 떠나 이곳으로 와야만 했지."

"그런데 계획 자체는 아직 온전히 돌아가고 있다, 이 말씀이신가요?"

파울라는 치프의 질문에 대답하기에 앞서 허탈감이 깃든 웃음소리를 짧게 흘렸다.

"나야말로 그것이 궁금하다네. 계획은 여전한 걸까?"

"예?"

"이 땅의 날개 달린 자 대부분이 브리치 안으로 사라졌다네. 난 장로인데도 그 비극을 막으려 노력하기는커녕 아무것도 하지 못했지."

그것은 그녀가 당시 엠페라투스에게 공격당한 탓이었는데, 만약 그녀가 인간의 형태로 기절하지 않았다면 그녀 역시 가이우스와 마찬가지로 브리치에 빨려 들어갔을 것이다.

어찌 보면 다행이지만 파울라는 그것을 치욕으로 생각하고 있었다.

"가까스로 이 땅에 남은 자들은 인간의 모습을 한 채 살아가다가 어리석은 길에 빠지고 있네. 난 그것마저도 막지 못하고 있지."

그 '어리석은 길에 빠진 자'들을 처형해 온 알케온은 자신을 숨기듯 잠깐 눈을 감았다.

파울라의 이야기가 이어졌다.

"결국… 난 계획에 대한 확신과 신념을 잃었다네, 사장이여. 이 싸움의 끝이 어떻게 될지 상상이 안 된다네."

파울라의 불꽃처럼 화려한 머리카락과 오래된 계곡처럼 뚜렷하게 갈라진 근육이 기세를 잃었다.

의자에서 일어난 치프는 파울라를 보며 팔짱을 꼈다.

"그런 얘기는 진작 하셨어야죠?"

"그래, 자네 말대로 난 비겁하고 용기가 없는……."

"아니에요. 장로님은 그냥 지치신 것뿐이에요."

파울라뿐만 아니라 그 자리에 있는 모든 이가 치프를 의아하게 바라봤다.

"1년 전에 그 난리가 났을 때, 사람들 앞에서 계획에 대한 확신이 없다고 미리 말씀하셨으면 마음이라도 편하셨을 거예요. 그 편한 마음으로 해답을 얻으셨을 수도 있죠. 그런데 1년 동안 혼자서 끙끙 앓고 계셨으니 지치시는 게 당연하죠."

치프는 책상 옆을 돌아 나와서 파울라에게 다가갔다.

"해결이 될 문제라면 걱정할 필요가 없죠. 그런데 해결이 안 될 문제라면 걱정해도 소용없어요. 장로님은 혼자서 해결할 수 없는 문제를 가지고 1년을 허비하신 거예요."

"……."

"갑자기 포프 얘기를 해서 죄송한데요, 먼 훗날에 포프는 장로님을 어떻게 기억하고 있을까요? 듣기로는 장로님께서 포프를 잘 돌봐주셨고 포프도 장로님을 잘 따랐다고 하던데요."

셀레스티아를 제외한 다른 이들은 치프가 파울라를 응원하여 용기를 주고 있는 거라고 생각했다.

하지만 실제로는 상대의 심리를 이용한 고문 기술의 가벼운 응용이었다.

치프가 포프를 거론하자 말문이 막혀 버린 파울라는 더욱 깊은 혼란에 빠져 버렸다.

"대체 어쩌라는 말인가?"

"움직여야죠."

치프는 자신과 함께 가자는 손짓을 했다.

"메이건을 깨우는 것부터 시작하는 거예요. 라이트스톤이 메이건에게 무슨 수작을 벌였다면 그걸 빌미로 시비를 걸 수 있어요."

"그 약의 일도 메이건과 엮어서 처리할 생각이로군."

"당연하죠. 하지만 그전에… 메이건은 날개 달린 자들의 일이잖아요? 이 중에서 메이건과 안면이 있는 사람은 장로님뿐이에요. 메이건이 만약 멀쩡하다면 그때는 장로님께서 나서주셔야 해요."

"음… 알았네. 그럼 가도록 하세."

힘 있게 응답을 한 파울라는 다음 순간 흠칫했다.

'내가 왜 사장의 말을 따르려는 거지?'

그녀는 방금 전에 좌절하고 말았던 자신이 왜 지금 힘을 내어 일어날 수 있는지 이해가 안 됐다.

'좌절한 사람을 다시 일으키려면 일단 좌절을 시켜야 하잖아?'

치프는 사기 수법, 아니 심리전이 좋은 쪽으로 통했다는 사실에 안도했다.

"메이건이 있는 곳에는 여기 있는 사람 전부가 가야 해. 각자의 시선으로 메이건의 상태를 보는 거야. 괜찮겠지, 셀레스티아?"

"응, 치프."

셀레스티아도 의욕을 보였다.

치프는 단말기를 귀에 가까이 했다.

"아, 뎃디. 우린 지금 메이건이 갇힌 곳으로 갈 거야. 그러니 혹시 모를 상황에 대비해서 무장 단단히 하고 대기해 줘. 대신 사장실에는 들어가지 마."

―사장실에? 왜?

"젝스가 바닥에 음료를 좀 엎질렀거든."

핑계거리의 희생양이 된 젝스는 억울했으나 아까 그에게 저지른 일이 일인지라 가만히 있었다.

물론 그런 농담을 믿을 데스디아는 아니었다.

─됐으니 헛소리로 애 괴롭히지 마. 누구도 들어가지 못하도록 지시하지.

"하하, 그럼 무장이 끝나면 연락해."

─그러지.

치프와 데스디아의 통화를 가만히 듣고 있던 셀레스티아가 이윽고 말했다.

"치프, 나도 다른 사람들에게 애칭으로 불릴 수 있을까?"

"…내가 답을 줄 수 있는 문제는 아닌 거 같은데? 일단 메이건의 일이 끝나면 다시 얘기하자고."

치프는 마치 아버지가 어린 딸을 달래듯 셀레스티아의 마음을 가라앉혔다.

30분 후, 준비를 마쳤다는 데스디아의 보고를 받은 치프는 드래곤 일행과 함께 회사의 환상종 포획 시설, 이른바 '던전'으로 향했다.

던전 위에는 롸켓이 조종하고 있는 회사 수송기가 떠 있었다.

─여어, 사장. 포획용 입구가 아니라 일반 출입구로 던전에 들어갈 텐데, 내려가면서 레벨을 올릴 준비는 됐소?

롸켓이 단말기가 아니라 통신기로 농담을 보내자 치프가 웃었다.

"작년에 엠페라투스를 잡으면서 경험치를 좀 과하게 받았지.

게다가 이쪽은 파티 구성이 좋잖아?"

―그래도 조심하시오. 난 던전을 볼 때마다 꺼림칙하다오.

"롸켓 아저씨가? 왜?"

―던전을 만들 때 쓰인 나사 하나까지도 라이트스톤 사장이 철저히 관리했다오. 우리 회사 부지에 있을 뿐이지 실제로는 라이트스톤 사장이 주무르는 시설이나 마찬가지라 이거요. 안에서 무슨 일이 벌어질지 아무도 모른다오.

롸켓은 물론 데스디아에게도 라이트스톤과 관련된 이야기를 아직 하지 않았던 치프는 롸켓이 먼저 라이트스톤과 관련된 얘기를 하자 미심쩍다는 표정을 지었다.

"우리 롸켓 아저씨는 라이트스톤이랑 사이가 나쁜가?"

―후후, 이 우주에서 라이트스톤과 사이가 좋은 사람을 내 앞에 데려오면 사장 이마에 뽀뽀를 해드리리다. 그런 음습한 자를 누가 좋아한단 말이오?

"라이트스톤이 자기 직원들은 멀쩡히 굴리는 것 같던데?"

―아무튼 볼 때마다 꺼림칙한 자라서 난 싫소. 어느 행성 출신인지, 나이가 어떻게 되는지, 똥을 싸긴 하면서 사는 건지 전혀 밝혀진 바가 없다오. 게다가 뭐든 다 알면서도 모른 척하는 태도도 구역질 나고 말이오.

치프는 롸켓이 진짜로 라이트스톤을 싫어하는 건지, 아니면 싫어하는 척을 하는 것인지 분간할 수가 없었다.

상황은 미심쩍었다. 하지만 롸켓의 목소리만큼은 라이트스톤에 대한 혐오로 적나라하게 물들어 있었다.

"라이트스톤이 질적으로 어떻든 간에 그가 가진 돈의 가치가 떨어지는 건 아니잖아?"

—아, 말 잘했소. 라이트스톤은 최저임금으로 날 부려먹고는 거기서 식비와 보험료를 또 떼어갔소. 항상 말이오. 최악이지!

"후후, 그럼 갔다 오지. 통신 종료."

—하늘은 내게 맡기시오. 통신 종료.

통신을 마친 치프가 알케온에게 손짓을 했다. 알케온은 그에 따라 사람들이 지나다니도록 만들어진 일반 출입구를 열었다.

"롸켓 말대로 한 층씩 내려가면서 적과 싸우면 되는 건가?"

"…게임은 단말기로만 하게, 사장."

"농담이야, 알케온."

치프는 그래도 혹시 몰라서 가져온 건하운드 제어장치와 자동소총을 만지작거리며 일행의 뒤를 따라갔다.

출입구 안으로 들어간 치프는 자신들의 진입에 반응하여 불이 켜지는 복도를 자세히 살폈다.

복도는 끝이 없었다. 밖을 볼 수 있는 창문조차 없었다.

치프는 손을 뻗어 벽을 훑었다.

"콘크리트가 아니야. 금속인데… 주조도 아니고 절삭도 아니야. 결정 제어 방식인가? 아니, 결정 제어라면 이렇게 긴 복도를 마카로니처럼 뽑아내는 게 불가능해. 대체 어떻게 만든 거지?"

"300년 전의 지구인들도 건하운드를 보면 자네와 같은 말을 하지 않았을까?"

알케온이 말했다. 그의 말에 치프는 벽에서 손을 떼며 웃었다.

"흠, 그렇겠지. 아무튼 라이트스톤은 정말 대단하군. 이 복도는 내가 알고 있는 개인 화기로는 절대 녹거나 파괴되지 않을 거야. 과학자들이 보면 환장하겠군."

치프는 건하운드의 기초이론을 지구에 전해준 게 라이트스톤이라는 톰의 말을 다시 떠올렸다.

'건하운드의 기초이론이라는 것들은 약 200년 전에 공개됐다고 배웠지. 덕분에 건하운드뿐만 아니라 수백만 명을 우주에서 살게끔 할 수 있는 위성궤도 식민지, 그리고 초대형 우주선들의 개발이 가능해졌어. 그 기술들이 건하운드의 개발과 민간용 보급으로 이어지기까지는 이후 100년이 더 걸렸지만.'

치프는 자신이 인류 근대 역사상 가장 중요한 비밀을 정말 뜬금없이, 그것도 에스프레소 향기 따위를 맡으며 들어버린 게 아닐까 하는 느낌이 들었다.

"그보다 사장, 자네야말로 생각보다 유식하군."

"응?"

알케온이 어깨를 들썩했다.

"자네가 그냥 총만 잘 쏘는 군인이었다면 이 복도를 별생각

없이 걸었거나 신기함에 압도당하여 생각하기를 포기했을 거야. 그런데 자네는 그럴싸하게 중얼거리더군."

"지구인 남자는 미혼인 상태로 마흔 살이 넘는 순간 갑자기 유식해지거든."

"…진짜인가?"

"뻥이지."

"……"

농담에 당해 버린 알케온은 가볍게 눈살을 찌푸렸다. 치프는 사과하듯 그의 어깨를 두드리며 웃었다.

"몇 살 때부터였는지 기억은 못하겠는데, A프로젝트 인원 가운데 나를 비롯한 몇 명은 따로 차출돼서 이런저런 것들을 배웠어."

"호오."

"화학, 물리학, 의학, 전기공학, 전자공학, 수학, 심리학까지. 나중에 알고 보니까 전부 박사 과정 내의 사전자격시험을 통과할 수 있는 수준까지 배웠더라고."

파울라와 젝스는 인간들의 교육과정에 대해 거의 모르기 때문에 그냥 듣고만 있었다. 그러나 특유의 호기심을 발휘하여 지구의 역사를 꽤 자세하게 조사했던 알케온은 깜짝 놀랐다.

"차출된 인원들 전부가 전 과목을 그렇게까지 배웠단 말인가?"

"전부 배운 사람은 나를 포함해서 딱 세 명이었지. 다른 사람들은 잘해야 두 과목 정도?"

"세 명이나 된다는 게 대단하군."

"그나마도 한 명은 죽었어. A—38이라고, 우리 A프로젝트의 멤버들 가운데 가장 유능한 사람이었지. 다른 건 몰라도 전술 능력만큼은 내가 그 사람을 못 따라갔을 정도였어."

그 말을 들은 셀레스티아가 치프 쪽을 돌아봤다.

"A—38이라는 사람이 예루살렘이라는 곳에서 핵탄두 폭발을 지연시킨 사람이지?"

"어, 그런 것까지 읽었어?"

"치프의 기억은 작년에 전부 입수했잖아."

일반적으로는 섬뜩할 수도 있는 이야기였다.

하지만 치프는 셀레스티아가 자신의 기억을 이용해서 뭔가 이상한 짓을 할 인물이 아님을 알기에 그냥 고개를 끄덕였다.

"음, 그래. A—38은 정말 영웅이었고, 또 영웅으로서 기억되고 있어. 하지만 살아 있었다면 나처럼 별의별 꼴을 다 본 군인 아저씨로서 조용히 시간을 보내고 있었을 거야. 날 대신해서 여기에 있었을 수도 있겠네."

"치프는 지금도 자신을 그냥 군인이라고 생각해?"

셀레스티아의 질문에 치프는 고개를 갸웃거렸다.

"질문의 의미를 잘 모르겠는데?"

"평범한 군인이 엠페라투스나 신들을 사냥한다고 나서진 못하잖아? 치프는 그 모든 것에 맞서 싸운 영웅으로서 자부심을 가져도 돼."

"자부심이라……."

치프는 쓴웃음을 지었다.

그는 셀레스티아가 자신의 기억을 그저 일대기 정도로 인식하고 있으며 전혀 공감하지 못하고 있음을 깨달았다.

치프는 그 사실이 마음 아팠다. 자신의 과거에 대한 평을 해줄 수 있는 사람을 잃어버렸다는 느낌 때문이었다.

"내가 자부심을 갖는다는 건… 내가 지금껏 군인이기에 저지를 수 있었던 모든 일, 특히 내가 죽인 수천 명의 소년병이 정당화된다는 뜻이야. 다른 사람도 아니고 내 자신에 의해서 말이야. 난 겁이 많아서 그런 짓 못 해."

"……."

"언젠가 지구에선 청문회가 열릴 거고, 난 그곳에서 UNSMC의 군인으로서 사람들 앞에서 내가 한 일들을 증언해야만 해. 그래야 식민지 청소와 관련된 모든 사건과 사람들이 지구 역사의 심판을 받을 수 있어. 그게 도리야."

치프는 뒤이어 편한 얼굴로 고개를 흔들었다.

"여기선 친구들과 부담 없이 일하고 싶단 소리라고. 자, 가자."

그가 두 팔을 벌려 모든 이의 등을 밀었다. 풀이 죽은 셀레스티아의 등은 더욱 세게 밀었다. 신경 쓰지 말라는 뜻이었다.

그러나 셀레스티아는 죄책감을 떨쳐 낼 수가 없었다.

그녀의 표정은 메이건이 보관된 곳으로 직행하는 엘리베이터에 탄 이후에도 나아지지 않았다.

*　　　　*　　　　*

치프를 기다릴 겸, 헤이파에게 건하운드의 사용법을 알려주던 데스디아는 포프의 표정이 영 아니자 그녀에게 다가갔다.

"얼굴이 왜 그래? 지구에서 대체 무슨 일이 있었던 거지?"

"아, 부사장님."

깜짝 놀랐던 포프는 뭔가 얘기하려다가 다시 고개를 푹 숙였다.

데스디아는 그녀의 등을 손바닥으로 가볍게 쳐줬다.

"얘기하고 싶은 게 있다면 지금 하는 게 좋아. 몇 분 뒤에 우리에게 무슨 일이 벌어질지 모르잖아?"

"……."

"아, 그래. 불길한 말을 해서 미안하니 어서 말해봐."

포프는 얘기에 앞서 한숨을 푹 쉬었다.

"전 제가 열심히 배우면 많은 사람에게 도움을 줄 수 있을 거라고 생각했어요."

"실제로도 도움을 많이 줬지. 넌 한 사람의 헌터로서 뚜렷하게 성장했어. 악어 머리 켐리처럼 빅시티에서 이리저리 굴러다니는 놈들에 비할 바가 아니지."

"…그런데 지구에선 아무것도 못 했어요. 납치당했고, 겁먹었고, 결국 사장님께 도움을 받았죠. 용병들을 상대로 그동안 배웠던 게 떠오르지 않았어요."

데스디아는 '네가 아직 어려서 그런 것이다'라고 얘기하려 했다.

그런데 마침 옆에 있던 조셉과 딕슨이 헬멧 밖으로 웃음소리를 냈다.

"그거야 우리가 대충 가르쳐 줬으니 그렇지."

"예?"

포프가 움찔했다.

소녀가 화들짝 놀라는 모습에서 재미를 느낀 두 군인은 서로를 보며 어깨를 으쓱했다.

"우리가 너한테 제대로 가르쳐 준 것은 총기 관련 기술이야. 하지만 대인전투 관련 기술을 가르쳐 준 적은 없어. 대련도 설렁설렁 했고."

"그런 것까지 가르쳐 줬다가는 우리가 원사님한테 박살 났을걸?"

"죠니 상사님은 박제가 된 순록 머리마냥 벽에 걸리셨겠지."

그들의 태도에 포프는 화가 났다.

"사장님께 혼날까 봐 그러셨다는 거예요? 제가 얼마나 무서웠는지 아세요?"

"뭐, 무섭기야 했겠지. 하지만 원사님이 계획대로 널 구해줬 잖아?"

딕슨이 생각 없이 말을 내뱉었다.

"계획대로라뇨?"

포프가 눈을 동그랗게 뜨고 묻자 조셉과 딕슨이 경직됐다.

그들은 치프가 둘의 납치를 방관했다는 사실을 눈치채고 있었다. 그들이 아는 치프라면 그런 짓을 하고도 남음을 알고 있었기 때문이다.

그러나 포프와 헤이파는 그 사실을 몰랐다. 반면 조셉과 딕슨은 그들이 설명을 들었을 것이라 착각하고 있었다.

납치 방관 사실을 몰랐던 데스디아는 둘을 추궁하기 위해 움직이려 했으나 헤이파가 딸의 팔을 붙들어 말렸다.

헤이파는 묵묵히 고개를 저었고 데스디아는 몸의 힘을 뺐다. 둘은 그만큼 치프를 신뢰하고 있었다.

결국 포프 혼자 외롭게 따져야만 했다.

"말씀 좀 해보세요! 무슨 계획이요? 설마 사장님께서 저랑 여사님이 납치당하는 걸 방관하셨다는 말씀이신가요?"

"그럴 리가 있나? 도중에 일이 어떻게 돌아갈지 모르는데 방관하신다는 게 말이 돼? 내가 말한 계획이라는 건 제압 계획이야, 제압 계획. 원사님이 적들을 어떻게 눕혀 버리는지 잘 봤을 거 아냐?"

"그, 그렇죠."

딕슨이 포프의 의심을 열심히 무마하는 한편, 조셉은 헤이파와 데스디아를 진정시키기 위해 그녀들 쪽으로 헬멧의 방향을 돌렸다.

데스디아는 콧등을 잠깐 일그러뜨리는 것으로 경고를 대신했다. 조셉은 묵례로 그녀들의 이해에 감사를 표시했다.

그리고 그들의 대화를 하늘 위에서 듣는 자가 있었다.

대기권 밖 우주공간에서 박쥐처럼 날개로 몸을 감싼 채 땅을 바라보고 있는 보라색의 드래곤, 엠페라투스였다.

"운캄타르의 도구는 역시 재밌는 친구야."

그의 곁에 있던 또 다른 드래곤 반달리온이 고개를 움직였다.

본래 크기보다 훨씬 작아진 상태의 엠페라투스를 보호하듯 잿빛의 날개를 활짝 펼친 반달리온은 궁금함이 섞인 눈빛으로 엠페라투스를 봤다.

"뭔가 들리십니까?"

"그렇다네. 운캄타르의 도구가 내 새로운 장난감을 미끼로 썼더군. 일은 잘 끝낸 것 같네만… 후후, 대단한 배짱이야."

"…엠페라투스 님, 제가 당신의 곁에 있고 다른 추종자들도 언제든지 이곳으로 올 수 있습니다만, 어찌하여 저 작은 생물을 곁에 두려 하십니까?"

"자네들이 할 수 없는 일을 가능케 하는 존재거든."

엠페라투스의 시야에는 데스디아 곁에 있는 헤이파가 뚜렷하게 잡혀 있었다.

"말씀을 이해할 수 없습니다."

"그럼 설명해 주지. 제대로 설명해 주지 않았다가는 자네가 내 장난감을 망가뜨릴 것 같으니 말일세."

엠페라투스가 날개를 펴고는 반달리온의 주변을 천천히 돌았다.

"날개 달린 자들은 생물이면서 하나의 현상일세. 2세대까지는 그랬고 3세대부터는 그 힘을 자격자들에게 전승하는 구조를 갖고 있지."

"그 전승자들을 영주라고 하지요."

"그렇다네. 좀 배웠군."

엠페라투스가 속도를 줄였다.

"내 추종자라고 주장하는 자네들이 여기저기서 말썽을 부릴 때, 아르마게일은 '슬레이어'라는 존재를 만들겠다고 마음먹었다네."

반달리온은 엠페라투스가 아직도 추종자들을 졸개로조차 봐주지 않는다는 것에 다시금 실망했지만 그러한 점이 또 그의 매력이었기에 이상한 마음 따윈 품진 않았다.

"슬레이어의 존재는 저도 알고 있습니다. 하지만 실패했지 않습니까?"

"그렇다네. 우리의 옛 고향… 지금은 지구라고 불리는 그 행성의 생물들 가운데에서 날개 달린 자들의 '현상'에 저항하려

하는 존재는 단 하나뿐이었네. 바로 인간이었지. 하지만 인간은 그저 저항하려 하기만 할 뿐, 현상을 받아들이기에는 여러모로 부족했다네."

"자세히 아시는군요."

"아르마게일이 하도 실패를 해서 나도 관심을 갖게 됐거든. 아르마게일은 인간을 이용해 '정령술사'까지는 만들었지만 슬레이어라고 할 수 있는 존재는 만들지 못했네. 그나마 만들어낸 정령술사도 날개 달린 자들과의 교감이라는 마지막 단계를 성공하지 못하고 폭주하여 처분됐네."

엠페라투스가 반달리온을 보며 눈웃음을 지었다.

"인간의 가능성에 실망한 아르마게일은 제대로 된 슬레이어를 만들기 위해 고민했네. 설계는 내가 운캄타르와 결전을 펼칠 무렵에 완성됐고 내가 잠든 이후에 실행한 것 같더군. 그의 계획은 결국 성공했지."

"그 결과가 알타이르 행성인입니까?"

"그렇다네. 그는 날개 달린 자들이 일으키는 모든 현상의 원천, 즉 정령과 부담 없이 교감할 수 있는 생명체를 결국 찾아내어 슬레이어를 완성시킨 것일세."

엠페라투스의 날개가 다시 움직였다.

"아르마게일의 이론상, 제대로 만들어진 슬레이어는 날개 달린 자들의 모든 방어체계를 무시할 수 있다네. 나에게도 의미 있는 피해를 입힐 수 있지."

그는 다시 헤이파를 시야에 넣었다.

"그렇게 대단한 존재라면 하나쯤 갖고 싶어지지 않겠나? 그래서 최고를 낳은 최고를 이 행성으로 끌어들였지."

"그러한 이유로 메이건을 희생시키셨습니까?"

"그렇다네. 그것 말고도 희생시킬 이유는 또 있었지만 말일세."

"잘하셨습니다."

반달리온은 진심으로 감동하여 머리를 조아렸다.

"자네는 메이건에 대한 유감이 없는가?"

엠페라투스가 자신의 앞쪽에 자리 잡으며 질문하자 반달리온은 눈을 끔벅거리며 상대의 말뜻을 생각해 봤다.

반달리온과 다른 추종자들의 가장 큰 차이는 엠페라투스를 이해하고픈 마음이었다. 물론 그 이해라는 것은 따뜻한 아량 같은 것이 아니라 소유욕이나 다름없는 야망이었다.

"유감이라 하심은… 앞으로 다시는 메이건을 볼 수 없다는 말씀으로 들립니다만."

"그렇다네. 자네도 봤지 않나? 왕녀와 교감한 데스디아 브라토레의 힘을 말일세."

"헤이파 브라토레와 메이건을 교감시켜 슬레이어로 만든다면 분명 장난감 이상의 가치가 있을 겁니다."

뒤이어 반달리온의 눈빛에 근심이 어렸다.

"하지만 왕녀와 메이건은 근본이 다른 존재입니다. 왕녀는 3세대라고는 생각하기 힘들 만큼 강력합니다. 이 새로운 땅에서 태어났음에도 불구하고 3세대라기보다는 엠페라투스 님이나 운캄타르에 훨씬 가까운 존재이지요."

"왕녀가 가진 힘의 역량을 아는가?"

반달리온의 말에 흥미를 느낀 엠페라투스는 일부러 그의 기억을 읽지 않고 물었다.

"아닙니다. 느낌상 운캄타르에 가깝다는 것 외에는……. 하지만 의문점이 몇 가지 있습니다."

"무엇인가?"

"교육을 잘못 받은 것인지, 아니면 뭔가 결여된 것인지 모르겠지만 왕녀는 운캄타르와 달리 싸움에 대한 감이 거의 없습니다. 제가 알고 있는 운캄타르는 평소엔 온화하더라도 적이 나타나면 그 압도적인 파괴 능력을 유감없이 발휘했습니다. 그 점이 이상했습니다."

"아, 그것 말인가? 후후."

엠페라투스는 반달리온의 말에 실망했지만 덕분에 옛일을 추억할 수 있었다. 그 추억이 엠페라투스를 저절로 웃게 만들었다.

"운캄타르도 처음에는 파괴 능력이고 뭐고 전혀 알지 못했다네. 죽이고 싶을 정도로 착하고 순했지. 신들의 말도 고분고분 따랐다네."

그의 이야기에 반달리온이 자못 놀랐다.

"그렇습니까? 그럼 운캄타르는 어떠한 개조를 받은 것입니까?"

"개조 따윈 받지 않았네. 내가 직접 싸움의 이유와 방법을 일깨워 주었을 뿐이지."

"…듣고도 믿을 수 없군요. 엠페라투스 님과 운캄타르의 전투 기술은 그 본질부터가 다릅니다."

"음? 음… 내가 설명을 잘못한 것 같군."

엠페라투스는 반달리온을 당장 박살 낼까 하다가 그냥 친절을 베풀기로 했다.

"운캄타르와 나는 많은 이야기를 나눴네. 덕분에 운캄타르는 복종의 불쾌함과 자유의 상쾌함을 깨달았지. 그는 긴 고뇌 끝에 신들뿐만 아니라 자네들까지 두려워했던 그 '무장 제조' 능력을 비로소 완성할 수 있었다네."

2세대 드래곤들 가운데에서도 극소수만 알고 있던 그 이야기를 오늘에서야, 그것도 엠페라투스에게 직접 듣게 된 반달리온은 가슴이 뛰었다.

"역시 운캄타르는 어리석었습니다! 엠페라투스 님의 위대함을 접한 뒤에야 비로소 능력에 눈을 뜨다니 말입니다!"

엠페라투스는 기뻐하는 반달리온을 가만히 바라봤다.

'네까짓 것들이 뭐 그렇지……'

실망하여 단념한 그는 차라리 잘됐다는 듯 기분 좋게 눈웃음을 지었다.

"사실 나도 그에게 받은 것이 있다네."

"예? 무엇입니까?"

"그는 내 친구가 되어주었지."

"……."

반달리온은 정색하고 침묵했다. 그는 옛날에도, 그리고 지금도 운캄타르를 친구라고 말하는 엠페라투스의 생각을 알 수가 없었다.

"엠페라투스 님은 운캄타르보다 우월한 존재입니다!"

"그랬나? 하지만 난 그에게 많은 것을 배웠네."

엠페라투스는 눈을 감고 날개를 움직였다.

우주 공간에서의 날갯짓은 의미 없는 행동이었다. 그러나 엠페라투스에게는 아무 상관도 없었다.

그는 지금 기분 좋게 뛰어든 추억 속에서 헤엄치고 있었다.

"예절과 범절, 배려, 태도, 존중, 그리고 이해. 그는 미래를 위해 그 모든 것을 반드시 알아야 한다며 날 꾸짖고 열심히 가르쳐 주었지."

"……."

"난 어처구니가 없었다네. 그저 신들을 만족시키기 위해 만들어진 우리에게 미래 따위가 있을 것 같냐고 그에게 물었지. 그랬더니 그가 나에게 말하더군. 그럼 미래를 만들어보자고 말일세."

엠페라투스는 부드럽게 눈을 떴다.

"그리고 우리는 신들을 사냥했다네. 단둘이 투쟁하여 쟁취한 자유는 실로 달콤했지. 하지만 그 뒤에 찾아온 미래라는 것은… 멍청할 정도로 춥고 쓸쓸했다네."

"무슨 일이 있었습니까?"

반달리온이 다급히 물었다.

그를 바라보는 엠페라투스의 눈빛이 빙하처럼 식었다.

"음, 자네들 2세대는 우리가 청소한 땅에서 태어나 번영을 누렸지. 그런 주제에 그 누구도 나와 운캄타르를 이해해 주지 않았다네."

"……."

"자네들은 환상종 따위를 잡고는 우리 흉내를 내며 승리를 만끽했다네. 구역질이 날 정도로 건방졌지. 내가 고작 그런 꼴을 보기 위해 신들과 싸운 것인지 이해가 안 됐네. 하지만 운캄타르는 자네들의 찬양은 물론 저주까지도 모조리 품은 채 그저 즐거워했지."

엠페라투스의 몸에서 보라색의 아지랑이가 무서운 기세로 번졌다.

"난 네놈들에게서 내 친구를 되찾아야만 했어."

"에, 엠페라투스 님?"

엠페라투스가 잠시 흘린 기운에 압도되어 버린 반달리온은 목숨을 구걸하듯 그를 불렀다.

"후후, 농담일세."

아지랑이가 싹 가시며 엠페라투스의 모습이 드러났다.

"그 녀석보다는 내가 더 재미있다는 사실을 자네들 모두에게 가르쳐 주고 싶었네."

"그렇군요."

반달리온은 안도하여 긴장을 풀었다.

'가장 저렴한 죄악을 저질러 버렸군. 하지만 일을 망치는 것보다는 낫겠지.'

거짓말을 한 자신을 비웃은 엠페라투스는 다시금 날개로 자신을 감싸며 지상을 봤다.

"메이건에 대한 얘기로 돌아가세."

"예, 엠페라투스 님."

화제가 바뀌자 반달리온은 조금 더 긴장을 풀 수 있었다.

"자네가 느낀 그대로 왕녀와 메이건의 힘은 격이 다르다네. 긴말로 증명할 필요조차 없지. 같은 조건에서 교감한다면 왕녀와 손을 잡은 쪽이 압도적으로 강력하다네."

반달리온은 엠페라투스가 그걸 알고 있음에도 불구하고 헤이파를 얻으려 하는 이유를 알 수가 없었다.

"…엠페라투스 님의 말씀을 잘 모르겠습니다."

"아르마게일이 날 싫어한다는 것은 알고 있지?"

갑작스런 질문이었다.

"그것은 저뿐만이 아니라 2세대 모두가 알고 있습니다."

아르마게일에게 당하여 레투가의 고향에 매장됐던 기억을 떠올린 반달리온은 끓어오르는 치욕감을 억눌렀다.

"제가 마지막으로 목격한 아르마게일은 제정신이 아니었습니다. 신들의 기술로 스스로를 강화한 것 같았습니다."

엠페라투스는 '그럼 신들과 손을 잡은 너희는 뭐냐'라는 질문을 그에게 꽂아보고 싶었다.

하지만 더 자극적인 말이 그의 머릿속에 떠올랐다.

"아르마게일에게 신들의 기술을 가르쳐 준 것이 바로 나라네."

반달리온의 머리를 감싼 잿빛 비늘들이 창백하게 변했다.

"무슨 말씀이십니까?"

"나를 진심으로 증오한다면 내가 신들을 섭취하여 체득한 그 기술들을 배워보라고 했거든. 따라올 수 있을까 궁금했는데 그는 나름대로 잘 배웠다네. 덕분에 아르마게일의 이름과 모습이 내 기억에 선명히 남아 있지."

"……."

"아까 내가 같은 조건에서 교감한다면… 이라는 말을 했지?"

"그렇습니다, 엠페라투스 님."

"내가 저 슬레이어, 아니 정령술사를 성공적으로 손에 넣는다면 아르마게일은 얼마 못 가서 치욕감으로 인해 미쳐 날뛸 것이네. 자네와 함께 그 모습을 보고 싶군."

"기대하겠습니다, 엠페라투스 님."

반달리온은 자신이 그 순간을 맞이할 때 과연 표정을 관리

할 수 있을지 궁금했다.

엠페라투스는 눈을 감았다가 다시 떴다.

"음, 운캄타르의 도구가 메이건이 있는 곳에 거의 도달한 것 같군."

"어찌 아십니까?"

"난 파울라가 보는 것을 언제든지 엿볼 수 있다네. 작년에 살려주는 대신 수를 써놨지."

"아……."

파울라의 이름을 들은 반달리온의 표정이 미묘하게 무거워졌다.

엠페라투스는 같이 있는 자의 그 변화를 놓치지 않았다.

"호오, 자네도 파울라와 인연이 있었나?"

"…엠페라투스 님께는 숨겨도 소용이 없겠지요. 사실 파울라의 일로 엠페라투스 님을 딱 한 번 증오한 적이 있습니다."

"언제인가?"

"엠페라투스 님께서 파울라의 아버지인 바라쿠스를 죽였을 때입니다."

"흠, 이상하군. 바라쿠스는 운캄타르의 측근 중에서도 최측근인데… 자네와 연결고리가 있었단 말인가?"

"그가 저에게 환상종 사냥법을 가르쳐 줬습니다. 스승에 가까운… 아니, 스승이었습니다. 파울라와 저는 말을 섞은 적이 없지만 바라쿠스가 시간이 날 때마다 파울라를 걱정해서 모를 수가 없었습니다."

"바라쿠스 혼자 파울라를 키웠지. 파울라의 어미는 너무 빨리 죽었어. 바라쿠스는 죽는 그 순간에도 파울라를 걱정했다네."

"바라쿠스의 가족에 대해 아십니까?"

"조금."

반달리온은 엠페라투스가 그것으로 말을 그칠 줄 알았다. 하지만 엠페라투스는 얼마 못 가 머리를 좌우로 저으며 웃음소리를 냈다.

"그 어미에 대한 일 때문에 파울라가 다치는 꼴을 볼 수 없었다네."

"예?"

"파울라의 어미가 갓 태어난 파울라를 나에게 데려와서 축복을 부탁했거든. 겁도 없이 말이지."

"그녀는 사리분별력이 부족했다고 바라쿠스에게 들었습니다."

"두뇌의 기형 때문에 지능도 떨어지고 오래 살 수도 없었다네. 하지만 부족한 부분만큼이나 큰 사랑으로 바라쿠스와 파울라를 아꼈지."

"…그 어미 때문에 파울라를 보호하신 겁니까?"

"그렇다네. 그녀와 약속하기도 했고, 또 파울라도 어릴 적엔 나를 제법 따랐고."

반달리온은 옛이야기를 술술 풀어내는 엠페라투스의 모습을 다시 볼 수 있어서 기분이 좋았다.

"다들 행동을 멈췄군. 파울라가 무슨 짓을 하려는 거지?"

분위기는 엠페라투스의 그 말로 인해 다시 냉각되었다.

34
흥행 요소

그것은 치프와 일행이 엘리베이터에서 내린 뒤의 일이었다.

메이건이 있는 냉동실의 거대한 문을 바라보던 파울라가 갑자기 목소리를 내어 일행을 멈추게 했다.

"난 자네에게 거짓말을 했다네, 사장이여."

두꺼운 옷을 입고 올걸 잘못했다며 팔뚝을 매만지던 치프가 그녀를 돌아봤다.

"혹시 한 층 더 내려가야 하나요?"

"농담이 아닐세. 자네는 신에 대해서 알아보기 위하여 메이건을 깨우려는 것이 아닌가?"

파울라가 목소리를 높였다.

"그렇죠. 작년 일이라 희미하긴 한데, 장로님께서 신들에 대해 실존한 존재라는 것만 분명하다는 말씀 정도로 설명을 끝내셨잖아요? 운캄타르라는 분이 말씀을 해주시지 않아서 잘 모르겠다고 하셨고요. 그러니 메이건에게라도 물어봐야죠. 키드의 스승은 정확히 언제 올지 모르고요."

"난 신들을 내 눈으로 직접 봤다네. 생김새, 가치관, 사상. 다 알고 있지."

그녀의 말에 치프는 잠깐 위쪽을 바라보다가 조용히 한숨을 내쉬었다.

"장로님, 메이건이 깨어나는 게 그렇게 싫으세요? 아니면 저나 다른 누군가가 신들과 접촉하는 게 부담스러우신 건가요?"

"빅시티에 숨어 있는 신을 함부로 자극해선 안 되네! 자네의 친구를 포함한 수많은 사람이 처참하게 죽거나 변질될 게 분명하단 말일세!"

파울라가 정말 뭔가 안다는 투로 말을 하자 치프뿐만 아니라 다른 일행들의 표정까지 바뀌었다.

"친구라니, 누구 말씀이시죠?"

치프가 물었다.

파울라는 엠페라투스와 관련된 사건을 대할 때만큼이나 긴장한 표정으로 치프를 대하고 있었다.

'이건 또 무슨 상황이지?'

치프는 파울라가 왜 지금 이곳에서 그러는지 이해할 수 없었다. 하지만 진심임에는 분명하다고 느꼈기에 일단 그녀의 말을 들어보기로 했다.

"레투가 브라브리오 보안국장, 그리고 보안국 직원들 전체가 우선적으로 위험해질 것이네."

"보안국 건물 안에 신이 숨어 있을 거라는 얘기는 저번에 들으셨을 텐데요?"

"그것은 자네와 죠니만이 아니라 해군 정보부도 경우의 수 안에 넣고 있었네. 하지만 아무도 신을 찾아내지 못했지. 그것이 신의 실체를 본 적이 없는 자의 한계일세."

"…아무래도 장로님께선 그 신의 상태를 확실히 아시나 보군요."

"그렇다네."

그녀가 깨끗하게 인정했다.

치프는 이후의 대화를 어떻게 이끌어가야 할지 생각해 봤다.

'장로님께서 이상하게 흥분하신 것 같은데, 이대로 내가 필요한 정보만 훌쩍 듣고 끝난다면 장로님의 신용이 깎일 거야. 알케온과 젝스는 벌써 표정부터 엉망이라고.'

패닉에 빠진 둘과 달리 치프는 그녀가 거짓말을 했으며 지금 진실을 말해주려 한다는 사실에 흔들리지도, 감격하지도 않았다.

그에게 있어서 파울라는 애당초 그냥 성격 좋은 협력자였을 뿐, 뒤를 맡길 만한 존재는 아니었다. 믿은 적이 없기에 실망할 이유도 없는 것이다.

무엇보다 그는 데스디아가 파울라에게 의지하는 것을 본 적이 없었다.

'난 그냥 남을 안 믿지만 뎃디는 직감을 근거로 해서 세부적으로 판단하지. 그런 뎃디가 여태껏 장로님에게 직책 하나 주질 않았어. 그럼 내가 억지로 믿을 필요는 없잖아?'

하지만 치프는 그녀가 망가지는 꼴을 두고 볼 수는 없었다. 파울라를 위해서가 아니라 다른 사람들을 위해서였다.

'젝스는 정신적으로 크게 흔들릴 거고 알케온도 마찬가지야. 특히 알케온은 지금까지 있었던 각종 사건을 한 방에 장로님 탓으로 돌려 버릴 가능성이 있어. 만약 알케온이 장로님을 공격하기라도 하면 셀레스티아의 상심은 더 커지겠지.'

치프는 오른손으로 자신의 뒷목과 어깨의 연결점을 천천히 주물렀다.

'좀 도와드려야겠군.'

그는 다시금 동료들의 얼굴을 살핀 후 마지막으로 파울라를 봤다.

"장로님, 절 도와주실 생각이시라면 나중에 저에게 따로 얘기하셔도 되는 일 아닌가요?"

"……"

"지금 이 시점에서, 그것도 이 장소에서 그런 말씀을 하시는 건 아무리 생각해도 저와 메이건의 접촉을 막으려 하신다는 느껌밖에는……."

"아닐세."

파울라가 단호하게 말했다.

"엘리베이터에 오르기 전에 들었던 자네의 이야기가 마음에 걸렸네."

"남자가 미혼으로 마흔 넘으면 유식해진다는 거요?"

"말고!"

파울라는 치프의 농담에 화를 냈다. 반면 알케온과 젝스의 긴장감은 그 농담에 섞인 의도대로 약간이나마 누그러졌다.

"역사의 심판 말일세."

"아……."

"자네의 말대로 도리가 아니었어. 역시 난 장로의 그릇이 아니로군."

자신의 청문회 이야기가 그녀를 자극한 원인임을 알게 된 치프는 편하게 팔짱을 꼈다.

"너무 자책하지 마세요. 장로님의 거짓말과 침묵은 장로님 자신을 위한 것이 아니었잖아요?"

"그렇네만……."

"셀레스티아를 포함한 우리 모두를 걱정하셔서 그러셨겠죠. 그럼 이제 우리가 장로님을 도와드릴 차례예요. 부담 갖지 마시고 이야기해 주세요."

"알겠네. 고맙군, 사장."

파울라는 셀레스티아와 알케온, 젝스를 차례로 돌아봤다.

"왕녀 전하를 우롱할 생각은 없었습니다."

"부디 타당한 이유를 말씀해 주시기 바랍니다, 장로님."

알케온이 엄중한 표정으로 셀레스티아와 파울라 사이에 섰다. 젝스는 우물쭈물했지만 아까와 달리 파울라에 대한 의심을 갖진 않았다.

알케온보다 키가 큰 셀레스티아는 파울라를 향해 밝은 미소를 보냈다.

"부디 저의 기억을 봐주십시오."

파울라는 손바닥을 폈다.

천장을 향해 펴진 그녀의 손바닥으로부터 대량의 불꽃이 솟더니 형태와 색을 갖추면서 아주 세밀한 입체영상이 되었다.

알케온의 플라즈마 제어 능력과 이론상으로는 비슷하지만 실제로는 좀 더 복합적이고 세련된 기술이었다.

'플라즈마 전구의 점등 과정과 비슷하군. 아무런 틀 없이 가스와 금속을 이온화시킨다는 게 놀라워. 입체감도 있고 색의 재현도 훌륭해. 그냥 눈앞에서 보는 것 같군.'

입체영상을 보던 치프의 눈에 이상한 현상이 벌어졌다.

하늘에 떠 있는 구름 중에 하나가 하늘로 쏘아진 드래곤들의 숨결에 맞더니 기묘하게 꿈틀거렸다.

구름으로 둔갑해 있던 것은 회색빛의 고깃덩어리였다.

그 생명체의 곳곳엔 톱니바퀴와 용수철, 바퀴 등이 이리저리 섞여 내장 대신 꿈틀거리고 있었다. 기계식 구조와 생체 구조 모두 습기가 진득하게 맺혀 반짝거렸다.

드래곤들이 날아올라 숨결을 길게 토하며 그 괴물을 공격했다. 그에 대항하듯 그 고깃덩어리 괴물 주변에 주황색의 빛들이 방패처럼 맺혀 숨결들을 꺾거나 부쉈다.

뒤이어 수정처럼 맺힌 붉은색 빛들이 드래곤들을 향해 쏟아졌다. 그 고체의 빛들은 드래곤들의 단단한 비늘들을 젖은 종이마냥 꿰뚫고 찢었다.

드래곤들은 넝마가 된 동료들이 땅에 떨어지는 것도 아랑곳않고 끈질기게 공격을 이어나갔다.

"대충 봐서는 너비만 300미터 정도 되는 것 같네요."

"신들에게 있어서 크기는 의미가 없다네."

입체영상 속의 괴물체, 아니, 신은 하늘에서 급강하한 붉은색 드래곤의 꼬리에 꿰뚫리며 금속으로 된 내장을 대량으로 토해냈다.

방어 능력을 상실한 신은 뒤이어 쏟아진 공격을 버티지 못하고 폭발하여 엄청난 양의 빛을 사방으로 퍼뜨렸다.

빛이 번쩍 터진다기보다는 왈칵 쏟아진다는 느낌을 받은 치프는 턱을 만지며 머리를 굴려봤다.

'저건 그냥 빛이 아니군. 일종의… 강입자들인 것 같아. 저 입자를 고체 상태로 바꿔서 공격과 방어에 사용했다는 건가? 그렇다면 단단함과 질김, 날카로움이 대단할 거야. 아까 그 붉은

색 빛들 하나하나가 단분자 절삭기라고 생각하면 되겠지.'

정작 치프가 놀란 것은 그다음이었다.

땅에 떨어진 신의 고기 껍질에 드래곤들이 다가오더니 그것을 집단으로 뜯어 먹기 시작한 것이다.

'저게 뭐하는 짓이야?'

드래곤들이 아니라 초원에 남겨진 고기조각을 탐하는 하이에나들처럼 보였다. 몇몇은 그 조각들을 부상당한 동료들에게 가져가 먹이기까지 했다.

영상은 더 이상 이어지지 않고 거기서 사라졌다.

파울라는 손을 내리며 치프를 봤다.

"저것이 바로 신일세."

"…예, 역겹도록 인상적이군요. 그런데 너무 눈에 띄게 생겼는데요?"

"아까 말했듯이 저들은 어떤 형태든 취할 수 있다네. 크기도 조절할 수 있지. 내 기억을 통해 자네가 본 신의 모습은 그저 싸움과 위협을 위한 모습에 불과하다네."

"그럼 빅시티에 있는 신은 어떤 모습을 하고 있죠?"

"보안국… 본부 건물일세."

"네?"

치프가 움찔하여 눈을 크게 떴다.

순간 멍했던 다른 이들의 표정도 이윽고 경악으로 물들었다.

"잠깐만요. 보안국 본부 그 자체가 신이란 말씀이세요?"

치프가 제발 아니라는 말을 애원하는 듯한 눈빛으로 질문했다.

"그렇다네. 이 행성에서 가장 먼저 자리 잡은 외부 세력의 건물이 바로 보안국 본부라네. 그 건물은 지어진 게 아니라 행성 밖에서 지상을 향해 투하됐지. 보안국장에게 사실 여부를 확인해 보게."

"아뇨, 모든 개척행성의 보안국이 그런 식으로 세워진다는 얘기를 들은 적이 있어요. 보안국 건물은 개척을 위한 시작점이자 최후를 대비한 탈출선이기도 하죠. 잠입에 써먹기에 나쁘진 않은 방법이네요."

치프는 눈을 좌우로 움직이며 생각을 계속했다.

"그럼 신이 여태까지 보안국 본부로서 근면 성실하게 작동했다는 말씀이신가요?"

"그렇다네. 느낌상으로는 그 신이 일종의 첨병으로서 빅시티 지하에 있는 성왕 폐하와 왕녀 전하의 본체를 찾으려 했던 것 같네. 다만 서서히, 그리고 조용히 움직였겠지. 개미들이 집을 짓듯 말일세."

파울라는 한숨을 쉬었다.

"내가 알아차렸을 때는 이미 늦었지."

"얼마나 늦었나요?"

치프가 다소 집요하게 질문했음에도 불구하고 파울라는 사죄를 하듯 성실하게 답변을 이어나갔다.

"난 작년에 브리치와 함께 나타난 키퍼들이 탐색이라는 과정 없이 빅시티로 즉각 이동한 이유가 궁금했네. 처음에는 엠페라투스의 지시인 줄 알았네만 이후의 상황을 생각해 보니 그건 아닌 것 같고… 게다가 엠페라투스와 자네의 싸움으로 인해 빅시티의 건물 대다수가 타격을 입은 상황에서도 보안국 건물만은 큰 손상이 없었지."

"저도 그렇게 들었죠. 레투가 가구들만 좀 쓰러졌을 뿐이라며 신기해했거든요."

"느낌이 너무 좋지 않아서 보안국 건물의 지하를 살펴봤는데 뿌리 비슷한 것들이 자라고 있더군. 나와 그 신이 동시에 서로를 인식했다네. 그 이후 변질자들이 나타나 우리 회사를 습격해 왔지."

"아……."

"전부 나 때문일세. 난 혼자서 변질자들에게 대항하는 부사장을 볼 면목이 없었다네."

신의 정체만이 아니라 변질자들의 등장 이유까지 들어버린 치프는 잠깐 할 말을 잃었다.

"단순한 거짓말이나 침묵이 아니라 정말 답이 안 나와서 말씀을 못하신 거군요."

치프가 헛웃음을 터뜨리며 말했다. 치프 자신이 생각해도 해답을 내기 어려운 상황이었기 때문이다.

파울라도 쓴웃음을 지었다.

"만약 그 신이 자극을 받아서 공격적인 행동에 나선다면 빅 시티는 큰 위험에 처하게 되겠지. 대놓고 사람들을 대피시킨다면 신은 즉각 행동에 나설 것이네. 우리는 정체를 드러낸 신뿐만 아니라 엄청난 숫자의 변질자, 혹은 환상종들을 상대해야 할 거야."

"그렇겠죠."

치프는 한숨을 쉬며 머리를 만졌다.

그가 엠페라투스 이후 그렇게까지 막막한 모습을 보인 적은 없었기에 알케온과 젝스는 불안감을 느꼈다.

셀레스티아도 마찬가지였으나 그녀에겐 일단 파울라가 먼저였다.

"제가 오히려 장로님께 도움을 드리지 못했군요. 용서하십시오, 장로님."

"아닙니다, 왕녀 전하. 그저 피하려고만 했던 저에게 벌을 주십시오."

셀레스티아는 자신에게 고개를 숙이는 파울라에게 다가가 그녀를 껴안았다. 파울라는 고개를 숙이려다가 말고 팔을 내밀어 셀레스티아를 감쌌다.

마주 안은 둘을 한참 바라보던 치프는 좀 더 열심히 머리를 굴려봤다.

그러나 주변의 민간인들 및 보안국 직원들을 안전하게 대피시키고 신만 쏙 제거하는 대단한 작전 따위는 당장 떠오르지 않았다.

'벽이네, 완전.'

팔짱을 끼고 있던 치프는 손으로 다시 팔뚝을 만졌다.

"여긴 너무 추우니 올라가서 계속 얘기할까요?"

"아닐세. 메이건이 자네의 예상과 달리 멀쩡하다면 우리에게 도움을 줄 수 있을 것이네."

"그런가요?"

"물론 그녀가 적극적으로 협조할 때의 일이네만… 그녀는 나보다 훨씬 경험이 많은 2세대라네. 아까 보여준 신의 모습은 내가 아직 어렸을 때 봤던 것이라네. 하지만 당시 메이건은 현역이었지."

파울라의 말에 치프는 어깨를 으쓱 움직였다.

"그럼 열어서 깨워보죠. 밑져야 본전이니까요."

"그러세."

파울라는 확실히 편안해진 표정으로 개폐장치를 향해 걸어갔다.

파울라가 문을 열기 위해 개폐장치를 만지작거리는 사이, 치프는 추위를 이겨내려고 힘을 쓰다 못해 팔짱을 낀 채로 웅크려 앉았다.

가만히 그의 행동을 바라보던 젝스가 알케온의 소매를 잡았다.

"영주님, 사장을 좀 도와주시면 좋을 것 같습니다."

"하아, 허약한지고."

알케온이 힘을 발하자 치프의 전후좌우에 작은 불꽃들이 일어났다. 그 플라즈마 불꽃은 치프의 주위를 따끈하게 데워주었다.

"오, 좋은데? 근데 이 불꽃들 밖으로 벗어나면 끝인가?"

"내 능력으로 만들어진 불꽃이기에 자네를 계속 따라다닐 것이네. 너무 빨리 움직이지만 않으면 온도를 일정하게 유지할 수 있을 거야."

"하하, 잘 쓰지."

치프는 단말기를 꺼내어 자신의 주변에 있는 불꽃 중 하나를 찍었다. 알케온은 그 정도면 이 장소의 냉기를 막아낼 수 있을 거라고 확신했다.

이윽고 메이건이 보관된 장소의 문이 열렸다.

문이 열리면서 쏟아져 나온 엄청난 냉기는 치프의 표정을 순식간에 일그러뜨렸다.

"우와, 뭐야!"

치프가 비명을 지르자 알케온은 서둘러 그에게 보냈던 불꽃의 크기를 키우고 수를 늘렸다.

메이건이 갇힌 장소를 채운 냉각제는 치프뿐만 아니라 셀레스티아와 파울라, 알케온, 젝스의 몸을 서리로 덮을 만큼 강력했다.

"당황하지 마세요, 여러분."

모두를 보며 중얼거린 셀레스티아가 눈을 파란색으로 빛냈다.

그러자 문턱을 중심으로 드리워진 보호막이 시설 내부의 냉각제로 하여금 더 이상 열기를 빨아들이지 못하도록 만들었다.

'이곳의 온도를 올린 게 아니라 열의 흡수를 차단했어. 셀레스티아는 역시 똑똑해.'

치프는 안도의 한숨을 쉬었다.

두꺼운 금속의 문은 좌우로 천천히, 꾸준하게 열렸다.

문의 두께는 약 1.2미터였고 외부에도 각종 충격에 대비하기 위한 구조물들이 설치되어 있었다. 그냥 뭔가를 가두기 위한 장소라기보다는 큰 전쟁에 대비한 대피소처럼 보일 정도였다.

문이 반쯤 열리자 안쪽에 장치된 조명이 켜졌다.

창백하게 냉동된 드래곤, 메이건의 모습이 약간 푸른색이 섞인 조명 탓인지 서늘함을 넘어 쓸쓸하게 보이기까지 했다.

목은 물론 팔과 다리, 날개, 몸통, 꼬리 등등이 눈으로는 알 수 없는 광선의 그물에 엮인 채로 얼음덩어리 속에 들어 있었다. 오로지 머리만이 얼음 밖에 나와서 일행과 마주하고 있었다.

문이 전부 열리자 파울라는 셀레스티아와 눈빛을 나눈 뒤 메이건의 머리 쪽으로 걸어갔다.

파울라의 오른팔이 불꽃으로 된 고리에 휘감겼다. 치프로서는 처음 보는 능력이었는데, 그 불꽃의 고리가 메이건의 앞쪽에 설치된 묘비 형태의 기계와 반응했다.

그 기계에는 커다란 다이얼이 있었다. 그 다이얼이야말로 파울라의 불꽃의 고리와 반응하는 원천이었다.

"메이건의 몸에는 아무 이상이 없습니다, 왕녀 전하."

파울라가 보고했다.

"그럼 머리만 자유롭게 해주세요."

셀레스티아가 지시했다.

"알겠습니다, 왕녀 전하."

파울라의 팔에 맺힌 불꽃의 고리가 사람의 손을 대신하여 기계에 장치된 다이얼을 돌렸다.

"만약 날개 달린 자들을 이곳에 데려올 수 없으면 어떻게 그 장치들을 다루죠?"

치프가 조금 큰 소리로 물었다. 다이얼이 돌아가는 소리가 그만큼 컸기 때문이다.

"열쇠를 부사장에게 맡겼다고 라이트스톤에게 들었네."

파울라가 대답했다.

"라이트스톤이 열쇠 말고 다른 건 안 줬나요? 털모자라든가."

"…자네의 불만이 무엇인지 알고 있으니 집중 좀 할 수 있도록 도와주게. 제발."

치프가 입을 다문 뒤, 파울라는 라이트스톤에게 배운 대로 다이얼을 움직여서 해동 부위를 머리로만 한정시켰다.

모두가 긴장하는 사이, 메이건의 머리에서 서리들이 떨어지고 그 색이 점차 뚜렷해졌다.

치프는 단말기로 메이건의 체온을 측정해 보려고 했으나 알케온이 그의 주변에 깔아놓은 불꽃들 때문에 수치가 교란되고 말았다.

'이 불꽃들을 치워 버리면 내가 얼어버릴 것 같고⋯⋯. 할 수 없지.'

단말기를 넣은 치프는 서서히 눈을 뜨는 메이건에게 시선을 집중했다.

"아⋯ 아⋯⋯."

깨어난 메이건의 입에서 나온 소리는 고작 그것뿐이었다.

파울라는 뒤로 물러나서 두 팔을 흔들었다.

"메이건, 내가 보이시오? 바라쿠스의 딸인 파울라라오!"

"파울라⋯⋯?"

메이건은 무기력한 표정으로 파울라와 셀레스티아 등을 돌아봤다.

이윽고, 메이건은 턱으로 파울라를 가리켰다.

"파울라."

그녀의 이름을 중얼거린 메이건은 그녀는 자신 쪽으로 턱을 굽혔다. 자신을 가리키는 듯한 몸짓이었다.

"메이건?"

당신이 파울라고 자신이 메이건이냐는 질문이었다.

"그렇소. 내가 파울라고 당신이 메이건이오. 묻고 싶은 게 아주 많소, 메이건이여."

"메이건, 메이건!"

메이건은 자신의 이름을 되뇌며 즐거워했다.

알케온이 당황했다.

"장로님, 대체 무슨 일입니까? 메이건이 장난을 치는 것입니까?"

"아무래도 유아퇴행 같은데?"

치프가 말했다.

"유아퇴행이라고?"

알케온이 묻자 치프가 씁쓸히 고개를 끄덕였다.

"나한테 고문을 받은 녀석들이 자주 저렇게 됐어. 내가 아는 유아퇴행 증상보다는 좀 평화롭지만… 비슷해."

"그건 인간에게나 통하는 일이다! 왕녀 전하, 메이건을 살펴봐 주십시오!"

"예, 알케온 경."

셀레스티아의 몸에서 백금의 빛이 일어났다.

그녀는 메이건의 기억을 수차례 읽어봤다. 그러나 오직 하나의 결론만을 얻을 수 있었다.

"이럴 수가……?"

"왕녀 전하?"

알케온이 답을 재촉하듯 셀레스티아를 불렀다.

"그녀의 현재 상태는 갓난아이와 비슷합니다. 그녀는 자신의 이름이 메이건이라는 사실을 지금 알았으며 그 외의 기억은…
없습니다."

셀레스티아는 황망한 표정으로 메이건을 바라봤다.

"아무래도 뭔가를 추궁하기 전에 걷고 뛰는 방법, 날갯짓을
하는 방법, 음식을 먹는 방법부터 가르쳐야 할 것 같군요."

"일시적인 증상입니까?"

알케온이 다시 묻자 셀레스티아는 고개를 저었다.

"뭔가가 그녀로부터 그 모든 것을 빼앗아간 것 같네요. 대체
어떻게 된 일이죠?"

"아아……."

그녀에게 아무것도 얻을 수 없음을 깨달아 버린 알케온은
안타까움에 한숨을 터뜨렸다. 젝스는 도움이 되지 못하는 자신
을 탓하듯 모자를 깊게 눌러썼다.

하지만 파울라는 자신을 순진한 눈빛으로 바라보는 메이건
에게 옅은 미소를 보냈다. 메이건은 자신을 그렇게 대해주는 파
울라가 좋았기에 오로지 그녀에게만 신경을 썼다.

치프는 손목시계로 시간을 확인했다.

"장로님, 예상대로 라이트스톤이 뭔가 저지른 게 틀림없어요.
이제 그만 쉬도록 해주죠."

"으음……."

파울라는 자신을 물끄러미 바라보는 메이건의 턱 부분을 손
으로 만져주었다. 메이건은 그녀의 손길이 좋았는지 해맑게 웃

었다.

"자네의 말이 맞군. 이제 헤어질 시간이야, 메이건. 나중에 보자."

메이건의 턱에 키스해 준 파울라는 냉동장치를 다시 작동시켰다.

메이건은 파울라를 또 보고 싶었으나 그 마음을 표현할 방법이 떠오르지 않아 그냥 바라보기만 했다.

메이건을 동결하고 문을 닫은 일행은 다시 침울해졌다.

"이제 밖에서 얘기하는 것 말고는 방법이 없는 것 같군."

파울라는 자신에게 남은 미련을 닦아내듯 메이건이 갇힌 문을 두어 번 쓰다듬었다.

"장로님께서 말씀해 주신 이야기야말로 가장 가치가 있었어요."

치프가 말했다.

"덕분에 메이건에게 아무것도 얻지 못했어도 본전치기를 할 수 있었죠."

"그러면 다행이네만… 빅시티에 있는 신을 축출하여 제거할 방법이 우리에게 있겠나?"

"지금으로썬 딱히 떠오르지 않네요."

치프는 일행을 향해 팔을 크게 움직였다. 돌아가자는 뜻이었다.

모두가 허탈감을 억누르며 그의 뒤를 따라갔다.

엘리베이터에 탄 치프에게 셀레스티아가 물었다.

"치프."

"응, 얘기해."

"라이트스톤은 정말 나쁜 사람일까?"

"돈을 위해선 뭐든 하는 사람이라고 네가 얘기했잖아?"

치프의 대답에 셀레스티아는 우울한 표정이 됐다.

"그런데 그 아저씨가 묘한 짓을 했어. 메이건은 입막음이 됐고, 알케온이 목격한 것도 있고, 또 알타이르인과도 어떤 관계가 있다는 게 밝혀졌지. 하지만 급한 건 그 아저씨가 아니야."

"빅시티에 있는 신?"

"맞아. 아, 그런데 답이 안 나와."

치프는 엘리베이터의 벽을 주먹으로 밀듯 쳤다.

"사람들을 대피시키려고 폼만 잡아도 그 신이 눈치채고 일을 벌일 거야. 보안국 건물 주변의 인구밀도도 엄청나서 그냥 그런 핑계거리로는 다들 꼼짝도 안 할 거야. 누구 좋은 생각 있는 사람?"

치프의 질문에 대답하는 사람은 아무도 없었다.

"제길, 이놈의 엘리베이터는 왜 안 움직여!"

엘리베이터가 준비 중이라는 메시지만 띄울 뿐 꼼짝도 하지 않자 결국 치프가 이마로 벽을 들이받았다.

엘레베이터는 그로부터 1분이 지난 후야에 지상을 향해 움직였다.

　　　　　*　　　　　　*　　　　　　*

　하늘을 보며 걸어가는 소녀가 한 명 있었다.

　진한 파란색의 눈동자는 보석처럼 매력적인 빛깔을 띠었다. 인공적인 것과는 거리가 먼 분홍색의 머리카락이 바람에 휘날려 그 눈동자 위를 사르르 움직였다.

　데스디아에게 배운 대로 건하운드를 작동시켜 보던 헤이파가 문득 그 소녀를 발견했다.

　신장은 포프보다 조금 작았고 몸은 안쓰러울 정도로 깡말랐지만 헤이파는 그녀를 평생 잊을 수 없을 것이라 생각했다.

　그 소녀의 분홍색 단발 위에 희미한 빛의 고리가 떠 있었기 때문이다.

　"첫째야, 저것이 무엇이냐?"

　모친의 부름에 데스디아가 즉시 움직였다.

　"아, 저 아이가 바로 요르엘입니다. 요르엘 카파 델 시에로 미카엘라. 엠피레오 행성인이지요."

　"너희 회사 직원이 맞느냐?"

　"예. 최근 몸이 아파서 의무실에만 계속 있었답니다. 잠시 기다려 주십시오, 어머님."

　모친의 양해를 구한 데스디아가 그 분홍색 단발 소녀에게 다가갔다.

"안색이 안 좋구나. 의무실을 나와도 괜찮은 것이냐?"

"응… 부사장."

소녀가 하늘을 가리키며 계속 앞으로 걸었다. 데스디아는 그녀의 앞을 가로막고 싶지 않았기에 옆으로 피했다.

"저곳에서 우리의 보금자리를 바라보는 자들이 있어."

"하늘에서?"

데스디아는 하늘을 쳐다봤지만 딱히 보이는 것은 없었다.

"봐선 알 수 없어, 부사장. 불러야만 해. 부른다고 이곳에 오는지는 모르겠지만."

"불러? 이름을 알고 있나?"

"응."

걸음을 멈춘 요르엘이 두 팔을 늘어뜨리며 땅에서 살짝 떠올랐다.

"엠페라투스, 그리고… 음… 반달반달?"

회사 내의 모두가 요르엘의 말과 행동에 어리둥절해하는 가운데, 대기권 밖에 있던 엠페라투스는 날개를 좀 더 크게 펼치고 눈을 사납게 빛냈다.

"약 두어 달 전부터 저 회사 근처를 지날 때마다 불쾌감을 느꼈는데, 이유를 알 것 같군."

"무슨 말씀이십니까?"

"번식이 가능한 오토마톤이 저곳에 있네. 오토마톤은 신들이 만든 자율 병기지."

"…말씀이 조금 어렵습니다만."

반달리온의 반응에 엠페라투스는 답답함을 느꼈다.

"스스로 판단하여 움직이는 생체 병기라 생각하면 된다네. 환상종의 일종이긴 하지만 다른 환상종들과는 달리 오직 우리 날개 달린 자들과 싸우기 위해서 만들어진 녀석들이지."

"그렇게 강력합니까?"

"싸울 기회는 없었다네. 운캄타르가 오토마톤의 창조주를 일찌감치 해치워 섭취했거든. 그 이후 방황하던 오토마톤들은 한곳에 모여 회의를 한 후 우리의 고향을 떠났네. 그런데 저기서 '저걸' 만날 줄은 꿈에도 몰랐군."

설명을 들은 반달리온이 긴장했다.

"엠페라투스 님께서 이토록 경계하실 줄은 몰랐습니다."

"경계라기보다는 신기해서 말일세. 오토마톤의 얼굴과 특징은 모두 기억하고 있는데 저 모델은 본 적이 없다네. 번식이 가능하다는 말이 거짓은 아니었나 보군."

"저로서는 당신의 말씀을 이해할 수 없습니다, 엠페라투스 님."

반달리온이 걱정하는 이유가 있었다. 엠페라투스에게서 성급함을 느꼈기 때문이다.

"일이 조금 급해졌네."

"예?"

"오토마톤들이 알아서 여기로 왔을 리는 없거든. 왕녀는 물론이고 나에게서도 자신의 정체를 은폐해 왔는데… 이상해. 재미고 뭐고 바로 해치우는 게 낫겠어."

엠페라투스의 몸에서 보라색의 살기가 흘러나왔다.

"지시를 내려주십시오."

반달리온이 기쁘게 말했다.

"자네의 부하들을 저 회사로 모조리 집합시키게."

"알겠습니다, 엠페라투스 님!"

엠페라투스가 급강하하는 사이 자신의 부하들에게 소집의 신호를 보낸 반달리온은 한발 늦게 엠페라투스를 따라갔다.

반달리온 주변의 공간이 수없이 일그러졌다. 그 일그러짐 속에서 튀어나온 것은 반달리온이 이 땅에서 회유한 젊은 드래곤들이었다.

한편, 요르엘의 모습을 가만히 관찰하던 데스디아가 불현듯 자신의 건하운드를 들고 전원을 올렸다.

"전원 전투태세! 적들이 온다!"

옆에 있던 포프가 깜짝 놀랐다.

"부사장님?"

데스디아가 그녀에게 눈총을 줬다.

"내 말이 안 들렸나? 전투태세!"

"아, 알겠습니다!"

포프는 전투복의 헬멧을 쓴 뒤 건하운드를 들었다.

사만다와 죠니, 조셉, 딕슨은 이미 준비를 마친 채 헬멧에 들어 있는 전자망원경으로 하늘을 관찰하고 있었다.

로켓 역시 수송기의 모든 무기를 발사대기 상태로 바꾼 후 레이더와 조종석 밖을 쉴 새 없이 살폈다.

"어이, 부사장. 일단 준비는 했소만 대체 뭐가 오는 거요? 변질자? 드래곤?"

—드래곤일 가능성이 커.

"기뻐서 방광이 들썩거리는군. 저번에 병원에서 마주쳤던 그 녀석이오?"

—그놈뿐만 아니라 엠페라투스도 껴 있을 것 같아.

엠페라투스라는 말에 로켓의 수염투성이 얼굴이 파랗게 변했다.

"급한 용무가 떠올라서 그러는데, 잠시 빅시티에 다녀오면 안 되겠소?"

—수송기에서 내려서 걸어간다면 허락하지.

"아니, 다른 녀석도 아니고 엠페라투스라면……."

로켓은 순간 조종간과 페달, 가속기를 고속으로 움직였다. 코끼리처럼 육중한 수송기가 자신에게 돌진해 오던 잿빛의 드래곤을 마치 말벌이라도 된 양 강하고 빠르게 회전하여 간단히 따돌렸다.

"아, 그래! 이 녀석은 엠페라투스가 아닌 것 같군! 내가 무사한 걸 보니 말이야!"

로켓이 그런 식으로 위기에서 벗어나는 모습을 자주 봤던 회사 직원들은 일단 한숨을 돌렸으나 땅에 착지하여 포효하는 잿빛의 드래곤 때문에 긴장을 늦출 수는 없었다.

그러나 상황은 시시각각 최악으로 치달았다.

가장 먼저 회사에 착지한 잿빛의 드래곤, 반달리온을 뒤따르듯 형형색색의 젊은 드래곤들이 급강하하여 회사를 포위하듯 자리 잡은 것이다.

회사 주변에 깔린 드래곤들을 돌아본 헤이파는 여기서 뭘 어떻게 해야 할지 떠오르지 않았다.

메이건 하나가 깨어나서 난동을 부릴 때도 냉정함을 유지하기가 힘들었는데 10여 개체 이상의 드래곤이 동시에 나타나니 그녀마저도 패닉 상태에 빠졌다.

"첫째야, 혹시 이 회사의 일일 행사가 이런 것이냐?"

그녀의 넋 나간 질문에 데스디아가 한숨을 쉬었다.

"그건 아닙니다만. 아직 끝나지 않았습니다, 어머님."

데스디아의 말을 증명하듯 보라색의 작은 드래곤 하나가 회사의 기숙사 옥상에 내려와 앉았다.

"실례를 하겠다, 그라니트 용역의 졸개들이여. 일을 망치기 싫어서 말이지."

엠페라투스가 씩 웃으며 말했다.

엠페라투스와 반달리온을 감지하여 깨어났던 소녀, 요르엘이 엠페라투스를 돌아봤다.

"당신이 엠페라투스?"

엠페라투스가 요르엘과 시선을 마주했다.

"대기권 밖에 있던 나를 감지한 주제에 이름을 또 묻다니, 오토마톤 주제에 이 무슨 무례인가?"

"내가 당신을 실제로 본 건 오늘이 처음이거든."

요르엘의 머리 위에 떠 있는 고리가 더욱 밝게 빛났다.

"하이시리스 님의 말대로 당신은 현재 온전한 상태가 아니야. 지금이라면……!"

요르엘의 뒤쪽으로 직선과 곡선, 원, 사각형이 복잡하게 중첩된 도형이 떠올랐다. 그 빛으로 된 구조물의 크기와 규모는 기숙사와 맞먹었다.

"건방진!"

엠페라투스의 눈이 번쩍 빛나자 보라색의 충격파가 땅을 질주하여 요르엘의 작은 몸을 강타했다.

그 충격파에 맞아 날아간 요르엘은 팔다리가 떨어지고 허리까지 끊어지며 땅을 나뒹굴었다.

포프는 그 끔찍한 광경에 경악할 뻔했다. 하지만 요르엘의 찢어진 피부 사이로 보이는 것은 피와 살이 아니라 석고상이나 분필의 단면과도 같은 것들이었다.

"나도 온전치 않지만 너 역시 마찬가지로구나. 오토마톤이 있다는 사실 때문에 엉겁결에 내려온 나도 참 멍청하군."

중얼거린 엠페라투스가 살짝 떠오르는가 싶더니 데스디아의 옆을 스치듯 날아갔다.

데스디아는 그의 습격을 막기 위해 팔을 뻗어봤지만 그녀의 오른팔 팔뚝이 상대의 힘을 견디지 못하고 반대 방향으로 꺾였다.

헤이파를 손에 넣은 엠페라투스는 왼손을 들었다. 그 신호에 맞춰 반달리온을 포함한 모든 드래곤이 입을 벌리고 숨결을 토해낼 준비를 했다.

"엠페라투스답지 않은 짓을 하는군! 대체 뭘 원하는 건가?"

데스디아가 뒤로 꺾인 팔꿈치를 다시 맞추며 일갈했다.

"너희들이 워낙 멍청하고 답답해서 내가 직접 해결책을 마련하려는 것뿐이다, 정령술사여. 난 시간뿐만 아니라 무기까지도 너에게 줬지. 하지만 넌 아무것도 해결하지 못했어."

"네가 알려준 방법대로 브리치를 떨어뜨리지 않았나?"

"그래, 하지만 방어에 급급했지. 내가 너에게 원한 것은 회사의 운영이 아니다, 정령술사여. 바로 신의 사냥이다."

"이런 억지를……!"

데스디아는 이를 갈았지만 주변의 상황이 너무 험악한 관계로 꼼짝도 못했다.

"난 참았다. 널 대신할 장난감이 없었거든. 그러나 이제는 그렇지 않지."

엠페라투스는 오른손에 쥔 헤이파를 들어 올렸다.

"난 여러모로 한계에 달했다. 네 무능함을 반성해라, 정령술사여!"

데스디아를 비롯한 모든 이는 여기서 자신들의 모든 것이 끝날 거라 생각했다.

하지만 엠페라투스의 왼손은 움직이지 않았다.

데스디아와 그라니트 용역의 직원들은 물론 드래곤들까지도 의아하여 엠페라투스를 바라봤다.

"나타나지 않고 뭘 하는 것이냐, 운캄타르의 도구여?"

"아, 미안. 생각 좀 하느라."

치프가 두 손을 머리 위로 든 채 던전의 출입구 밖으로 나왔다. 그 뒤로 셀레스티아와 파울라, 알케온, 젝스가 줄줄이 걸어 나왔다.

치프의 뇌리에 데스디아와 헤이파, 셀레스티아가 차례로 지나갔다.

'이건 오늘 당장 터진 일이 아니야. 누적된 일이 폭발한 거야. 엠페라투스만 봐도 그렇지. 너무 성급해. 실제로도 뭔가에 쫓기는 듯한 모습으로 나를 보고 있어.'

그는 자신이 여기서 어떻게 결론을 내리느냐에 따라 이번 일의 결말이 바뀔 거라는 것을 직감하고 있었다.

치프는 데스디아와 엠페라투스에 대한 것을 생각해 봤다.

'엠페라투스는 스트라투스라는 칼을 데스디아에게 주면서 브리치를 떨어뜨리라고 했지. 브리치의 조각을 팔아서 부자가 되라는 뜻은 아닐 거야.'

그는 이어서 파울라를 봤다.

'신이 정체를 들킨 이후 변질자들을 이곳으로 보냈다고 장로님께서 말씀하셨지? 데스디아는 엠페라투스가 준 칼로 그 변질자들을 잡았어. 전부 봉고잭처럼 그 칼에 썰리고 분해됐겠지. 그런데 엠페라투스가 그런 짓을 하라고 스트라투스를 줬을까?'

치프는 실성한 사람처럼 고개를 저었다.

'스트라투스가 그냥 좋기만 한 칼이었으면 변질자들을 보낼 이유가 없어. 그건 신들에게도 치명상을 입힐 수 있는 무기임이 분명해. 브리치를 썰어대는 것처럼 신들도 썰어낼 수 있겠지. 신들은 그게 겁이 나서 위치가 발각되는 걸 감수하고 변질자들을 보냈을 거야. 그래, 스트라투스를 준 진짜 목적은 신의 사냥이야.'

거기서 치프는 고개를 갸웃거렸다.

'엠페라투스 씩이나 되는 놈이 왜 남에게 신을 사냥하라고 시킨 걸까?'

그는 이해할 수 없었다.

'녀석은 그 옛날에 운캄타르와 함께 신을 몰살시킨 녀석이잖아? 기술과 경험만 따지자면 베테랑 중에 베테랑이야. 어지간한 신들은 뒷걸음질로도 잡을 수 있을 거야. 그런데 지금은 뒷방의 늙은이마냥 쪼그라들어서는 말만 주절거리고 있지. 알타이르 행성에서도 직접적으로 힘을 발휘한 적은 없어. 왜까?'

치프는 생각을 정리했다. 그리고 자신이 오늘 봤던 것 중에서 가장 중요한 것을 추려봤다.

'내가 엠페라투스라면……'

이윽고, 치프가 결론에 도달했다.

"이봐, 친구. 혹시 네가 원하는 게 뭔지 내가 알아맞히면 군말 없이 날 도와주지 않겠어? 너한테도 좋은 일이 될 텐데?"

치프의 외침을 들은 엠페라투스가 호기심에 눈을 반짝거렸다.

"호오……?"

반면 반달리온은 치프가 엠페라투스를 '친구'라고 한 것에 흥분하여 이를 부드득 갈았다.

"이 쥐새끼 같은 놈이 감히!"

"그만하게, 반달리온이여. 들어본 뒤에 죽여도 늦지 않네."

엠페라투스는 헤이파를 손에 꼭 쥔 채 치프의 앞으로 부드럽게 날아와 자리를 잡았다.

본래의 크기보다 줄어들긴 했지만 엠페라투스는 여전히 한 입에 치프를 박살 낼 수 있었다.

"내가 지금 원하는 게 뭔지 말해봐라, 운캄타르의 도구여. 기회는 한 번뿐이다."

"뭐긴, 신들의 고기잖아?"

치프의 입에서 말이 나온 직후, 회사 부지 내에 긴 정적이 흘렀다.

팔을 내린 치프는 검지로 엠페라투스를 지적하며 씩 웃었다.

"너, 작년에 나한테 박살 난 몸이 아직 온전치 않은 것 같던데? 그걸 치료할 수 있는 방법이 딱 두 가지겠지? 긴 시간, 그리고 신의 육체 말이야. 너희가 신을 섭취했다는 말을 간간히 들었지만 그땐 그러려니 했는데, 다시 생각해 보니 꼭 귀한 보약이나 영양소로 치는 것 같군. 데스디아를 이용해서 신을 끌어들인 뒤 그 고기를 얻으려 했지?"

"흠, 근거가 있나?"

엠페라투스가 물었다. 치프는 어깨를 으쓱했다.

"장로님께서 아까 보여주신 영상에서 그런 게 나왔어. 난 단순한 세리모니인 줄 알았는데 드래곤들이 신들의 고기를 부상자들에게도 먹이더군. 이쯤이면 증명된 것 같은데?"

"후후……."

쓴웃음을 지은 엠페라투스는 고개를 천천히 저었다.

"가능하면 숨기고 싶었는데 다 헤집어놨군. 네가 옳다, 운캄타르의 도구여. 약속대로 네놈을 돕기로 하지. 소원이 뭔가?"

"신을 잡는 거지."

"……."

"흠, 표정이 왜 그래? 너한테도 좋은 일이 될 거라고 했잖아?"

치프는 여유를 부렸다. 하지만 그의 표정은 데스디아의 무릎치기에 복부를 맞으며 무너지고 말았다.

"멋대로 결정할 게 따로 있잖아! 혹시 당신이 엠페라투스를 상대로 저지르려 했던 도박이 실패했다면 어쩌려고 그랬어? 내 어머니는 물론 회사 사람 전부가 죽었을 거라고!"

"……."

치프는 대답하지 못했다. 틀린 말이 아니기도 했고, 데스디아에게 얻어맞은 부위가 지나치게 아팠기 때문이다.

엠페라투스는 눈앞에서 뒹굴뒹굴 구르는 치프를 한참 바라봤다. 그는 데스디아에게 뭔가 얘기하고 싶었지만 이런 상황에 끼어들기도 싫었기에 그냥 가만히 있었다.

조금 뒤, 충격에서 조금 회복된 치프는 배를 붙들고 일어났다.

"음… 소원까진 됐고, 신을 안전하게 처리하기 위한 회의를 해보자고."

"회의?"

엠페라투스가 짧게 물었다.

"계획을 잘 짜야 멀쩡한 상태의 신을 먹을 수 있다는 것만 알아둬. 이 자리에서 신의 고기 따위에 흥미가 있는 놈은 너밖에 없다고. 지금부터 내가 하는 얘기 중에서 틀린 게 있으면 얘기해 봐."

"후후, 그러지."

엠페라투스는 치프에게 더욱 가까이 다가갔다.

그 와중에도 엠페라투스는 손에 쥐고 있는 헤이파를 내려놓지 않았다. 게다가 그쪽에 집중한 신경의 밀도가 상당했다.

만약 데스디아가 헤이파를 구하기 위해 조금이라도 움직인다면 최악의 상황을 일으킬 태세였다.

엠페라투스 측의, 정확히는 반달리온 측의 드래곤들이 지켜보는 가운데 치프가 말했다.

"넌 빅시티에 신이 있다는 사실을 처음부터 알고 있었지?"

"있다는 사실만 알고 있었을 뿐, 정확한 위치와 형태는 모르고 있었지."

엠페라투스가 솔직히 대답했다.

"하긴, 알고 있었으면 이쪽 사람들 사정은 봐주지 않고 거지처럼 뜯어 먹었겠지."

"무슨 말인지 모르겠군."

엠페라투스가 의아해하자 치프가 피식 웃었다.

"네가 실망스러울 정도로 어리석었다는 뜻이야."

치프의 발언에 반달리온이 살기를 흘리며 분노했으나 엠페라투스가 날개를 들어 그를 제지했다.

"잘 들어, 엠페라투스. 나를 돕기로 약속했으니 성급하게 움직였다가는 여러모로 곤란할 거야. 나한테 배짱부릴 상황이 아니라는 건 알지?"

그의 도발적인 언행에 결국 반달리온이 눈을 뒤집으며 분노를 토했다.

"건방진 미생물 같으니! 네가 처한 상황을 알긴 하느냐?"

"흥, 넌 알아?"

치프의 오른쪽 눈과 팔다리에서 빛이 일어났다. 그 힘에 응하듯 회사 주변의 땅이 갈라지면서 그가 만든 대형 전함 20여척이 우렁차게 솟아올랐다.

치프는 밝게 빛나는 오른쪽 눈으로 반달리온을 봤다.

"이건 나랑 엠페라투스의 대화야. 우두머리끼리의 담판이라고! 너 말인데, 엠페라투스가 널 대하는 투로 봐서는 그냥 뒤를 따라다니면서 어깨에 힘주는 놈으로밖에 안 보이거든? 닥치고 듣기나 하시지!"

"으윽……!"

반달리온은 더욱 화가 났지만 엠페라투스가 가만히 있었기에 결국 눈을 질끈 감으며 살기를 거뒀다.

"다시 얘기하자고."

치프가 말했다.

"신이 숨어 있는 장소는 보안국 본부 건물이야."

치프의 이야기를 들은 엠페라투스가 고개를 갸웃했다.

"본부 건물 안에 있다는 건가?"

"건물 그 자체야."

"호오."

엠페라투스가 미소를 지었다.

"인간이나 그 외의 생물로만 둔갑했을 거라고 생각했던 것이 실수였군. 보안국 본부 건물이라… 후후, 재미있겠어."

데스디아를 비롯한 던전 외부에서 대기하고 있던 모두는 보안국 본부 건물이 신이라는 이야기에 대단히 경악하고 있었다.

라켓과 사만다, 조셉, 딕슨, 포프, 그리고 어느새 회사 어딘가로 이동하여 반달리온의 머리를 대공포로 노리고 있는 죠니까지도 마찬가지였다.

엠페라투스에 의해 몸이 박살 난 상태인 요르엘은 치프와 엠페라투스의 대화를 조용히 들으며 치프를 분석했다.

'엠페라투스를 두려워하지 않아. 아니, 오히려 상대와 동질감을 느끼고 있어. 정체가 뭐지?'

이어서 치프가 말했다.

"그래서 말인데… 여기부터가 본론이야."

"본론?"

"난 보안국 본부 안에 있는 사람들은 물론 그 주변에 살고 있는 사람들에게까지 피해를 주지 않고 신을 축출해서 잡고 싶어."

"그런가? 꿈을 꾸고 싶다면 일단 잠이나 자라, 운캄타르의 도구여. 내 뱃속에서 아늑하게 시간을 보내도록 만들어주지."

엠페라투스는 어처구니없다는 투로 응답했다.

하지만 치프는 진지했다.

"이건 헛소리가 아니야. 네가 협조해 주면 가능해."

이번엔 치프의 동료들 쪽에서 비웃음이 터졌다.

"엠페라투스의 협조? 사장, 혹시 엠페라투스의 힘을 이용해서 보안국 본부와 그 주변의 사람들을 다른 곳으로 이동시킬 생각인가?"

말을 꺼낸 사람은 알케온이었다.

"그럼 건데?"

"미안하지만 엠페라투스는 그 힘을 사용할 수 없어. 대규모 입자 조작은 그의 몸 상태가 최고에 달해야만 가능한 일이야."

엠페라투스는 그 젊은 영주를 가만히 바라봤다.

알케온의 지적은 분명 정확했다. 하지만 엠페라투스의 눈에는 치프가 그딴 것도 생각 못하고 주절거릴 위인이라 착각하는 것으로밖에 안 보였다.

'그래도 머리를 굴릴 줄 아는군. 반달리온이나 헬터스크같은 놈들과는 달라. 잘 가르치면 근사하겠어.'

엠페라투스가 알케온에게 가진 흥미는 오래가지 않았다.

"이봐, 알케온. 엠페라투스를 너무 무시하는 거 아냐? 저 아저씨는 굳이 초현실적인 힘을 사용하지 않아도 사람들을 대규모로 이동시킬 수 있다고."

치프의 말에 알케온뿐만 아니라 엠페라투스 당사자까지 의아해했다.

"네가 머릿속에 무엇을 그리는지는 모르겠지만 미쳤다는 것은 확실히 알 것 같구나, 운캄타르의 도구여."

엠페라투스가 실소를 섞어 말하자 이번엔 치프가 인상을 구겼다.

"하, 실망스럽게 왜 이러지? 아저씨는 무려 엠페라투스야. 적어도 이 행성 안에서만큼은 최고의 슈퍼스타라고."

"……."

엠페라투스는 눈빛에 의심을 잔뜩 실어 치프를 노려봤다. 반달리온을 따르는 젊은 드래곤들은 어찌해야 할지 결정하지 못하고 꾸물거리기만 했다.

결국 반달리온이 몸을 번쩍 일으키며 소리쳤다.

"허세입니다, 엠페라투스 님! 이 자리에서 모든 것을 깔끔히 쓸어버리시는 겁니다!"

"좀 가만히 있게, 반달리온이여."

"……"

무안을 당한 반달리온이 몸을 슬그머니 굽혔다.

엠페라투스는 오른손에 쥔 헤이파와 메이건이 갇혀 있는 던전을 오랫동안 살펴봤다.

'저 녀석 나름대로 커다란 패를 쥔 것 같군. 대체 뭘 믿고 저러는 거지?'

엠페라투스는 이 도박과도 같은 상황이 너무나 재밌었다.

데스디아는 헤이파가 적의 손에 있다는 사실 때문에 미칠 지경이었지만 치프가 워낙 당당히 서서 엠페라투스와 대치하고 있었기에 섣불리 나설 수가 없었다.

치프는 그녀가 끝까지 참아주길 기도했다. 여기서 누구 하나라도 감정에 치여 움직인다면 모든 게 끝장날 수 있었기 때문이다.

그만큼 민감한 일이었다. 엠페라투스가 고민하기 싫다며 약속이고 뭐고 다 깨고 그냥 거절해 버리면 그걸로 모든 게 끝날 수 있었다.

"이해하기 힘들군, 운캄타르의 도구여. 너의 모든 계획이 성공해서 내가 신을 섭취했다고 치자. 넌 힘을 완전히 회복한 나와 겨뤄야 한다. 난 작년과 달리 네놈에게 기회를 주지도 않을 것이야. 신보다는 내가 문제일 텐데?"

엠페라투스가 묻자 치프는 어깨를 으쓱 움직였다.

"미치겠군. 네가 아직도 최강최악의 문제아 자리에 있을 거라고 생각하나? 지난 1년 사이에 한물갔다는 걸 아직 몰라?"

"……"

"우리가 잡으려는 신이나 그 신의 친구들부터 정리해야 순위가 올라갈 거야. 그러니 얌전히 거래에 응하도록 해."

"흠, 좋다. 그럼 네 계획이 성공한다는 것을 전제로… 나 역시 조건을 걸지."

"원하는 게 있나?"

"메이건을 나에게 인도해라."

엠페라투스의 요구를 들은 치프는 메이건의 현재 상태를 이야기해야 할지, 말아야 할지 잠깐 고민했다.

"후후, 메이건이 자신의 이름도 모를 만큼 퇴행했다는 것은 다른 이들의 의식을 통해 충분히 확인했다. 하지만 상관없지. 나에게 필요한 것은 메이건 그 자체니까."

치프는 엠페라투스가 자신과 셀레스티아를 제외한 전원의 생각을 읽을 수 있음을 잠시 잊었기에 한숨을 쉬었다.

"그럼 그쪽도 여사님을 돌려줘야겠는데?"

"그거야 쉽지. 그 정도는 당장 들어주마."

엠페라투스는 오른손에 쥔 헤이파를 땅 위에 곱게 내려놓았다.

데스디아가 그녀를 껴안고 물러나는 한편, 엠페라투스가 치프 앞으로 바짝 다가갔다.

"대신 네가 품고 있는 계획이 형편없다면 넌 내가 재미없게 행동하는 모습을 보게 될 것이야."

"그건 나름 기대되는군."

치프는 헤이파를 살피는 데스디아에게 손짓을 했다.

"어이, 뎃디. 소문을 크게 낼 만한 자리가 있을까?"

데스디아는 그를 돌아본 채 인상을 구겼다. 불쾌해서가 아니라 그녀 나름대로 필사적인 고민을 하는 중이었다.

"크게 낼 만한 자리라면… 그래, 모레에 큰 자리가 있긴 하지."

"그래?"

"당신이 이 행성에 돌아온 날을 기억하나? 그때 이 행성의 헌터들이 대대적인 연맹 회의를 하려고 했었지. 당신과 봉고객 때문에 연기됐지만 말이야."

"그 회의가 내일모레야?"

"갈라트가 통보했어. 천재지변이 일어나지 않는 한 일정대로 시립 체육관에서 진행될 거야."

"대다수의 헌터가 그곳에 모인다 이거지?"

"그렇겠지. 헌터 연맹이 둘로 나뉘느냐 마느냐를 정하는 날이거든."

대답을 들은 치프는 만족스럽게 웃었다.

"딱 좋아!"

모두는 뭐가 그리 좋으냐는 표정으로 치프를 멍하니 바라봤다. 그라니트 용역 측도, 엠페라투스 측도 마찬가지였다.

*　　　　*　　　　*

엠페라투스가 그라니트 용역에 나타난 이후 이틀이 지났다.

연기의 연기를 거듭하여 개최된 회의는 시작부터 난장판이었다.

순수하게 사냥을 원하는 헌터들과 사냥 및 돈을 모두 원하는 자, 그리고 헌터를 빙자한 범죄자들이 여기저기서 패싸움을 벌였다.

일부는 단검이나 권총, 심지어는 건하운드까지 동원하여 상대를 위협하거나 차량과 체육관 일부를 날려 버리기까지 했다.

자포자기한 표정으로 회장석에 앉은 현 회장, 갈라트 듀크 베리몬은 체육관 내에서도 난동을 부리는 헌터들을 울적한 눈으로 지켜봤다.

"회장직에서 물러나겠다는 선언을 하려고 오긴 했지만… 이래서야 도망치는 것과 다를 바가 없지 않나?"

그가 한탄하자 주변에 있던 각종 직함의 헌터들도 우울함을 드러냈다.

"그래도 일단 회의의 시작은 알리셔야 합니다."

"음, 그렇지."

의장석에 오른 갈라트는 마이크의 전원을 켰다.

그때, 생기를 잃은 갈라트의 시야에 검은색 망토를 흔들며 다가오는 데스디아의 모습이 들어왔다.

그런 그를 더욱 놀라게 한 것은 선글라스를 매만지며 데스디아의 뒤를 따라오는 남자, 치프의 모습이었다.

"캡틴 치프!"

체육관의 스피커가 터지도록 갈라트가 소리치자 여기저기서 난무하던 싸움도 잠잠해졌다.

"실제로 보는 건 처음이네요, 회장님."

치프의 인사에 갈라트는 자기소개를 해야 할지, 아니면 사인을 받아야 할지 망설이다가 얼른 정신을 차렸다.

"그, 그렇구려. 갈라트 듀크 베리몬이라 하오. 그런데 의장석엔 무슨 일로……"

"중요한 일이 있어서요. 마이크 좀 빌려주세요."

갈라트의 허락이 떨어지기도 전에 마이크를 들어 입에 댄 치프는 기침을 크게 했다.

"흠, 모두 들립니까? 그라니트 용역의 사장인 치프라고 합니다. 안 좋은 소식이 있어서 여기에 올라왔으니 모두 들어주세요."

체육관에 모인 모든 헌터는 황망한 표정으로 치프를 봤다. 뜬금없다는 표현의 도를 넘어선 모양새였기 때문이다.

"뭐야 XX!"

인간적인 반응이 터져 나오자 치프가 씩 웃었다.

"제가 빅시티에서 엠페라투스랑 다시 싸우기로 했어요. 리턴 매치라고 들어봤죠?"

헌터들은 비웃음을 터뜨리지도 못했다.

치프가 선언하기 무섭게 엠페라투스의 보라색 꼬리가 체육관 천장을 뚫고 안으로 들어왔기 때문이다.

"그러니까 24시간 내로 빅시티에서 대피해 주세요. 전부."

35
남자가 선택한 방법

엠페라투스의 꼬리가 체육관에서 스르륵 빠져나갔다.

약간 무리하여 본래의 크기를 갖추고 있는 그 보라색의 드래곤은 자신이 뚫은 구멍을 통하여 체육관 안에 있는 헌터들을 훑어봤다.

엠페라투스의 눈동자는 주홍색에 가까웠다. 특유의 영롱함 때문에 루할트의 붉은색 눈동자보다 훨씬 고급스러운 느낌을 갖고 있었다.

누군가는 그의 눈이 노을처럼 아름다웠다고 평했지만 대다수의 사람은 열기를 토해내는 지옥의 입구로밖에 안 보였다며 두려워했다.

모든 헌터가 마치 뭔가에 홀린 것처럼 엠페라투스를 봤다.

체육관에 모인 헌터 중에서 엠페라투스와 맞닥뜨린 경험이 있는 사람은 치프와 데스디아를 비롯한 그라니트 용역의 관계자뿐이었다.

대부분은 영상을 통해서 엠페라투스를 접했고, 실제로 본 자들도 우연히 근처를 지나가다 멀리서 목격한 게 전부였다.

그것만으로도 엠페라투스는 그라니트 행성의 공포 그 자체가 됐다.

물론 그의 모습이나 파괴력보다는 그가 깨어나자마자 행성 전체에 뿌려 버린 '상잔의 광기'가 공포의 이유였다.

그리고 오늘, 뜻하지 않게 가까이에서 마주해 버린 엠페라투스의 모습은 모든 헌터에게 신선한 경험을 안겨주었다. 실체화된 공포가 무엇인지를 몸으로, 본능으로, 그리고 의식으로 깨달아 버린 것이다.

팔짱을 낀 채 천장의 구멍을 구경하던 치프는 자신의 옆에 가만히 서 있는 데스디아를 팔꿈치로 툭 건드렸다.

"여기서 엠페라투스에게 총을 들이대는 놈이 있으면 우리 회사에 데려가는 거야, 어때?"

"우리 회사는 정신병원이 아니야."

데스디아의 퉁명스런 반응에 치프가 고개를 갸웃했다.

"배짱 넘치는 헌터라고 칭찬해야 하는 게 맞지 않아?"

치프가 따지자 데스디아는 그가 낀 선글라스를 보며 한숨을 쉬었다.

"모르는 것 같은데, 당신은 사람을 안 믿는 대신에 너무 긍정적으로 평가하는 경향이 있어."

"사람을 좋게 보는 게 나쁜 건 아니잖아?"

"그건 그저 가식일 뿐이야."

그녀는 객석에서 시작된 아비규환을 무시한 채 두 손으로 치프의 선글라스를 만져 주었다.

"음, 다시 봐도 마음에 들어. 당신한테는 이런 구식 디자인이 어울리는 것 같아."

"난 네가 이걸 골라준다면서 무려 두 시간을 허비한 것만 기억나는군."

"나에겐 가식 없이 얘기해 주네."

데스디아가 옅게 웃었다.

"그거야 뭐… 네가 우리 회사의 통장을 가졌으니까."

"……."

"농담이니까 관자놀이는 누르지 마."

한편, 그들 곁에 있는 갈라트와 연맹 임원들은 엠페라투스가 위에서 꿈틀거리는 마당에 선글라스 따위를 만지며 여유를 부리는 둘을 당혹스럽게 바라봤다.

'저들만치 정신이 나가야만 엠페라투스를 상대할 수 있단 말인가?'

체육관 안의 헌터들 가운데에는 도망치는 자보다 자리에서 움직이지 못하는 자가 더 많았다.

일단 치프와 합의하에 행동하고 있는 엠페라투스는 자신의 시선에 닿은 것만으로도 옴짝달싹 못하는 헌터들의 모습이 영 마음에 들지 않았다.

"난 승자에게 재도전하는 조건으로 네놈들에게 24시간의 여유를 보장해야만 했다. 그런데 이곳에는 그 가치를 이해하지 못하는 자가 너무나 많군. 너희들은 나를 언짢게 했다."

엠페라투스가 중얼거리자 치프와 데스디아가 다시 위를 봤다.

'갑자기 분위기를 잡으면 어떡해?'

엠페라투스는 체육관 안쪽으로 머리를 들이밀었다. 천장의 구멍으로부터 엠페라투스의 머리와 목이 들어오면서 금속의 소리가 났다. 엠페라투스의 비늘과 외골격이 마찰하는 소리였다.

불이 꺼진 체육관의 그늘에서 엠페라투스의 눈이 스산하게 빛나자 헌터들은 더욱 얼어붙었다.

"사냥꾼이라는 이름이 아까운 놈들이군. 저항하는 자가 단한 명도 없단 말인가? 그런 주제에 날개 달린 자들을 사냥하려 하다니, 주제를 알게 해주지."

엠페라투스가 숨결을 머금은 입을 서서히 벌렸다. 그의 입가에서 떨어진 숨결의 일부가 체육관의 의자와 바닥을 한순간에 녹여 버렸다.

헌터들은 일제히 도망치려 했다. 그들 가운데에는 권총을 꺼내어 앞사람의 뒤통수를 노리는 자도 있었다.

치프는 엠페라투스의 그 행동을 막을 수가 없었다. 지금 나서서 말린다면 현 상황을 지켜보고 있을 빅시티의 신에게 의심을 받을 수도 있었기 때문이다.

결국 체육관 안에서 총소리가 터졌다.

총을 쏜 사람은 치프의 뒤쪽에 있었다. 치프와 데스디아는 그쪽을 돌아봤고 엠페라투스 역시 고개를 돌렸다.

그라니트 헌터 연맹 회장, 갈라트의 큼지막한 듀베리아식 권총에서 연기가 올라왔다.

그 권총은 오로지 위력을 위해서 한 번에 한 발씩 장전하게 되어 있는 물건이었는데, 갈라트는 주저하지 않고 새로운 탄환을 꺼내 장전했다.

그 당당한 모습이 헌터들의 광기를 한 번에 진정시켰다.

엠페라투스도 눈웃음을 지었다.

"호오, 갈라트 듀크 베리몬. 그저 나이가 많아서 회장이 된 건 아닌 것 같군."

"회장이기 이전에 난 겁쟁이일세."

갈라트는 엠페라투스를 향해 다시 권총을 들었다.

"치프와 뎃디가 그대와 맞설 때, 난 나의 가족들과 함께 벙커에서 떨고 있었네. 사냥과 자연을 대대로 존경해 왔던 우리 베리몬 가문의 명예에 제대로 먹칠한 셈이지."

갈라트의 주름진 손은 심하게 떨리고 있었다. 아무리 정신적으로 강건한 그라 해도 엠페라투스가 발산하는 공포에 당장 익숙해지는 것은 무리였다.

하지만 그는 정신을 놓지 않았다.

"이번에도 난 치프와 뎃디의 곁에서 자네와 대적할 수는 없을 것이야. 난 내 주제를 알거든. 하지만 이 자리에서 그대에게 저항하려는 자가 한 명 정도 있다는 것을 증명하는 것쯤은 어렵지 않지."

갈라트는 왼손을 치프에게 내밀었다.

"마이크를 돌려주시오, 치프."

치프는 그에게서 빌렸던 마이크를 서슴없이 돌려주었다.

갈라트는 입가에 마이크를 댔다.

"이 자리에 있는 헌터들은 모두 듣게. 만약 이번 싸움에서 치프가 패배한다면 우리가 그를 대신하여 맞서 싸워야 하네. 난 이미 각오했지만 자네들은 모르겠군. 선택은 자유일세."

갈라트가 쓸쓸히 웃었다.

"하지만 지금 이 자리에서 서로 부딪혀 다치기라도 한다면 나중에 도망조차 제대로 못 가겠지. 앞날을 위해서 지금은 질서정연하게 퇴장하도록 하게. 그것이 연맹 회장으로서의 마지막 부탁일세."

마이크를 내린 그는 두 손으로 권총을 잡고 엠페라투스를 노렸다.

그 모습에 마음을 다잡은 헌터들은 손에 들었던 흉기와 서로의 옷자락을 놓고는 천천히 체육관 밖으로 나갔다. 몇몇은 손전등을 이용하여 안내를 돕기도 했다.

데스디아는 손전등을 든 헌터들 가운데 악어 머리 켐리가 있는 것을 보고 씩 웃었다.

헌터들의 절반이 퇴장할 무렵, 엠페라투스가 체육관 밖으로 머리를 뺐다.

[지금 이 목소리는 너만 들을 수 있을 것이다, 운캄타르의 도구여.]

머릿속에서 엠페라투스의 목소리가 들리자 치프는 진정할 겸 선글라스의 다리를 만졌다.

[힘이 부쳐서 더 이상은 이 모습을 유지할 수 없을 것 같군. 보안국과 그 주변의 상공을 한 번 정도 비행하는 것이 한계일 것 같으니 나머지는 네가 알아서 해라.]

응답하는 방법을 모르는 치프는 헛기침을 하는 것으로 대답을 대신했다.

통지를 한 엠페라투스는 날개를 펄럭이며 하늘 높이 솟구쳤다.

드래곤들은 반중력을 이용하여 체중만 수만 톤에 이르는 몸을 하늘로 띄울 수 있지만 하늘에서 움직이는 방법 자체는 새나 박쥐와 거의 동일했다.

때문에 날개를 움직일 때 일어나는 풍압은 드래곤의 부피에 비례했다.

엠페라투스의 날갯짓 한 번에 체육관과 그 주변에 주차되어 있던 차량들이 일제히 흔들리거나 뒤집혔다. 지진이나 폭발 등에 대비되지 않은 일반 유리창들도 전부 파손되었다.

엠페라투스는 치프에게 공지한 대로 보안국 본부 건물을 향해 날아갔다.

건물 위를 스치듯이 날아가는 통에 발생한 풍압은 마치 폭탄처럼 빅시티의 시민들을 공포로 몰아넣었다.

날개와 꼬리로 보안국 건물 인근의 도로를 긁어내기까지 한 엠페라투스는 바로 고도를 높인 후 지평선을 향해 사라졌다.

단말기를 통해 상황을 확인한 치프는 엠페라투스가 사라지자 한숨을 내쉬었다.

"이제 싸울 준비를 하러 가자고, 뎃디. 식사부터 해야겠지?"

"또 잊었군. 키드의 스승을 만나야지."

"아, 제길. 참으로 존재감 없는 스승과 제자로군."

치프는 걸어가려다가 말고 갈라트 쪽을 돌아봤다.

"회장님, 괜찮으세요?"

치프의 부름에 갈라트는 눈만 슬쩍 움직였다. 그는 아까 엠페라투스를 조준할 때의 모습 그대로 굳어져 있었다.

"초면에… 참으로 면목이 없구려."

"아까 소변을 지린 놈이 얼마나 많았는지 모르시죠?"

"하하."

그의 몸이 과도한 긴장으로 인해 마비된 것을 확인한 데스디아는 손바닥으로 갈라트의 목과 어깨, 등판을 차례로 가격하여 몸을 풀어주었다.

"후… 고맙군, 뎃디."

"괜찮아. 멋있었어, 갈라트."

데스디아는 그 늙은 듀베리아 사냥꾼의 흰머리를 쓰다듬어 주었다.

이후 우르르 몰려온 갈라트의 가족들에게 오랫동안 인사를 받은 치프와 데스디아는 다음에 식사나 하자는 말을 남기고 체육관의 출입구를 향해 나란히 걸어갔다.

가족의 부축을 받은 갈라트는 모르겠다는 얼굴로 치프의 뒤를 지켜봤다.

'식사나 하자고? 이번에도 엠페라투스를 눕혀 버릴 자신이 있다는 건가? 도저히 이해 못 할 배짱이로군.'

갈라트는 데스디아가 그를 괜히 대접해 주는 게 아니었다며 크게 감탄했다.

치프와 함께 지하 주차장 쪽으로 걸어가던 데스디아가 걸음을 늦췄다.

"이봐, 치프."

"응?"

길이 어두운 관계로 선글라스를 벗은 치프는 그것을 셔츠 주머니에 곱게 넣으며 데스디아를 봤다.

그는 비 오기 직전처럼 흐린 데스디아의 표정을 보고는 연하게 웃었다.

"왜, 또? 잘되고 있잖아?"

"그래, 잘되고 있지. 그런데 그다음은 어떻게 되는 거지? 우주 연합 군부에서 가만히 있지 않을 텐데?"

데스디아는 신을 죽인 뒤에 벌어질 일을 걱정하고 있었다.

우선 신을 처리하는 것부터가 문제이긴 했지만 그 이후의 일은 그야말로 혼돈 내지는 지옥이나 다름없을 것이다.

다른 신의 잔재들이 악에 받쳐 직접 공격해 올 수도 있었고 육체를 수복한 엠페라투스가 정말 결판을 내자며 날뛸 수도 있었다.

데스디아는 그 모든 것을 감당해 낼 자신이 없었다.

하지만 치프는 털어내듯 어깨를 으쓱했다.

"사람들이 실패를 걱정하는 이유가 뭘까? 실패 자체가 두려워서 그런 걸까?"

"……"

"하, 전혀 아니야. 자신이 꿈꿨던 미래가 망가지는 걸 두려워하는 거야."

"…그렇지."

데스디아가 인정하자 치프는 오른손 검지로 자신의 심장 위를 쿡 찔렀다.

"난 좀 달라. 내 전우들이 아직도 여기에 묻혀 있어. 실패해

봤자 녀석들의 곁으로 갈 뿐이야. 성공해도 시간이 지나면 결국 그렇게 되겠지. 넌 아니야? 네 동포들이 그 신의 잔재들 때문에 얼마나 많이 죽었는지 알고 있잖아?"

데스디아는 한참 상대를 바라보다가 고개를 저었다.

"난… 그들 외에도 당신까지 생각하게 된 것 같아."

그녀의 입장에선 힘들게 선택한 대답이었다.

그 말을 들은 치프는 뒷머리를 만지며 고민하다가 이윽고 물었다.

"…혹시 너, 나 모르게……."

"응?"

데스디아의 귀가 바짝 긴장됐다. 그녀는 지구에서 로맨스 드라마를 괜히 봤다는 후회까지 마구잡이로 해버렸다.

"나 모르게 내 생명보험이라도 들었어?"

"……."

이후 미친 듯이 두들겨 맞던 치프는 데스디아를 걱정하여 달려온 악어 머리 켐리 덕분에 목숨을 건질 수 있었다.

"누님, 사람 죽이겠어요!"

복도 저편에서 황급히 달려온 켐리가 치프와 데스디아 사이를 몸으로 막아섰다.

켐리의 머리에 주먹을 꽂을 뻔했던 데스디아는 우뚝 멈추더니 이내 자세를 풀었다.

"하아……."

데스디아는 벽에 기대듯 주저앉아 있는 치프를 복잡한 눈빛으로 노려봤다.

"내가 먼저 집결 장소에 가도록 하지. 당신은 2시간 내로 합류하도록 해. 오지 못하면 작전도 취소야."

말을 남긴 그녀는 롸켓이 장갑차를 대기시키고 있을 지하 주차장으로 걸어갔다.

"그 사람 좀 부탁해, 켐리."

"예?"

켐리가 깜짝 놀랐다. 그의 반응을 본 데스디아는 즉각 멈추고는 가볍게 인상을 쓰며 자신의 머리를 손으로 두드렸다.

"아, 미안. 넌 피난 가야지."

"……."

데스디아는 자신이 툭 던진 그 말이 켐리를 눈뜨게 하는 계기가 되리라고는 전혀 생각지 못했다.

"아뇨, 안 가요."

몸을 숙이고 치프를 살피던 켐리가 마치 데스디아에게 대적하듯 일어났다.

기절한 척하고 있던 치프는 그의 행동에 주목했다.

"내일까지 누님 회사에서 외주를 뛸게요. 일당은 알아서 쳐주세요."

"무슨 말이야, 켐리? 이번 일은 환상종 처리 같은 잡일이 아니야. 네가 참여하기엔 너무 위험해."

"잡일만 하는 놈으로 끝나긴 싫거든요."

"…켐리?"

데스디아는 평소와 다른 켐리의 모습에 조금 놀랐다.

"어이, 뭐가 누님 회사야?"

키득거리며 일어난 치프가 켐리의 두꺼운 어깨에 팔을 걸치며 몸을 기댔다.

"내가 회사 사장이라고, 애송이."

"아……."

켐리는 '그' 치프가 자신에게 직접 몸을 기대며 말을 하자 엄청난 압박감을 느꼈다.

'뭐지? 나는커녕 누님보다도 키가 작은 사람인데…….'

치프의 몸짓과 목소리는 묵직했다. 특히 분위기의 무게감은 부담스러울 정도였다.

"이 친구는 내가 고용할 테니 넌 먼저 가봐, 뎃디. 다들 기다릴 거야."

"…그러지."

데스디아는 다시 주차장으로 향했다.

그녀의 발소리가 들리지 않을 때까지 가만히 있던 치프는 다시 벽에 기대어 앉았다.

"이름이 뭐야?"

"케, 켐리 오로보로드인데요?"

"오도로보드?"

"오로보로드요. …그냥 켐리라고 하세요. 악어 머리라고 하
서도 되고요."

"그래, 켐리."

치프는 데스디아에게 맞아 벌겋게 부은 얼굴을 손으로 만졌
다. 그러자 붓기가 빠지고 피부의 색도 원래대로 돌아왔다.

"어, 사장님……?"

"내 체질이 이래. 뼈가 으스러져도 하루 정도면 회복되지. 이
정도 타박상은 벌레에 물린 것보다 의미가 없어."

"죠니 아저씨는 안 그렇던데요?"

"응? 너 죠니도 알아?"

"그라니트 용역에서 몇 번 외주를 뛰었어요. 그쪽 사람들은
다 알죠."

"그래서 아까 뎃디가 환상종 얘기를 했던 거군."

켐리는 치프의 갈비뼈 부분에서 돌이 갈리는 듯한 소리가 나
자 흠칫했다.

"아, 뼈가 붙는 소리야. 놀라지 마."

"뼈가 붙을 때 대놓고 소리가 난다는 사실 자체가 문제 아닌
가요? 무슨 우퍼 스피커처럼 울리는데요?"

"하, 그렇긴 하네."

치프는 셔츠의 가슴 주머니에 끼운 선글라스를 들어 봤다.
몸 전체를 두드려 맞은 상황임에도 불구하고 그 선글라스만은
긁힌 흔적조차 없었다.

"…뎃디는 정말 착한 여자야."

"예?"

"모성애니 생명보험이니 하는 헛소리도 진심으로 믿어주지."

켐리는 그가 무슨 소리를 하는지 이해할 수 없었다.

치프는 일으켜 달라는 뜻으로 오른손을 내밀었다. 켐리는 두 손으로 그의 손을 잡아 부드럽게 당겼다.

"혹시 차 있어?"

"예, 지하 주차장에 있죠. 연맹 회의가 있는 날에는 지상 주차장에 차를 두면 안 돼요."

"음, 하긴. 아까 여기저기서 패싸움을 벌이는 꼴을 보니 무슨 폭동 수준이던데?"

"차가 한 번 작살난 다음부터는 무리를 해서라도 지하 주차장을 쓰죠."

"그렇군. 그럼 나 좀 태워줘."

"누님을 따라가시게요?"

"아니, 딸기주스를 기가 막히게 만드는 집이 있거든."

딸기주스.

그 말을 들은 켐리는 눈앞에 있는 남자가 왜 엠페라투스와 정면으로 맞설 수 있고 데스디아씩이나 되는 여자를 부하 직원으로 둘 수 있는지 조금이나마 알 수 있었다.

'죠니 아저씨 말대로야! 이 사람은 배짱이 넘치다 못해 머리로 역류해서 맛이 갔다고!'

켐리는 치프가 부담스러웠다. 하지만 내버려 두고 도망쳤다가는 더 무서운 일을 당할 것만 같았기에 그를 부축하여 주차장으로 향했다.

치프를 옆자리에 태운 채 차를 몰고 나온 켐리는 치프의 지시에 따라 빅시티 이곳저곳을 돌아다녔다. 켐리는 딸기주스 가게의 위치가 어딘지 말해주기를 기다렸으나 치프는 차가 출발한 이후 2시간 가까이 방향만 가리킬 뿐, 특별한 말을 하진 않았다.

빅시티는 작년에 브리치가 처음 나타났을 때보다 훨씬 빠르게 침묵하고 있었다.

사람들은 보안국 직원들과 전투경찰들의 안내에 따라 익숙한 표정으로 벙커를 향해 이동했다.

작년과 같은 패닉은 없었다. 아이들은 담담하게 부모나 보호자들을 따랐고 젊은이들은 영화 등을 즐기면서 지루함을 녹였다. 노인들도 단말기를 통해 게임을 하는 등 여유를 보였다.

켐리는 사람들의 피난을 돕는 보안국 직원들을 보고 깜짝 놀랐다.

"사무직 사람들까지 전부 거리로 나왔네요? 보안국도 완전 비상인가 본데요?"

"응? 너, 보안국 사무직 직원들의 얼굴까지 알아?"

"음식 배달 아르바이트도 했거든요. 전 이 도시에서 나쁜 짓 빼고는 다 해봤어요."

그런데 켐리는 그 말을 꺼내자마자 멍한 표정을 짓더니 이내 고개를 흔들었다.

"아니, 나쁜 짓만 해왔죠."

"…혹시 뎃디랑 관련된 건가?"

"예? 어떻게 아셨어요? 혹시 포프가 사장님께 말씀드렸나요?"

"아니, 난 네 이름 자체를 오늘 처음 듣는데?"

"아, 예. 그렇죠. 제가 그렇게 대단하진 않죠."

켐리의 표정이 침울해졌다.

"누님이 환상종 처리 문제로 외주 인원을 모집할 때 그라니트 용역과 인연이 닿았어요. 처음에는 그 모집 광고를 믿은 사람이 별로 없었죠. 광고에 적힌 급료가 세도 너무 셌거든요."

"그런데 넌 갔고?"

"예. 집세가 너무 밀려서… 속는 셈치고 친구들이랑 함께 갔죠."

"대단히 인간적인 이유로군."

"드래곤로크 이후에 4개월 동안 빅시티에서 일자리를 구하기가 너무 힘들었거든요. 배달이나 청소, 공사 보조 같은 일용직은 일반인이 너무 몰려서 헌터 면허를 가진 사람들의 순위가 밀렸죠. 드래곤로크 때 일자리를 잃은 일반인들을 위해서 헌터들이 양보하라는 게 보안국장님의 정책이었어요."

"아… 흠."

치프는 이해한다는 듯 고개를 끄덕거렸다.

"하지만 사냥도 그렇게 쉽진 않았어요. 공룡 같은 토착종들은 서식지가 정해져 있어서 괜찮았지만 환상종들은 언제 어떻게, 또 뭐가 나타날지 알 수 없었거든요. 알파 그리핀 정도 되는 환상종이 기습하면 초보자들은 그냥 몰살이죠."

"흠흠."

"그런데 누님과 같이 환상종들을 처리하러 갔을 때는 얘기가 달랐어요. 사만다 팀장이랑 젝스도 보통이 아니었는데, 누님은 아예 현장의 균형을 뭉개셨어요. 그리핀이니, 와이번이니, 코카트리스니, 샐러맨더니 하는 것들이 아무리 날뛰어도 누님의 상대가 안 됐죠. 폼 잔뜩 잡고 나온 키마이라가 누님에게 머리란 머리는 다 터지고 빌빌 기어 다닐 때는 정말 제가 다 떨렸어요."

그때를 회상하는 켐리의 표정은 치프 입장에서 정말 사진이라도 찍어두고 싶을 만큼 명랑하고 맑았으며 선명했다.

켐리는 그만큼 강렬하게 데스디아를 동경하고 있었다.

"제가 누님을 이용하기 시작한 것도 그때부터였죠."

"이용? 데스디아 이름으로 외상 밥이라도 사 먹었나?"

"아뇨. 그러니까… 누님을 이용해서 잘난 척을 했죠. 하지 말아야 할 말까지 덧붙이면서 말이에요."

그 말에 치프가 활짝 웃었다.

"아! 뎃디가 '물건'을 만져 주네 핥아주네 하면서 사람들한테 허풍을 치고 다닌 게 너였어?"

치프가 그렇게 직접적으로 묻자 켐리의 악어 머리가 바짝 얼었다.

"어, 어디서 들으셨나요?"

"사만다가 그러더라고. 난 걔가 '어떤 X같은 새끼'라는 쌍욕을 내 앞에서 대놓고 할 줄은 몰랐다니까? 언젠가는 자기 손으로 붙잡아서 꼬리뼈를 목구멍 안에 처박겠다고 벼르더라고."

"……."

켐리의 머리 가죽에서 핏기가 빠르게 빠졌다.

"너, 올해로 몇 살이지?"

"지구인 나이로는 스물두 살이죠."

치프는 왼손으로 켐리의 뒷목을 탁 치고는 가볍게 주물렀다.

"뭐, 어릴 때 그 정도 실수를 저지르는 건 괜찮아. 난 너보다 나이가 많을 때 더한 짓도 했는걸."

"아저씨… 아니, 사장님이요?"

"응. 소년병 수천 명을 죽였지. 고문해서 병신으로 만든 놈이 몇인지는 기억도 안 나."

당장 계산이 안 되는 말을 들어버린 켐리는 너무 놀란 탓에 교통신호 몇 개를 가볍게 무시하고 지나갔다.

"…저도 그렇게 만드실 건가요?"

"뎃디 본인이 널 좋게 보는 것 같은데 내가 왜 너를 악어가죽 지갑으로 만들겠어?"

"……."

켐리의 목에서 손을 뗀 치프는 데스디아가 사준 선글라스를 끼며 창문을 열었다. 바람이 그의 머리를 세게 훑고 귀를 간지 럽혔다.

"뎃디는 사람에 대한 감이 좋아. 누군가가 어떤 이익을 위해서 뭔가 숨기고 있다는 걸 정말 잘 알지. 그런 사람을 싫어하기도 하고. 네 경우에는⋯ 아마 네가 그 허풍으로 특별한 이득을 취하거나 남에게 해를 입힌 적도 없고, 사람으로서의 기본은 지킬 줄 아는 애라서 그냥 내버려 뒀을 거야."

"⋯그런데 사장님은 아까 왜 누님한테 두드려 맞고 계셨나요?"

"음⋯⋯."

치프는 웃었다. 아니, 웃는 것처럼 입술을 살짝 움직였다.

"넌 앞으로 하고 싶은 일이 뭐야? 장래희망 말이야."

"어⋯ 음⋯ 일단 엄마랑 화해하고 싶고, 동생들이랑 넉넉히 살 수 있는 집을 짓고 싶어요."

"결혼까지 잘하면 끝내주겠군."

"그렇죠."

켐리는 치프가 왜 그런 이야기를 하는지 궁금했다.

치프는 나직이 말했다.

"난 많은 경험을 했어. 그 경험에 대한 후회를 하고 있고, 그 때문에 더 이상 이루고 싶은 것도 없어. 내 개인이 수습할 수 있는 일이 아니거든."

켐리는 그의 이야기를 가만히 듣기로 했다.

"바라는 건 딱 두 개야. 사만다가 좋은 가족을 꾸리는 모습을 보는 것, 그리고 내가 저지른 짓에 대한 역사의 심판이지. 하지만 뎃디는 너무 좋은 여자야. 어엿한 집안도 있고 그녀 자신을 걱정해 주는 가족까지 있어. 친구도 많고 말이야. 게다가 나에 대해서 너무 잘 알고 있지."

"……."

"만약 그녀가 나와 모든 것을 함께하려 한다면 난 그걸 막아야 해. 행여 그녀 자신이 각오했다고 해도 말이지."

치프는 단말기를 들었다. 보안국 본부 건물과 그 주변의 대피가 완료됐다는 레투가의 메시지가 화면에서 반짝거렸다.

그는 씩 웃었다.

"그게 내가 그녀를 좋아하는 방식이야."

곁눈질로 치프의 단말기를 본 켐리는 자동차의 브레이크를 천천히 밟았다. 이윽고 둘이 탄 차는 텅 빈 거리 한가운데에 멈췄다.

"…딸기주스 마시러 가자는 말씀, 뻥이었죠?"

"그걸 믿었어? 보안국 본부 건물로 가자고."

켐리는 더 이상 말을 하지 않고 보안국 본부를 향해 차를 몰았다.

그로부터 20여 분 뒤, 켐리는 보안국 앞에 차를 세웠다. 치프는 선글라스의 다리에 입맞춤을 한 후 그것을 자신이 앉아 있던 자리에 놓으며 차에서 내렸다.

"뒤도 돌아보지 말고 달려, 켐리. 무조건 달리는 거야."

"저, 꼭 사장님 회사에 취직할게요!"

소리친 캠리는 이를 악물며 가속 페달을 밟았다.

치프는 보안국 본부 건물을 보며 숨을 골랐다. 그의 오른쪽 눈에 보안국 건물의 표면이 기묘하게 울렁거리는 모습이 잡혔다.

그는 도로 한가운데에서 혼자 두 팔을 벌리며 보안국 건물과 마주했다.

"이 작은 존재가 감히 홀로 신을 모독하러 왔나니."

치프는 총면적 39만 평방미터에 50층, 31층, 28층 높이의 건물 세 개로 구성된 초대형 구조물들이 눈앞에서 사라지는 것을 목격했다.

그 대신 하늘에 떠오른 것이 있었다.

마치 공작새처럼 여섯 개의 브리치를 등 뒤에 배치하고 톱니바퀴로 구성된 받침대 위에 가부좌를 튼, 수십 개의 팔을 가진 연분홍색 존재가 실눈을 뜬 채 치프를 노려봤다.

그 '신'의 규모는 사라진 보안국 본부 건물들의 부피와 거의 동일했다.

치프의 오른쪽 눈과 두 팔, 그리고 다리에서 상감색의 빛이 피어올랐다.

"착하게 속아줘서 고마워, 신이시여."

36
모독의 시작

하늘에 뜬 신의 모습은 빅시티의 끝자락에서도 볼 수 있을 만큼 충분히 거대했다.

어느 종교의 상징물, 정확히는 불상과 비슷하게 생긴 그 신의 모습은 엠페라투스에 대비하고 있던 빅시티의 시민들과 헌터들, 그리고 싸움에 대비하고 있던 그라니트 용역 측을 긴장시켰다.

"치프는 대체 뭘 하고 있는 건가!"

데스디아가 고함을 지르며 장갑차의 차체를 주먹으로 후려쳤다.

장갑차의 운전석에 앉은 채 넋 나간 얼굴로 신을 구경하던 롸켓은 장갑차가 충격으로 들썩거리자 겨우 정신을 차렸다.

'부사장이 끝장나게 열 받았군.'

놀란 것은 빅시티 밖의 산 위에 앉아 신의 모습을 목격한 드래곤, 반달리온도 마찬가지였다.

"이건 예상 밖인데?"

그의 한마디는 그의 주변에 잔뜩 모여 앉아 있는 다른 드래곤들을 긴장시켰다.

"무슨 말씀이십니까, 반달리온 님?"

"저 신은 아인소프 등급이다. 신들의 잔재 가운데에서도 상위권에 속하지. 무엇보다… 몸에 보유하고 있는 입자의 양이 막대하군. 아르마다도 저 정도의 입자는 갖지 못했는데, 대체 뭐지?"

"위험하다는 말씀이십니까?"

"신들의 잔재는 모두 위험해."

반달리온은 이야기에 앞서 옆을 봤다.

드래곤들의 옆에는 오늘 아침에 그라니트 용역에서 인계받은 메이건이 땅에 엎드린 채 잠을 자고 있었다.

"신들은 엠페라투스 님과 운캄타르에게 철저히 사멸당했지. 아인, 아인소프, 아인소프오르 등급을 막론하고 말이야. 신들 가운데 가장 강력한 등급인 아인소프오르 등급은 단 한 개체밖에 남지 않았어. 하지만 그 와중에도 살아남은 놈들이 있었지. 그들이 바로 신들의 잔재다."

반달리온은 자신들이 엠페라투스의 부활과 존립을 위해서 지금 그 신들의 잔재와 손을 잡았다는 말은 꺼내지 않았다.

"우리는 옛 고향에 남아 있던 신들의 잔재를 완전히 제거하기 위해 세상 곳곳을 수색했지만 걸려드는 놈들은 잘해야 아인 등급이었어. 하지만 같은 아인 등급이라 해도 몸에 보유한 강입자의 양에 따라 전투 능력이 달랐지. 입자가 없어 말라비틀어진 아인소프 등급보다 배가 터질 정도로 입자를 머금은 아인 등급이 더 강력했어. 강입자야말로 신들이 발휘하는 힘의 원천이지."

"그럼 신들은 그 강입자라는 것을 어떻게 얻는 겁니까?"

"그것은……."

거기까지는 반달리온도 알지 못했다. 그가 말을 흐리는 도중에 보라색의 작은 드래곤이 그들 앞에 내려와 앉았다.

"이 세상의 저편에는 온통 하얀색으로 빛나는 또 다른 세상이 있다고 하는군."

"엠페라투스 님?"

반달리온이 반기듯 그의 이름을 불렀다.

피곤한 안색의 엠페라투스는 이야기를 이어나가기 전에 일단 크게 하품을 했다.

"흠… 그래, 그 세상은 초고온으로 인해 만물이 질량을 갖지 못하고 상호작용만을 하는데, 빅뱅이라는 이름의 '냉각현상'이 일어나면 비로소 물질들이 결합하고 질량을 갖게 되면서 우리가 사는 우주가 탄생한다고 하지. 여기까지가 우리의 어머니이신 하이시리스 님의 가르침일세."

엠페라투스는 메이건에게 다가가 그녀의 상태를 확인했다.

"처음에는 헛소리로밖에 안 들렸는데, 그 하얀색의 세상으로부터 조금씩 밀려 들어오는 것이 바로 신들이 가진 강입자일세. 아인 등급과 아인소프 등급, 아인소프오르 등급의 차이는 그 입자를 흡수하는 속도에 있지."

중얼거린 엠페라투스는 반달리온 뒤편에 있는 젊은 드래곤들을 돌아봤다.

다들 수업시간에 졸다가 깨어난 학생들처럼 얼빠진 표정을 짓고 있었다. 반달리온의 이야기와 엠페라투스의 이야기를 이해하지 못해서였다.

"어려운 얘기는 됐고, 저기 떠 있는 신처럼 입자를 배불리 저장한 신은 등급과 관계없이 정말 강력하다는 뜻일세. 내가 멀쩡했다면 그저 칼로리 덩어리에 불과했겠지만 말이지."

옛날 생각이 났는지 엠페라투스가 빙긋이 웃었다.

"저 정도 덩치라면 바라쿠스와 같은 전사들이 필요한데, 바라쿠스는 옛날 옛적에 내가 죽였으니 어쩔 수 없고… 반달리온과 그 외의 제군들은 저 신에게 덤벼봤자 대응 방법을 몰라서 결국 죽겠지. 게다가 난 이 꼴이야."

엠페라투스가 자신의 몸이 작다는 것을 강조하기 위해 날개를 펼쳤다가 다시 접었다.

"아르마게일이 그때 왜 왕녀와 교감하여 슬레이어가 된 정령술사를 처분하려 했는지 알 것 같군. 그는 아마 이 땅에 숨어 있는 신을 '아직' 자극하고 싶지 않았을 것이야. 그때 왕의 휘장을 하늘에 깔며 분노했던 정령술사는 드래곤 슬레이어가 아니라 갓 슬레이어(God Slayer) 수준이었거든."

한숨을 쉰 엠페라투스는 반달리온을 봤다.

"기분이 어떤가, 반달리온이여? 지금이라도 자네들이 무슨 짓을 저질렀는지 깨달았으면 좋겠군."

신들의 잔재와 손을 잡은 것이 헛된 짓이었다는 것을 뜻하는 말이었으나 반달리온은 침묵으로써 엠페라투스의 지적을 무시했다.

'그 폐기물들과 손을 잡지 않았다면 당신의 부활도 없었을 것입니다, 엠페라투스 님.'

그는 엠페라투스가 속을 읽든 말든 상관없이 그렇게 생각했다.

물론 그의 마음이 마냥 일관된 것은 아니었다.

'아르마다가 우리에게 보여준 신의 잔재들은 나약하기 그지없었지. 그러나 저 신은 다르군. 녀석들 모두가 자신이 축적한 입자의 양을 속이고 있다면……'

반달리온은 다시 신이 있는 곳을 봤다.

'우리는 정말 터무니없는 실수를 저지른 것일지도 모르겠군.'

반달리온을 비롯한 드래곤들의 눈에 신의 앞쪽에서 떠오르는 대형 전함의 모습이 들어왔다.

'운캄타르의 도구가 무장 제조 능력을 사용했는데, 과연 통할까?'

신은 등 뒤에 배치한 브리치 중 하나를 앞으로 이동시킨 후 그곳으로부터 붉은색의 대형 광선을 한 차례 뿜어냈다.

그 광선은 사람들이 일반적으로 생각하는 광선 공격과 여러 모로 차이가 있었다.

겉보기에 있어서 가장 큰 차이는 바로 형태였는데, 붉은색의 광선이라기보다는 분무기에서 뿜어진 빨간 물감처럼 보였다.

그러나 효과는 분명했다.

메이건을 간단히 들이받아 날려 버릴 만큼 크고 무겁고 단단했던 치프의 전함이 그 광선 한 번에 젖은 휴지마냥 무력하게 분쇄되고 말았다.

'저건 쇳덩어리로 막아낼 수 있는 공격이 아니지. 포스 필드와 같은 소립자 단위의 척력기술을 사용하지 못하면 저 단분자 송곳은 절대 막아낼 수 없어. 지구의 무기 기술 기초이론이 원시시대 이후로 변함이 없다는 말을 헬터스크에게 듣긴 했지만 정말 무식하군.'

반달리온이 한숨을 쉬었다.

"엠파라투스 님, 제가 아르마다에게 연락해 보겠습니다."

"과연, 녀석에게 연락하면 저 신은 즉시 사라져 줄 것이고 미확인 환상종쯤으로 기록되어 여러모로 깔끔하게 마무리되겠지. 정말 그렇게 된다면 말일세."

"그것은……."

반달리온이 우물쭈물하자 엠페라투스가 고개를 흔들었다.

"문제의 심각성을 아직 모르는군. 멀쩡한 상태의 신이 모습을 드러냈다는 사실 자체가 이미 거대한 전환점일세. 숨을 의미를 잃은 신들의 잔재는 이제 적극적으로 야심을 드러내겠지. 아니면 저 신을 희생시키든가."

"희생시킨다는 말씀은……?"

"신의 잔재가 또 존재할 줄은 몰랐습니다, 엠페라투스 님! …이라고 하면서 납작 엎드리면 내가 셀레스티아 왕녀와 손을 잡는 일까지는 대강 막을 수는 있거든."

"이해가 안 됩니다, 엠페라투스님! 왕녀와 손을 잡으시다니, 말도 안 됩니다!"

"내가 과거에 일으킨 대살육을 생생히 목격한 주제에 모르나?"

엠페라투스가 반달리온을 향해 으르렁거렸다.

"대살육, 그리고 운캄타르와의 승부는 나에게 있어서 단순한 유희거리였네. 그러나 신은 아니야. 녀석들을 말살하고 섭취하는 것은 나의 존재 이유 그 자체지. 아르마다와 신들의 잔재가 그걸 모를 것 같나?"

상대의 그 말에 반달리온은 큰 혼란을 느꼈다.

"그럼 그들은 왜 엠페라투스 님의 부활을 도운 것입니까?"

"미쳤나 보지."

그의 농담 같은 답변은 반달리온의 정신을 혼미하게 만들었다.

"아니면 자신의 손으로 날 죽이고 싶은 일념 하나에 모든 일을 꾸며 버린 녀석이 하나 있거나."

"…아르마게일 말입니까?"

"모르지. 후후."

엠페라투스가 짧게 웃었다.

"어찌 됐든 지금 당장 해결해야 할 문제는 저 신의 처리일세. 하지만 안심하게. 우리에겐 정말 확실한 방법이 두 가지나 있거든. 왕녀 측에 하나, 우리 측에도 하나. 하지만 난 저 싸움이 어떻게 진행될지 궁금하군."

"운캄타르의 도구에겐 가망이 없습니다."

반달리온이 확실한 어조로 말했으나 엠페라투스의 표정에는 변화가 없었다.

"다른 누구의 도구도 아니고 운캄타르의 도구일세. 그리고 저자는 싸움만 익숙한 게 아니야. 전쟁에도 익숙하지."

엠페라투스가 다시 반달리온 쪽을 봤다.

"왕녀 측에서 메이건만 준 건 아닐 텐데?"

"통신 주파수를 알려줬습니다."

"역시 그렇겠지. 그럼 그 통신을 바로 열도록 하게. 이제부터 재밌게 돌아갈 거야."

반달리온은 치프가 왜 엠페라투스의 기대를 받고 있는지 궁금해서라도 그의 지시에 따라 통신을 열었다.

＊　　　　＊　　　　＊

그라니트 용역의 대기 장소에서는 작은 실랑이가 벌어지고 있었다.

당장 치프를 지원하기 위해 움직이려 했던 데스디아를 죠니가 정면으로 막아선 것이다.

"죠니, 지금 이게 무슨 짓이지?"

"가시면 안 됩니다, 부사장님."

죠니는 자신의 두꺼운 턱을 좌우로 움직였다. 그러자 데스디아는 금이 갈 정도로 세게 움켜쥔 자신의 단말기를 죠니 앞에서 흔들었다.

"치프와 연락조차 되지 않아! 아예 단말기를 꺼놨어! 그리고 눈이 있으면 보라고!"

데스디아는 파괴와 재생을 반복하며 신과 대치하는 치프의 전함을 가리켰다.

"압도적으로 밀리고 있지 않나? 여기 있는 모두가 달려가서 그를 도와야 해! 저러다 죽는다고!"

그러나 죠니는 다시 고개를 저었다.

"원사님을 너무 모르시는군요. 게다가 부사장님께서는 착각까지 하고 계십니다."

죠니의 그 직설은 데스디아의 이성을 확 끊어버렸다.

큰 폭음과 충격이 롸켓의 장갑차를 한 번 더 흔들었다.

헤이파가 뒤에서 데스디아를 잡아 그녀의 주먹질을 말린 것이다. 그것만으로 모녀가 밟고 있는 땅이 푹 파여 흙먼지를 뿜었다.

만약 죠니가 그 주먹을 맞았다면 맞아서 붓는 게 아니라 몸이 어디까지 남았는지 분석해야 할 정도로 가루가 됐을 것이다.

죠니는 등골이 서늘했지만 그럼에도 불구하고 물러서지 않았다.

"단말기는 오늘 아침부터 사용불가 지시가 내려져 있습니다, 부사장님."

그는 목에 두른 통신기를 가리켰다.

"이걸 쓰셔야죠."

"……."

격분하여 살기를 펑펑 뿜어내던 데스디아의 표정이 일순간 잦아들었다.

딸의 몸에서 힘이 빠지자 헤이파가 한숨을 터뜨리며 물러났다.

"하여간, 누굴 닮았는지……."

그녀는 손바닥으로 딸의 등을 살짝 후려쳤다.

데스디아는 민망한 나머지 한참 고개를 들지 못했다.

"미안하군. 어린애 같은 실수를 했어."

"아닙니다, 부사장님. 어서 원사님과 통신해 보십시오. 기다리고 계실 겁니다."

"그러지."

데스디아는 아침부터 장비하고 있던 자신의 통신기를 손으로 눌렀다.

"치프, 들리나? 들리면 대답해!"

―아, 잠깐만 기다려, 뎃디! 지금 정신없다고!

그의 목소리가 들리자 데스디아는 왼손 주먹을 꽉 쥐었다.

"대체 무슨 생각으로 거기서 혼자 버티고 있는 거지? 미리 지시라도 했어야 했잖아! 우리를 위해 희생하고 싶으면 다른 방식으로 해!"

―희생? 뜬금없이 무슨 소리야?

"됐으니 왜 거기서 그러고 있는지 얘기나 해!"

―전술 데이터를 모아야 싸우든가 말든가 할 거 아냐!

"그걸 왜 당신 혼자 하냐고! 똑바로 대답 안 하면 선글라스를 눈알에다 박아버리겠어!"

한편 그들의 말싸움을 약간 다른 마음으로 바라보는 존재가 있었다.

바로 요르엘이었다.

'아인소프 등급 정도는 나 혼자 처리할 수 있는데.'

그 분홍색 단발의 소녀가 갑자기 눈을 휘둥그레 뜨더니 소리 없이 손뼉을 쳤다.

'아, 내가 얘기 안 했네.'

요르엘은 목에 두른 통신기를 누를까 하다가 손을 놓았다.

'아냐, 신은 일단 내버려 두자. 사장이 어떤 사람인지 알아보고 제거해도 될 거야.'

그녀는 젝스에게 빌린 검은색 모자를 머리에 눌러쓰며 간이의자 위에 앉았다.

'그래도 저 신이 아인소프 등급이라 다행이야. 아인소프오르 등급이었으면 나 말고 세 명이 더 달라붙어 자폭해야 하잖아?'

눈을 깜박이던 그녀가 고개를 움직였다.

그녀는 용역 직원들 뒤에서 가만히 서 있는 키드와 키드의 스승을 관찰했다.

'키드는 자기 스승이 신이라고 했어.'

키드의 스승은 머리에 뒤집어쓴 후드 밖으로 그 끝이 튀어나올 만큼 커다란 딸기코의 소유자였다.

인간이라기보다는 CG 애니메이션 속에서 과장되게 그려진 존재처럼 보였는데, 실제 골격이나 체형도 지구인과는 많이 달랐다. 팔다리도 짧고 등도 굽은 편이었다.

'신기하게 생기긴 했지만 신은 아니야. 대체 왜 키드는 저 사람을 신이라고 생각하는 거지? 신과 관련된 그 어떤 느낌도 감지되지 않는데?'

요르엘은 그 나이트 스토커들이 마음에 들지 않았다.

너무 나약해서였다.

키드는 그라니트 행성 내에서 활동하는 헌터들 가운데에선 최상급이었으나 회사 내에서 따지자면 죠니보다 못했다.

키드의 스승은 키드보다 확실히 강했으나 잘 쳐줘야 젝스와 비슷한 수준이었고 감히 데스디아에 비할 바는 아니었다.

그들이 나이트 스토커로서 공통적으로 사용하는 광선검 능력은 환상종을 비롯한 각종 대형 맹수에게 강력한 효과를 발휘한다.

그러나 사람, 특히 날붙이 따윈 두려워하지 않는 육탄전 전문가들에겐 의미가 없었다.

물론 실제로 사람을 찌르거나 벨 경우에는 실제 날붙이 이상의 치명상을 입힐 수 있지만 도검류를 다루는 기술, 특히 팔의 근육과 관절 등의 움직임을 꿰고 있는 자들에게는 전혀 통하지 않았다.

그래서 요르엘은 그 나약하면서 존재감 없는 자들이 지극히 싫었다.

"저게 바로 신이란다, 키드. 아인소프 등급이지. 살아서 또 보게 될 줄은 몰랐군."

그러나 그 딸기코 스승이 지팡이로 신을 가리키며 제법 정확히 말하자 요르엘은 혼란에 빠졌다.

'내가 모르는 신인가? 아냐, 진짜 신이었다면 엠페라투스가

가만히 놔둘 리가 없어. 보자마자 집어삼켰을 거야. 대체 뭘까?'

요르엘이 앉은 채로 당황하자 곁에 있던 젝스가 의아해했다.

"왜 그래? 몸이 아직 덜 회복된 거야?"

"…아뇨."

요르엘은 한숨을 쉬었다.

"그런데 조셉과 딕슨 아저씨가 안 보이네요? 포프도요."

"그러게? 단말기도 응답을 안 해."

젝스는 포프가 걱정되어 자신의 단말기를 만지작거렸다.

어쨌거나, 요르엘의 고민을 알 턱이 없는 치프는 자신이 올라탄 전함을 분주히 재생시키며 신과 맞서고 있었다.

치프는 지하는 물론 주변의 건물 및 각종 구조물들로부터 강제로 금속입자를 추출하여 싸웠는데, 전함이 재생되는 규모에 비해 주변 물체의 자원화 수준은 지극히 낮았다.

이유는 신의 공격에 의해 파괴된 전함의 장갑판이나 부품들이 어디론가 증발되는 게 아니라 즉각 재활용되기 때문이었다.

'질량 보존의 법칙이 이렇게 도움이 될 줄은 몰랐군.'

물론 치프가 그동안 무장 제조 능력을 갈고닦은 것도 한몫했다.

신으로부터 몇 번의 공격을 받아낸 끝에 치프는 몇 가지 결론을 얻을 수 있었다.

'녀석은 자신이 가진 강입자를 결정화시켜서 이쪽으로 날리

고 있어. 결정들이 날아오는 속도는 현재까지 아음속으로 관측
됐지만 저게 최대 속도인지는 아직 불명이야. 결정들을 날리는
원리도 모르겠고 말이지.'

미리 전함의 함교로 이동하여 몸을 보호하고 있는 치프는 또
한 번 쏟아진 붉은색 결정들에 의해 전함이 갈려 나가는 모습
을 보고 눈을 찌푸렸다.

'중량은 금속보다 가볍지만 그에 비해 결정에 실린 운동에너
지가 커. 가장 무서운 건 관통력이야. 함선의 장갑판을 사정없
이 뚫고 들어오고 있어. 예상대로 결정들의 끝자락이 분자 1개
수준으로 뾰족해. 그런 것들이 한 번에 수십만 개 이상 쏟아져
박히니 쇳덩이들이 저렇게 분해되는 것도 어쩔 수 없지.'

치프는 왼손에 맺힌 빛으로 전함을 재생시켰다. 전함을 이동
시켜서 공격을 피하는 것도 잊지 않았다.

'엠페라투스가 어째서 그렇게 초월적인 방어 능력을 갖추고
있었는지 이제 알 것 같군. 저런 놈들과 싸우려면 그 정도는 돼
야겠지.'

치프가 오른손을 꽉 쥐었다.

그에 맞춰 전함의 주포들이 신을 향해 일제히 탄을 날렸다.
주포를 비롯한 무기 대부분이 건하운드처럼 전기로 탄을 발사
하는 종류였기에 치프가 화약까지 만들 필요는 없었다.

발사된 탄은 신이 급속으로 만들어낸 주황색 결정체 장벽에
의해 가로막혔다.

그 장벽은 하늘에 뜬 거대한 유리판처럼 보였다.

'저 방어 수단 역시 파울라 장로님의 기억에서 봤던 것처럼 질기고 단단해. 하지만 완벽하진 않아.'

치프는 포탄을 막아낸 장벽이 마치 망치에 맞은 자동차 유리처럼 금이 간 것을 목격했다.

하지만 금이 간 장벽은 몇 번 반짝이는 것으로 그 투명함을 되찾았다.

'저 정도의 균열을 재생시키는 것 정도는 일도 아니겠지. 그래도 깨지는 걸 확인한 게 어디야?'

치프는 전함에 붙은 모든 기관포를 가동시켜 신을 향해 탄환을 뿌려봤다.

정확히 조준하고 사격하는 게 아니었기에 기관포의 탄환은 신뿐만 아니라 주변의 건물들까지 덮쳤다.

장벽에 부딪혀 찌그러진 탄환은 지상으로 떨어져 건물들을 부쉈다. 치프는 신의 밑에서 성대하게 파편을 뿜으며 부서지는 건물들을 보며 눈살을 찌푸렸다.

"흠, 그럼 그렇지."

치프는 목에 찬 통신기를 눌렀다.

"저 신의 자체 방어력이 어느 정도인지 아시는 분, 혹시 있습니까?"

그의 목소리는 주파수를 맞춘 모든 이에게 들렸다.

─자체 방어력? 무슨 소리인가?

가장 먼저 목소리를 낸 자는 파울라였다.

"공격이 전부 가로막히고 있어서 실제 피부가 얼마나 단단한지 잘 모르겠거든요. 맷집이 어느 정도인지 혹시 아시나요?"

─신에 따라 다르지만… 음……

─신들과 한참 싸울 당시 꼬마였던 주제에 아는 척을 하다니, 어이가 없어서 웃음이 나오는군.

도중에 엠페라투스의 목소리가 끼어들었다. 치프는 그럴 줄 알았다는 듯 씁쓸히 웃었다.

"과연, 우리의 엠페라투스 아저씨라면 미칠 듯이 잘 아시겠군."

─그럴 줄 알고 주파수를 우리에게 가르쳐 준 게 아닌가?

"시간 없으니 답이나 해주시지?"

─방어 수단을 잃은 녀석들의 껍질은 연약하다. 내 입장에선 차갑게 식은 계란프라이 정도의 식감일까나?

"…그런 비유를 한다고 해서 아저씨 이미지가 개선되진 않아. 그리고 난 저 녀석의 고기를 한 조각도 남길 생각이 없는데?"

─좋을 대로 해라. 내가 너에게 바란 것은 메이건이었지 신의 고기가 아니었다, 운캄타르의 도구여. 그 신을 제거할 수 있다면 어서 제거하도록 해. 보기에 역겹군.

"하, 뭔가 믿는 구석이라도 있나 봐?"

─있지. 바로 네놈의 자만심이다.

"……."

―이번엔 너에게 운이 따르지 않을 것이야.

엠페라투스의 그 말에 치프는 뒷골이 아팠다.

'또 뭐지? 내가 뭔가 놓친 게 있나?'

치프는 한 번 더 신을 살폈다.

가부좌를 튼 신의 모습은 처음과 다를 바가 없었다. 가늘게 뜬 눈도, 등 뒤에 주렁주렁 장식된 브리치들도 마찬가지였다.

치프는 그 신이 정말 눈으로 세상을 보고 있는 것인지 궁금했다. 그리고 생체 껍질과 기계 내장의 의미도 정확히 알고 싶었다.

'아무래도 지금 내 앞에 놓인 카드는 손으로 뒤집어봐야 정체를 알 수 있을 것 같군. 엠페라투스 때보다 불길해.'

그는 다시 통신기를 눌렀다.

"뎃디, 만약 내가 지금 저 녀석을 박살 낸다면 그다음에 무슨 일이 벌어질 것 같아?"

―당신이 나에게 박살 나겠지.

통신기에서 들려온 데스디아의 목소리는 분노로 냉랭했다.

"…저기, 나한테 화가 난 건 알겠지만 일단 공사 구분을 좀 하자고."

―신을 상대해 본 적이 없어서 앞일은 전혀 모르겠군. 하지만 저 고깃덩어리가 당신처럼 그냥 닥치고 있는 것만큼은 마음에 안 들어.

치프가 움찔했다.

듣고 보니 그랬기 때문이다.

"뎃디, 모든 인원을 대기시켜. 난 이제부터 저 신과 얘기를 해 봐야겠어."

―또 미쳤나? 이젠 딱히 할 말도 안 떠오르는군. 셀레스티아 도 대기시키지. 키드와 그 스승은?

데스디아의 질문에 치프는 눈을 질끈 감았다.

"아, 그 녀석들을 또 잊었군. 왜 내가 그 인간들을 기억 못 하 는 거지?"

―당신, 회사 식당에 놓인 티슈가 어느 회사 제품인지 기억 해?

"응?"

―그거 당신이 사다 놓은 건데 말이지. 키드에게 스승을 부 르라고 한 것도 당신이고. 저질러 놓고 잊어버리는 건 여전하 군.

치프는 그녀의 지적에 엄청난 압박감을 느꼈다.

"음, 아무튼 부탁할게. 이제부터 뭐가 어떻게 될지 모르니 통 신은 끊지 마."

―그러지.

치프는 함교 밖으로 나간 후 곧장 갑판에 발을 들였다.

'시간을 낭비할 수는 없지.'

그의 오른쪽 눈이 조금 더 밝게 빛났다. 전함의 갑판 일부가 입자로 변하더니 반중력 스케이트보드로 바뀌었다.

그 위에 올라탄 치프는 원하는 위치까지 시원하게 내달렸다. 전함의 길이가 1.1킬로미터에 달하는 만큼 스케이트보드를 이용한 이동에도 제법 시간이 걸렸으나 신은 치프의 그 행동을 기다려 주었다.

'역시 뭔가 할 말이 있는 것 같군. 공격도 멈췄어.'

선수 전망대의 도착한 치프는 신을 향해 아주 천천히 전함을 이동시켰다. 더불어 대형 스피커와 함께 마이크도 만들어서 손에 쥐었다.

"본격적으로 싸우기 전에 우리 대화 좀 할까?"

스피커에서 터진 치프의 목소리에 신의 까만색 눈동자가 흘끔 움직였다.

"엠페라투스와 대적할 만큼의 그릇은 되는군. 어리석지 않아서 다행이야."

아주 큰 목소리가 치프의 고막을 때렸다.

신의 반격 아닌 반격에 인상을 구긴 치프는 귀를 만지며 웃었다.

"하, 무슨 소리실까?"

"이 도시는 나를 시작으로 성장하고 완성됐다. 수도배관, 쥐새끼들이 돌아다니는 길뿐만 아니라 각종 대피소와 지하에 마련된 대형 벙커의 구조도 이해하고 있지."

신이 벙커를 지적하자 치프의 표정에서 여유가 사라졌다.

"벙커가 어쨌다고?"

무표정이었던 신의 얼굴에 미약한 미소가 떠올랐다.

"지하 벙커는 이 도시의 거주민 전원을 수용할 수 있을 뿐만 아니라 3년 동안 생존시킬 수 있는 식량과 물, 그리고 태양광선 발생장치와 공기정화시설을 비롯한 환경유지시설이 있지. 훌륭한 장소야."

신의 미소가 더욱 진득해졌다. 입술 사이에서 드러난 것은 치아가 아니라 바삐 움직이는 황금색의 톱니바퀴 뭉치였다.

"벙커는 20분 전에 거주민의 수용이 끝나고 밀폐됐다. 벙커 안에 뭘 풀면 좋을지 선택해 봐라, 인간이여. 두 개의 중성자 탄두? 아니면 약효를 4만 배 정도로 강화한 메스암페타민?"

"……."

"둘 다 싫다면 지금 당장 날개 달린 자들의 왕녀를 내 앞에 대령해라."

"당신 목적이 뭔지 모르겠지만 셀레스티아보다는 엠페라투스를 제거하는 게 낫지 않아? 뒷일을 생각하면 그쪽이 더 나을 텐데?"

그러자 치프가 탄 전함 주변에 붉은색의 결정체들이 빼곡히 배치되었다. 전함의 일부를 붕괴시키기 위해 뿌릴 때와는 그 규모가 달랐다.

"엠페라투스는 자신에 대해 잘 모르더군. 왕녀 역시 마찬가지지만 말이야. 선택해라, 운캄타르의 도구여. 네 선택에 따라 벙커 안에 있는 생물들의 운명이……."

순간 신의 머리가 옆으로 꺾였다.

관자놀이 부근에 뭔가를 얻어맞은 신은 파괴당한 부위로부터 온갖 금속 부품을 쏟아내며 고개를 갸웃거렸다.

잠깐 자세를 낮췄던 치프는 다시 일어나며 한숨을 쉬었다.

"역시 신이시네. 내가 정말 듣고 싶었던 것들에 대해서 상세히 알고 있는 것 같아. 그럼 선택해 봐, 아저씨. 엠페라투스에 대해 실토할래, 아니면 셀레스티아에 대해 실토할래?"

"네놈······?"

신은 벙커 내 주민들의 안전을 강조하려 했으나 치프는 그럴 틈을 주지 않고 마이크를 고쳐 쥐었다.

"선택하기 싫으면 나한테 맡겨. 내가 남에게서 진솔한 얘기를 이끌어내는 재주가 좀 있거든? 외주 한 번 안주고 전부 내 손으로 털어왔으니 실력은 의심하지 마."

"무엄한 녀석! 몰살이다!"

신이 눈을 부릅떴다.

그와 동시에 도시의 바깥쪽 먼 저편에서 두 개의 푸른색 빛이 떠올랐다가 서서히 사라졌다.

치프는 그 빛을 웃으며 감상했다.

"중성자 탄두의 폭발이 저랬군. 예쁜데?"

"저것들이 왜 저기서 터진단 말이냐? 내가 직접 나의 사도들을 동원하여 벙커에 배치한 것들이다! 그런데 내가 이동조차 감지하지 못했단 말인가?"

신이 구멍 난 부위를 재생시키며 외치자 치프가 코웃음을 쳤다.

"사도들? 아, 그 변질자들 말인가? 그 친구들은 잘 모르겠고, 우리 직원 중에서 남몰래 움직이는 걸 잘하는 애가 있거든."

"…설마 그 오파로아 계집 말인가? 그 계집이 설마 자신뿐만 아니라 손에 쥔 물건의 존재감까지 지울 수 있단 말인가?"

"글쎄?"

치프는 시치미를 뗐다.

한편, 엠페라투스와 함께 치프가 열어둔 통신을 듣던 반달리온이 쓴웃음을 지었다.

'포프 베르자르. 스위트 베르자르의 첫째 딸이 한몫을 해냈군.'

엠페라투스가 반달리온의 표정을 보고 웃음소리를 냈다.

"호오. 자네가 그렇게 웃을 수 있다니, 의외로군."

"운명이 느껴져서 그렇습니다. 저와 베르자르 가문의 여자들은 아무래도 외나무다리 위에 함께 있는 것 같군요."

"가문과 여자라……. 자네가 다른 생물을 그렇게 존중해 주다니, 스위트 베르자르의 문제로 정말 심하게 고생했나 보군."

"스위트 베르자르는 처음부터 끝까지 저를 놀라게 했습니다. 제 앞에서 기척을 지운 채로 움직일 때도, 우주 곳곳으로 도망쳐 다닐 때도, 마지막에 폭탄으로 자결할 때도 말입니다. 하등 동물에게 존경심을 가진 것은 그때가 처음일 겁니다. 분명 고된 일이었지만 즐거웠지요."

반달리온은 지금 자신이 엄청난 실수를 해버렸다는 사실을 알지 못했다.

―당신 누구예요?

통신에서 포프의 목소리를 들은 반달리온의 얼굴에서 미소가 지워졌다.

그 잿빛의 드래곤은 자신에게 말을 걸었던 엠페라투스를 봤다. 만약 그가 말을 걸지 않았다면 반달리온은 스위트 베르자르에 대한 이야기를 꺼내지 않았을 것이다.

하지만 반달리온은 엠페라투스를 탓하지 않았다. 포프의 목소리를 듣자마자 온몸의 신경이 뜨겁게 달궈지는 것을 느꼈기 때문이다.

"오오, 이것이야말로 바로 당신께서 말씀하시던 '재미'입니까? 아니, '숙명'입니까? 이 충격감은 여태껏 느껴본 적이 없는 것입니다! 그 긴 시간 동안 당신의 뒤를 따르길 잘했습니다, 엠페라투스 님! 저는 이제야 당신을 깨달았습니다!"

반달리온은 해맑게 웃었다. 엠페라투스는 칭찬하듯 고개를 끄덕였다.

―누구냐고 물었잖아요!

통신채널 속에서 포프의 목소리가 격렬하게 찢어졌다.

반달리온은 그 목소리가 마치 음악처럼 들렸다. 상대가 자신을 진심으로 증오한다는 사실이 적나라하게 느껴졌기 때문이다.

"반달리온이다, 포프 베르자르여. 나와 네가 처음 만난 것은 얼마 전의 병원이었지."

—그… 미치광이?

"네 비누 냄새는 인상적이었다. 자신의 어미와 똑같은 향의 비누를 쓸 줄은 몰랐거든. 여동생들의 병치레는 잘했나? 네 아비가 너를 이 행성으로 보내는 대가로 우리에게 받아 간 돈은 꽤 거금이었거든."

—닥쳐! 죽여 버리겠어! 내 손으로 널 없애 버릴 거야!

"언제든지 덤벼라, 포프 베르자르. 보답하고 싶군. 네가 날 비로소 완성시켜 줬거든."

—이거 놔요, 딕슨 아저씨! 저놈을 죽이러 가야 돼요!

통신채널 안에서 둔탁한 소리가 났다.

—딕슨이 포프를 대신해서 통신을 종료합니다. 돌아가서 보고하겠습니다, 원사님.

—그래, 수고했어.

답신한 치프는 긴 한숨을 쉬었다.

이미 재미에 취한 반달리온은 그의 한숨 소리조차 반갑게 들렸다.

"운캄타르의 도구여. 네놈의 분노가 나에게 전해지는구나."

—내가 열이 안 받을 것 같아?

"포프 베르자르와 네놈의 감정은 선명한 진심이었다. 막연한 공포나 혐오가 아니라 이 반달리온을 향한 직접적인 감정이었단 말이다! 대체 이 재미의 정체가 무엇이란 말인가? 하하하!"

—어려운 말로는 뮌하우젠 증후군이고, 그냥 말하자면 관심병이지.

"…관심병?"

—네가 네 마음을 채우기 위해 괜히 남을 건드리는 놈이란 뜻이야. 시간 아까우니 닥치고 있어. 안 그러면 너부터 없애 버릴 거야.

"운캄타르의 도구여, 네놈이 신을 그렇게 간단히 없앨 수 있을 거라 생각하나?"

고함을 지르는 반달리온의 머리 위로 엠페라투스가 치솟더니 급강하하여 그의 머리를 밟았다. 반달리온은 체격 차를 무시한 엠페라투스의 힘에 밀려 땅에 엎드려야만 했다.

배를 깔고 바짝 엎드린 반달리온의 위쪽으로 어떤 물체가 지나갔다.

음속을 아득히 넘어선 그 무거운 물체의 운동 여파로 인해 반달리온의 등판 비늘과 외골격이 살갗에서 떨어질 뻔했다.

고개를 든 반달리온은 사방에서 날아온 레일건 탄환에 몸이 뚫리며 기계부품의 내장을 쏟아내는 신의 모습에 흠칫했다.

뚫리고 부서진 것은 신만이 아니었다. 빅시티 사방에도 탄환이 지나간 흉터가 깊게 남았다.

신을 무수히 꿰뚫은 그 레일건 탄환은 중량만 300톤이 넘는 흉기였다.

아까까지 치프가 근접한 상태로 쏴댔던 속사용 경량탄환과는 그 무게와 사용된 합금, 그리고 사용 목적까지 완전히 다른 물건이었다.

─나한테 관심받는 게 그렇게 좋은 일은 아니야. 죽여도 포프한테 물어보고 죽일 거니까 그냥 그렇게 가만히 있어.

치프가 경고했다.

반달리온을 밟아서 구해준 엠페라투스는 날개로 몸을 감싸며 웃음소리를 냈다.

"후후, 대단하군. 신의 약점을 확실히 알아차렸어. 대체 누가 힌트를 준 거지? 파울라는 아닐 텐데?"

즐거워하는 엠페라투스와 달리 반달리온은 꼬리에서 머리까지 이어지는 모든 신경이 지나치게 경직되어 꼼짝도 할 수 없었다.

만약 엠페라투스가 밟아주지 않았다면 반달리온은 등 뒤에서 10배 음속 이상의 속도로 날아온 탄환에 몸통이 뚫려 즉사했을지도 모른다.

신의 몸에 뚫린 구멍으로부터 대량의 입자가 폭포처럼 쏟아졌다. 그러나 치명타까지는 아니었는지 부상 부위를 금방 회복한 신은 이미 자신과 거리를 둔 치프를 노려보며 얼굴을 흉측하게 일그러뜨렸다.

"네놈이… 어떻게?"

"아무리 생각해도 아저씨가 우리 회사에서 벌어지는 일까지는 몰랐던 것 같거든. 그렇다면 아저씨의 감지 거리 내지는 간섭 거리가 잘해야 700킬로미터 이하라는 뜻이겠지. 결정적으로, 파울라 장로님이 보여주신 그분의 기억 안엔 급강하 공격으로 당신네 동족한테 치명상을 입히는 드래곤의 모습이 존재했어."

"……."

"장로님을 고문하다시피 졸라서 영상의 정보를 확인했는데, 대강 300킬로미터 고도에서 음속의 약 10배로 급강하했더군. 당신네들이 그 거리와 속도에 반응을 못 한다고 가정한다면 전함 주포로 비슷한 상황을 재현했을 때 공격이 먹힐 거라 생각했지."

치프는 자신이 이렇게 주절거려도 되는지 궁금했지만 신이 반격조차 못하고 있었기에 계속 입을 움직였다.

"다만 아저씨의 능력이 파울라 장로님의 기억에서 봤던 신의 능력과 다를 수가 있고, 탄환의 속도를 마하20 이상으로 올려 버리면 빅시티가 또 박살 나니 전술 데이터를 수집할 필요가 있었어. 우리 회사가 아무리 돈이 많아도 막 부숴대긴 좀 그렇잖아? 그래서 나 혼자 고생을 할 필요가 있었지."

그는 신에게서 쏟아져 땅에 고인 강입자의 호수가 다시 신이 있는 곳으로 올라가는 것을 놓치지 않고 목격했다.

"음… 아저씨의 감지 거리는 사실 아직 모르겠지만 감지 범위가 좁은 건 아까 확인했어. 아까 기관포를 난사했을 때 건물들이 부서졌잖아? 건물들의 파편이 당신 몸에 상처가 날 만큼 심하게 튀었는데 전혀 모르더라고? 그럼 아저씨가 눈에 당장 보이는 것만 막아낼 수 있고 공간지각능력과 계산 능력 역시 생각보다 별로라는 추론이 가능하지. 하지만 탄도 계산은 잘하더군."

"큭……!"

"어려운 얘기는 됐고… 혹시 궁금한 거 있어?"

치프가 마이크를 흔들며 도발하자 신이 결국 눈을 부릅떴다.

"벙커에 중성자 탄두가 있다는 건 어떻게 알았나?"

"중성자 탄두가 이곳으로 밀반출됐다는 얘기를 내가 어디서 들었는지 알아? 정보국 건물이나 해군기지처럼 그럴싸한 곳이 아니었어. 호텔 뷔페에서 에스프레소 마시면서 들었지."

"……."

"탄두의 위치 추적은 그만큼 일도 아니야. 우리가 신경 쓴 건 그걸 손에 쥔 놈의 정체와 목적이었지. 사실 그게 더 중요하잖아? 안전하게 처리됐으니 이제 고민할 필요는 없겠고… 혹시 다음에 기회가 되면 완성품을 갖고 놀 생각은 하지 마. 별의별 수단으로 추적이 가능하거든. 가급적 직접 제작하도록 해."

거기까지 얘기한 치프가 피식 웃었다.

"물론 아저씨 입장에선 이 자리에서 살아남는 게 먼저겠지만."

일방적으로 말을 끝낸 치프는 신을 노려보며 오른손 주먹을 쥐었다. 그걸 신호로 초중량의 레일건 탄환이 한 번 더 신에게 쏟아졌다.

신은 주황색의 결정체 장벽을 만들어 자신의 몸 전체를 보호했다. 그 모습은 꼭 유리병에 들어간 불상처럼 보였다.

신은 포탄들이 어디서 날아오는지 가늠할 수가 없었다. 분명한 것은 자신이 감지할 수 있는 범위 밖에서 무서울 정도의 정확도로 노려오고 있다는 사실이었다.

신은 이 상황을 이해할 수가 없었다.

치프가 혼자 나타났을 때 그가 대적하기로, 아니 깔아뭉개기로 마음먹은 것도 이 정도 규모의 포격이 날아올 거라는 생각을 하지 못했기 때문이다.

'대체 누가 쏘는 것이란 말인가? 함선이 이 행성에 들어온 흔적은 없었는데? 저 녀석, 설마 400킬로미터 밖의 땅에서도 무장을 제조하여 조작할 수 있단 말인가? 그건 운캄타르도 불가능했는데?'

물론 그냥 가능한 일은 아니었다.

그 신은 자신의 머리 위, 정확히는 500킬로미터 상공에 드래곤 한 개체가 떠 있다는 사실을 모르고 있었다.

그 드래곤, 루할트는 인공위성을 대신하여 치프의 무장 제조 신호가 먼 곳까지 도달할 수 있도록 공간의 통로를 만들어 유지하고 있었다.

루할트가 둥지에 있는 기사단들을 부를 때 사용했던 영주로서의 능력을 응용한 것인데, 루할트 자신도 이 능력이 이렇게

활용될 줄은 몰랐기에 경악을 금치 못했다.

"날개 달린 자들을 중계기지로 사용하다니, 황당하군. 내가 친구를 존경하게 되는 날이 올 줄은 몰랐어."

루할트가 기쁘게 중얼거렸다.

도시 밖에서 치프가 만들어 조작하는 전함들 옆에는 공간의 통로를 머리 위에 달고 있는 루할트 소속의 기사단 단원들이 한 명씩 붙어 있었다.

지상에서 루할트가 있는 곳으로 신호를 보내주는 역할은 셀레스티아가 맡았다.

셀레스티아는 자신이 그 역할을 하면 신이 눈치채지 않겠냐는 질문을 치프에게 했는데, 치프는 '네가 여태껏 대놓고 한 일이 없으니 신도 안심할 거야'라는 말로 대답을 대신했다.

셀레스티아는 존재감 없이 살아온 게 이럴 때 도움이 될 줄은 몰랐기에 기쁘면서도 서글펐다.

"아인소프 등급의 신이… 압도적으로 밀리고 있습니다."

바닥에 엎드린 반달리온이 신음하듯 말했다.

"저와 마찬가지로 포탄이 어디서 날아오는지, 어떻게 자신을 정확히 적중시키고 있는지 납득을 못 하고 있는 것 같습니다, 엠페라투스 님."

"그래서 내가 얘기하지 않았나?"

엠페라투스가 즐거운 표정으로 대답했다.

"이것이 전쟁 기술일세. 우리가 떠난 옛 고향에서 인간들이

6,600만 년 동안 동족을 상대로 단련해 온 것들이지."

"……"

"운캄타르가 정말 적절한 놈을 골라서 도구로 삼았어. 저놈 하나를 완성시키기 위해 몇 명을 희생시켰을지 감이 안 잡히는군."

엠페라투스가 감탄하는 동안, 치프는 포격 때문에 움직이지 못하는 신으로부터 멀리 떨어져 있었다.

그는 전자식 망원경으로 신의 상태를 살피며 비닐 팩에 미리 담아온 탄산음료를 마셨다.

"포병은 전쟁의 신이다. 이시오프 스탈린."

지구의 옛 격언을 중얼거린 치프는 신의 결정체 장벽 밖으로 네 개의 브리치들이 튀어나가는 것을 목격했다.

동시에 통신채널이 시끄러워졌다.

—조셉입니다, 원사님! 현재 벙커의 동서남북 출입구들이 강제로 개방 중! 반복합니다, 출입구 네 개가 모두 개방 중입니다!

"마지막 발악을 화려하게 하시는군."

치프가 한숨을 쉬었다.

—운캄타르의 도구여, 환상종들의 송곳니가 어리석은 생물들을 꿰뚫을 것이다!

신이 통신채널에 난입하여 고함을 질렀다.

"그러니 포격을 중단해 달라고? 그건 못 하지. 그렇지 않아, 넷디?"

—이동하지. 하지만 우리 인원으로는 출입구 두 개의 안전 확

보가 한계야. 혹시 좋은 생각 있나?

"브리치들을 격추시켜야 하나? 하지만 지금 화력을 돌리면 신이……"

─아, 잠깐. 나한테 방법이 있을 것 같아. 당신은 신에게나 신경 써. 데스디아, 통신 종료.

"여보세요? 부사장님?"

치프가 당황했다.

정신집중을 위해 통신을 끊은 데스디아는 롸켓이 몰고 있는 장갑차로부터 뛰어내리며 스트라투스를 손에 쥐었다.

엠페라투스가 준 대럽도, 스트라투스의 붉은색 칼집이 살의에 반응해 분해되면서 데스디아의 몸을 꽃잎처럼 훑고 지나갔다.

칼집의 입자를 헤치며 도약한 데스디아의 칼날이 출입구 앞에서 누군가를 노리던 환상종, 오우거의 감자 같은 머리에 떨어졌다.

탄이 소진되어 재장전 중인 건하운드를 든 채 긴장하고 있던 헌터, 켐리는 자신을 노렸던 오우거가 둘로 갈리면서 그 뒤에 있던 데스디아의 모습이 드러나자 눈물을 왈칵 쏟았다.

"누님!"

"냄새나니까 다가오지 마."

"……"

"난 오우거의 피 냄새를 제일 싫어해. 그보다 켐리, 단말기나 꺼내봐."

"다, 단말기요?"

켐리는 뒤따라 도착한 그라니트 용역 직원들이 오우거들을 쓸어버리는 모습을 흘끔흘끔 보면서 단말기를 꺼냈다.

"여기요, 누님."

"나한테 내밀지 말고 갈라트한테 당장 전화해. 동원할 수 있는 헌터는 전부 동원해서 남쪽과 동쪽의 출입구를 방어하라고 말이야."

"예? 하지만 다른 헌터들이 도착해서 방어에 가담하려면 시간이 필요할 텐데요?"

"남쪽은 알케온이 맡았어. 헌터들이 도착할 때까지 막아줄 거야. 동쪽도 누가 가긴 했지만… 하아, 전투경찰들을 믿어봐야지."

알케온이 드래곤이라는 사실을 모르는 켐리는 알케온 혼자서 너비만 150미터가 넘는 벙커 출입구를 어떻게 막느냐는 질문을 하고 팠다.

하지만 동쪽을 언급할 때 보인 데스디아의 씁쓸한 표정 때문에 질문의 순서를 바꾸기로 했다.

"동쪽은 누가 갔는데요?"

『그라니트 : 용들의 땅』 4권 끝